最愛の夫ブレット、そして最愛の息子フリンへ

＊おもな登場人物＊

ニック・ダン ………………………………… バーの経営者で元ライター
ノースカーセッジ短期大学の講師
エイミー・エリオット・ダン …………… ニックの妻
童話『アメージング・エイミー』のモデル
マーゴ ……………………………………… ニックの双子の妹、バーの共同経営者
モーリーン ………………………………… ニックの母
ビル………………………………………… ニックの父
メアリーベス ……………………………… エイミーの母
ランド ……………………………………… エイミーの父
ノエル・ホーソーン ……………………… エイミーの友人
ヒラリー・ハンディ ……………………… エイミーの友人
デジー・コリングス ……………………… エイミーの友人
ロンダ・ボニー …………………………… ノースカーセッジ警察の刑事
ジム・ギルピン …………………………… ノースカーセッジ警察の刑事
タナー・ボルト …………………………… 弁護士

目次

愛とは移ろいやすきもの。嘘、憎しみ、殺しさえもが編みこまれ、争いのなかに花開く、血の香漂う大輪の薔薇。

――トニー・クシュナー『イリュージョン』

ゴーン・ガール　上

第一部　失踪

ニック・ダン
その日

妻のことを考えるとき、ぼくはいつもその頭を思い浮かべる。まずは、その形を。初めて見かけたときも目に入ったのは妻の後頭部で、それはどこか愛らしい形をしていた。光沢のある硬いトウモロコシの粒か、あるいは川底の化石のような。ヴィクトリア時代の人々なら、〝巧緻《こうち》なる造形美〟とでも表現するかもしれない。頭蓋骨《ずがいこつ》までたやすく想像することができる。

妻の頭なら、どこで見ても気がつくだろう。

それからその内側、妻の精神にも思いをめぐらせる。その脳、その回路、ムカデのようにせわしなく行き来する思考。その思考をどうにかとらえられないものか。子どものように、ぼくは頭蓋骨を開き、回路をほぐし、仔細《しさい》に調べるところを想像してみる。なにを考えてるんだい、エイミー。結婚してからというもの、ぼくはこの問いを抱きつづけている。それをあえて口にして、答えを求めたりはしないにせよ。なあ、なにを考えてるんだい。どう感じているんだ？　きみはどんな人間なんだ？　ぼくらはどうしてしまったんだ？　これからどうしたらいい？　そんなことを訊けば、どんな夫婦にも暗雲が立ちこめるにちがいない。

午前六時きっかり、ぼくは目を覚ました。鳥の羽ばたきのように睫毛《まつげ》をしばたたかせながら、緩やかに覚醒したわけでもない。機械的な目覚めだった。不気味な腹話術の人形のようにぱちりと瞼《まぶた》が開いたかと思うと、暗闇のなかに、いきなり〝6－0－0〟と時刻の表示が現れた。ショータイム！　6－0－0。妙な気分だった。そんなに切りのいい時刻に目を覚ますことなどめずらしい。普段は中途半端な時刻にばかり起きているのに。八時四十三分、十一時五十一分、九時二十六分——アラームとは無縁の生活だ。

そしてまさにその瞬間、六時ちょうどに真夏の太陽がオークの木立の上にのぼり、怒れる神そのものの姿を現した。川面をきらめかす朝日が、我が家の寝室の薄いカーテンごしに差しこみ、長くまばゆい指をぼくに突きつけた。責め立てるように——おまえは見られている。見られつづける。

ぼくは寝床でぐずぐずしていた。ベッドはニューヨークの家で使っていたのを、新しい家に運んできたものだ。この地に戻ってもう二年にもなるのに、いまだにふたりともここを〝新しい家〟と呼んでいる。ミシシッピ川に面した郊外の新興住宅地に建つ成金向けの邸宅を借りて住んでいる。カーペットの毛羽立った、乱平面造りの家が並ぶ界隈で育ったぼくは、子どもの頃、まさにこんな家に憧れていた。よくあるタイプの、とにかくばかでかく、没個性な、新しく、新しく、新しい、妻なら毛嫌いしそうな――実際している――家だ。

「なかに入るまえに魂を捨てたほうがいいかしら」というのが、家を見た妻の第一声だった。この家に住むのは妥協の結果だった。ミズーリ州にあるぼくの故郷の田舎町に越すにあたって、エイミーは家を買うのではなく、借りることにしようと言い張った。長く暮らす気などさらさらなかったからだ。だが、借家が見つかるのは、開発に失敗したこの住宅地――不況で銀行に差し押さえられ、価値の下がった邸宅が立ち並ぶこの小さなゴーストタウン、オープンもしないままに閉鎖されてしまったこのコミュニティ――ばかりだった。だからそれは妥協の結果だったが、エイミーはそんなふうには考えない。エイミーにとってそれは、ぼくの気まぐれな嫌がらせであり、意地の悪い、身勝手な仕打ちでしかないのだ。頑なに避けつづけてきた町に力ずくで引きずってこられ、鼻で笑ってきた類《たぐ》いの家にわざと住まわされていると思っている。ふたりのうちどちらか一方がそんなふうに感じるなら、それは妥協とはいえないと思うが、ぼくたち夫婦のあいだでは、妥協とは往々にしてそういったものになる。どちらかがかならず不満を抱くことになる。たいていの場合、それはエイミーのほうだ。

だが、エイミー、この不満に関してはぼくを責めないでほしい。ミズーリへの不満に関しては。責めるなら、経済を、不運を、ぼくの両親を、きみの両親を、インターネットを、インターネットを使う人々を責めてほしい。ぼくはかつてライターをしていた。テレビや映画や本の批評を書いていた。まだ人々が紙の媒体を読んでいた頃、そしてまだぼくの意見に興味を示してくれる人間がいた頃のことだ。ぼくがニューヨークに移り住んだ一九九〇年代末は、栄光の時代が終焉《しゅうえん》を迎えようとしていた時期だったが、当時は誰もそのことに気づいてはいなかった。ニューヨークには雑誌が、それもまともな雑誌が無数にあり、まともなライターたちが大勢いた。当時、インターネットはまだ出版界の片隅で飼われている新奇なペットのようなものでしかなかった。エサでもやり、紐につないでおいて、踊るところなど眺めていると、なかなかかわいらしく、夜中に飼い主を襲って殺しそうにはぜんぜん見えなかった。想像してみてほしい――大学を出たての若造がニューヨークに出ていくなり、ものを書いて給料をもらえていた時代を。その職が十年先には消滅する運命にあるなどとは、ぼくらには思いもよらなかった。

十一年間つづけたその仕事を、ぼくはあっけなく失った。不況の影響で、突如《とつじょ》として病に感染したかのように、アメリカ全土で雑誌がばたばたと廃刊されはじめた。ライターたち（ぼくのような類いのライターたち——小説家志望やら沈思黙考派やらの、ブログやリンクやツイートについていけない古いタイプの頑固な自信家たち）はすっかり用済みになった。貴婦人向けの帽子職人や、馬車用の鞭《むち》の製造会社と同じだ。ぼくらの時代は終わった。ぼくが解雇されてから三週間後、エイミーも同じように職を失った（エイミーが背後から覗いていたら、自分の仕事や不運についてさんざん語っておいて、エイミーの話は一文ですませたことに、皮肉な笑みを浮かべるだろう。そして、やっぱりね、と言うだろう。ニックらしいわ、と。口癖になっているその〝ニックらしいわ〟のあとに来る〝ぼくらしい〟ことは、なんであれ悪いことに決まっている）。ふたり揃って無職の身となったぼくらは、ブルックリンのブラウンストーン造りのアパートメントにこもり、パジャマに靴下という格好のまま、封も切らない郵便物をテーブルやソファーに散らかしっぱなしにし、朝の十時からアイスクリームを食べ、たっぷり昼寝をしながら無為に過ごしていた。

そんなある日、電話が鳴った。かけてきたのは双子の妹マーゴだった。マーゴも一年前にニューヨークでの職を失い、故郷の町ミズーリ州ノースカーセッジに戻っていた。妹のほうが万事においてぼくの一歩先を行くと決まっている。不運に見舞われるのでさえそうだった。実家の電話で話すマーゴの声を聞いていると、十歳の頃のことを思いだした。黒髪をボブカットにして、ショート丈のオーバーオールを穿《は》き、祖父母の家の裏手の桟橋に腰を下ろしていたマーゴ。くたびれた枕のように前かがみになり、ひょろひょろとした両脚を川面に浸け、魚のような青白い両足の上を水が流れていく様子を、大人びた真剣な表情で一心に眺めていた。

温かく小気味のいいマーゴの声で告げられた知らせは、冷酷なものだった。なにものにも屈しないはずの母が死にかけているという。父のほうはすでに死んだも同然だった。（たちの悪い）頭にも（みじめったらしい）心にも霞《かすみ》がかかり、茫漠《ぼうばく》たる灰色の世界へと足を踏み入れつつあった。だが、母のほうがその父を追い越してしまいそうだという。半年か、長くて一年だろう、とマーゴは言った。きっとひとりで医師の話を聞きに行き、乱雑な字で熱心にメモを取ってきたのだろう。涙ながらに、自分の書いたものを判読しようと躍起《やっき》になっていた。日付やら薬の服用量やらを。

「やだもう、なんて書いてあるのか、ぜんぜんわからない。九かしら？　それなら意味が通る？」マーゴの言葉をぼくはさえぎった。そのときぼくには使命が、目的が与えられた。妹のてのひらの上にスモモのようにのせられ、差しだされていた。安堵《あんど》のあまり泣きそうになった。

「そっちへ戻るよ、マーゴ。ふたりで引っ越すよ。おまえひとりに押しつけるわけにはいかない」

マーゴは本気にしなかった。受話器からは息遣いだけが聞こえてきた。

「本気だよ、マーゴ。問題ないさ。こっちになにがあるわけじゃないし」

長々と息を吐く音。「エイミーはどうなの」

そのことについてはまともに考えていなかった。ただ単純に、ニューヨーク育ちの妻の故郷への思い入れも、ニューヨーカーとしてのプライドもひとからげにまとめ、ニューヨークの両親の元から引きはなし、あわただしくスリリングなマンハッタンの未来都市に別れを告げさせ、ミズーリにある川沿いの小さな町へと連れていけば、それで万事オーケーだと思っていた。

そんなふうに考えることがどんなに愚かで、どんなに楽天的で、どんなに――そう、〝ニックらしい〟ことか、そのときはわかっていなかった。それがどんな不幸を招くことになるかも。

「エイミーならだいじょうぶさ。エイミーは……」本来ならそこで、「エイミーは母さんが大好きだから」と言うべきだっただろう。でも、マーゴにそう言うことはできなかった。出会ってからずいぶんたつのに、エイミーは母のことをろくに知りもしなかったから。顔を合わせる機会もごくわずかで、会えばふたりとも気まずそうにした。そのあと何日ものあいだ、エイミーは決まって母との会話を分析しようとした――「あれはどういう意味だったのかしら……」。まるで母が大昔の蛮族の女かなにかで、生のヤクの肉やらボタンやらを携えてツンドラからやってきて、エイミーの持ち物と無理やり交換させようとしたかのように。

エイミーはぼくの家族のことにも、生まれ故郷のことにも興味を示さなかった。なのに、なぜかぼくは帰郷がいいアイディアだと考えたのだ。

生臭い息で枕を温めながら、頭を切り換えた。今日は過ぎたことをとやかく言うための日でも、後悔するための日でもない。行動の日だ。階下では久しく聞くことのなかった音がしている。エイミーが朝食を作っている。木製の食器棚を開け閉めする音(バタン、ガタン!)、ブリキやガラスの容器がぶつかる音(カチャン、チリン!)、金属鍋やフライパンの山が動かされ、引っぱりだされる音(ドンドン、ガシャン!)。キッチンのオーケストラの演奏はにぎやかにフィナーレへと向かい、ケーキの焼き型がドラムロールを奏でながら床を転がったかと思うと、シンバルの音を響かせて壁にぶつかった。なにかごちそうを作っているのだろう。たぶんクレープだ。クレープはとっておきのメニューだし、今日のエイミーはとっておきのものを作りたがるはずだ。

今日は結婚五周年の記念日だから。

裸足のまま階段の下り口まで行き、耳をそばだてた。エイミーが毛嫌いしている床一面に敷きつめられたフラシ天のカーペットに爪先を食いこませながら、妻のところへ行く心の準備ができているだろうかと自問した。キッチンにいるエイミーはこちらの逡巡《しゅんじゅん》など知ろうはずもない。聞き覚えのあるメランコリックなメロディをハミングしている。なんの曲だろう、と耳を澄ませてみると――フォークソング？　それとも子守唄？――それは映画《M★A★S★H》のテーマ曲だとわかった。〈もしも、あの世にゆけたら〉。ぼくは一階に下りた。

戸口にたたずみ、しばらく妻を眺めていた。バターのような濃いブロンドの髪はポニーテールにされ、毛先が縄跳びの縄のように元気よく揺れている。火傷《やけど》した指先をうわの空で口に含みながら、あいかわらずハミングをつづけている。鼻歌なのは、歌詞を覚えるのがとんでもなく苦手だからだ。最初のデートでラジオからジェネシスの〈インヴィジブル・タッチ〉が流れてきたときも、エイミーが口ずさんだのは、〝彼女はおれの帽子を取って、いちばん上の棚に置いたのさ〟だった。いったい全体、どうしたらそれが正しい歌詞だなんて思えたんだい、と尋ねると、彼の帽子をいちばん上の棚に置くということは、彼女は彼を心から愛しているんだと思ったの、という答えが返ってきた。そのとき、エイミーのことを好きだと、とても好きだと思った。どんなことにもちゃんと説明をつけられる女性なのだと。

温かい思い出を甦《よみがえ》らせてみても、あいにく心は冷えきったままだった。

エイミーはフライパンの上で焼けているクレープを覗きこみながら、手首についたものを舐《な》めとった。満足げな、妻らしい顔をしている。抱きしめたらベリーとパウダーシュガーの香りがするだろう。

寝癖で爆発した頭のまま、よれよれのボクサーショーツ一枚の姿で様子をうかがっていると、エイミーがぼくに気づき、キッチンカウンターにもたれて言った。「あら、おはよう、ハンサム君」

苦々しさと厭《いと》わしさが喉元に込みあげた。ぼくは頭のなかで言った。よし、行くんだ。


仕事場に着くのがすっかり遅くなってしまった。妹とぼくは、帰郷を機にばかげたことをやらかした。かねてからやってみたいと話してきたことだった。バーを開店したのだ。そのためにエイミーから八万ドルを借りた。昔のエイミーにとってははした金だったが、その当時はすでに全財産に近い額だった。かならず利子をつけて返す、とぼくは誓った。妻から金を借りっぱなしにするような男になるつもりはない。父が聞いたら、「まあ、いろんなやつがいるからな」と口元をゆがめて言うにちがいない。それは最大級の嫌味が込められた父の口癖で、省略されている後半部分は、「おまえはろくでもないやつだ」だった。

でも実際のところ、それは現実的で利口な決断だった。エイミーにもぼくにも、新しい職が必要だった。これでぼくの職はできたわけだ。エイミーがまた働きはじめるかどうかはわからないし、信託財産の残りをはたいてもらうことにはなったが、ともかくも当面は暮らしていけることになった。マック・マンションと呼ばれる安手の大邸宅と同じく、バーは幼い頃のぼくの憧れの象徴だった。大人しか行くことができず、大人しかできないことをするための場所だった。職を失ったぼくが店を買うことにこだわったのはそのせいだろう。バーを所有することで、自分が曲がりなりにも成熟した大人であると、能なしなどではないと確認したかったのだ。それを裏付けていたキャリアはすでに失ってしまったから。同じ間違いを繰り返すつもりはなかった。かつては山ほどいた雑誌ライターたちは、インターネットや、景気後退や、アメリカの大衆によって、今後も淘汰《とうた》されていくだろう。誰もが、テレビを見たり、ゲーム機で遊んだり、〝雨ってむかつく〟とかなんとか友達と電子的にやりとりするほうが楽しいのだ。でも、暑い日にひんやりとしたバーの店内でバーボンをやる心地よさを味わわせてくれるアプリケーションはない。これからも、酒が必要とされなくなることはないだろう。

ぼくらのバーは角地にあり、内装は行きあたりばったりに寄せ集めたようなスタイルになっている。いちばんの売りは、ドラゴンの頭や天使の顔が浮き彫りになった堂々たるヴィクトリア様式の食器棚だ。ちゃちなプラスティックだらけの現代からすれば贅沢《ぜいたく》すぎるほどふんだんにオーク材が使われている。そのほかの部分は、正直なところちゃちとしか言いようがなく、各時代のお粗末なデザインを取りそろえたショーケースのような様相を呈している。アイゼンハワー時代のリノリウムの床は、焦げたトーストのように端っこがめくれあがっている。材質も定かでない羽目板張りの壁は、一九七〇年代の自家製ポルノビデオ風。スタンド型のハロゲンランプは、九〇年代に学生寮の部屋で使っていたのを、たまたま持ちこんだものだ。その結果、全体としては不思議に落ち着く空間になっている。バーというより、あえて手を入れずに放置してある誰かのボロ家のように見える。それににぎやかだ。近くのボウリング場と駐車場を共有しているので、店のドアが開くたび、ストライクの音が客の来店を喝采で迎えてくれる。

バーの名前は〈ザ・バー〉にした。「みんなアイロニーかなにかだと思ってくれるわよ。創造力の欠如じゃなくて」とマーゴも賛成してくれた。

そう、ふたりとも知的なニューヨーカー気取りだった。その名前がジョークだということを、自分たち以外の人間は十分に理解できないだろうと思っていた。そのメタな意味合いを。地元の人間が顔をしかめながら、「なんだって〈ザ・バー〉なんて名前にしたんだい」と尋ねるところをぼくらは想像した。が、最初のお客となったピンクのジョギングウエア姿の老眼鏡をかけた白髪の女性にこう言われた。「いい名前ね。《ティファニーで朝食を》みたいじゃない。オードリー・ヘップバーンの飼い猫が、キャットっていう名前だったわよね」

ぼくらのうぬぼれはぺしゃんこになった。それでよかったのだ。

ぼくは駐車場に車を乗り入れた。ボウリング場からストライクの音が響いてくるまで待ち、ぼくは駐車場に車を乗り入れた。そして周囲を見まわした。おなじみの風景だが、まだ見飽きてはいない。通りの向こうには、ずんぐりとした薄茶色のレンガ造りの郵便局（土曜日休業）があり、隣には地味なベージュのオフィスビル（完全休業）が並んでいる。町の活気はすっかり失われてしまった。そもそも、オリジナリティさえない。ミズーリ州にはカーセッジと名のついたふたつの町があり、我が町は正式にはノース・カーセッジという。そう聞くと双子都市のようだが、もう一方の町からは数百キロも離れていて、知名度でも負けている。一九五〇年代には趣《おもむき》のある小さな町だったが、発展の名のもとに拡大をつづけ、ありふれた中規模の郊外の町になってしまった。それでも、ここは母の生まれ故郷であり、ぼくとマーゴが育った町なわけだから、それなりの歴史はある。少なくとも、ぼくにとっては。

雑草の伸びたコンクリート敷きの駐車場から店へと歩きながら道路の先に目をやると、ミシシッピ川が見えた。これがこの町のいいところだ。川を見下ろす安全な高台の上にあるのではなく、川そのものに面している。道の先まで行き、ほんの数十センチほど下にある流れに飛びこめば、あとはテネシーあたりまで流されていくことになる。ダウンタウンにあるすべてのビルには、度重なる洪水の際の水位上昇を示す手描きの線が引かれている。一九六一年、七五年、八四年、九三年、二〇〇七年、〇八年、一一年。まだつづくだろう。

いまは増水してはいないものの、流れは速く、荒々しいうねりを見せている。川岸には肩をすぼめて足元に目を落とした男たちが長い列をなし、あてどもなくただ歩いている。それを眺めていると、ひとりの男がふとこちらを見上げた。顔は影になり、黒い楕円形にしか見えない。ぼくは目をそむけた。

ふいに、一刻も早く店に入りたい衝動に駆られた。五メートルも歩くと首から汗が噴きだした。太陽はあいかわらず空から怒りのまなざしを投げかけている。おまえは見られている。

胃がよじれそうになり、足を速めた。一杯やらなくては。

エイミー・エリオット
二〇〇五年一月八日

——日記——

タラランーン! これを書きながら、わたし、養子にもらわれた孤児みたいに満面の笑みを浮かべている。幸せすぎてくすぐったいくらい。漫画なら、電話でおしゃべり中のポニーテールの女の子みたいに、頭上の吹き出しにこんなセリフが書きこまれていそう——彼とめぐりあったの!

でも、そうなのだ。これは厳然たる、疑いようのない事実。すてきで、ゴージャスで、楽しくて、魅力的な彼とめぐりあった。一部始終を書いておかなくちゃ。孫の代まで語り伝えたいぐらいの話だから(やだ、孫だなんて! そこまで夢中じゃないつもりなのに)。とにかく、年が明けたばかりのある日のこと。冬なので早々と日が落ちて、凍てつくような寒さだった。

知りあったばかりのカーメンという友達から、ブルックリンで開かれる物書き仲間のパーティーに誘われた。それほど親しくなく、気心も知れていないので、気軽に断るわけにはいかなかった。それに、そういうパーティーは嫌いじゃない。物書きは好きだし、両親も作家だし、わたし自身もライターだし。いまでも、申込用紙やアンケートや書類の職業欄に〝ライター〟と記入する瞬間はたまらない。そりゃ、わたしが書いているのは性格診断クイズで、現代における重大事を扱っているわけではないけれど、それでもライターに変わりはないと思う。この日記を書くことで、腕を磨いて、細かな描写力や観察眼を身に着けていくつもり。〝語るのではなく、見せろ〟だとか、物書きっぽいコツも覚えて（〝養子にもらわれた孤児〟って表現だって悪くないはず）。でもクイズライターだって、いちおうちゃんとした肩書きだと思う。でしょ？

パーティーに行くと、まわりは一流の新聞社や雑誌社に勤める優秀な記者ばかりです。あなたはただの女性誌のクイズライター。誰かに仕事のことを訊かれたら、どうする？

（a）気おくれしてしまい、「わたしはただのクイズライターなの、くだらない仕事よ」と答える。

（b）感じ悪く、「いまはライターをやっているけど、もっとやりがいのある有意義な仕事に変えようかと思ってるの――で、あなたの仕事は？」と訊き返す。

（c）自分のキャリアに胸を張る。「心理学の修士号を持っているから、その知識を活かして性格診断クイズを作っているの――それとじつはね、わたし、有名な童話シリーズのモデルなの。『アメージング・エイミー』って知ってるでしょ？　だから、ほっといてよ、このスノッブ野郎！」

正解――c。断然、c。

とにかく、そのパーティーのホストはカーメンの親しい友達のひとりだそうで、映画雑誌に批評を書いていて、すごく愉快な人だということだった。一瞬、カーメンがわたしとその彼をくっつけようとしているのかと不安になった。お膳立てされるのは好きじゃない。発情期の野生のジャッカルみたいに、突然現れて不意打ちしてくれるほうがいい。でないと、意識しすぎてしまうから。感じよくしようと意識しだすと、それも見え透いていそうな気がして、わざとらしさをごまかすためにますます感じよくしようとつとめ、そうなるともう、ライザ・ミネリみたいになってしまう。キラキラのタイツ姿で踊りながら、「愛してちょうだい」と歌いだしてしまう。山高帽をかぶり、両手を広げ、満面の笑みを浮かべて。

でも、そうじゃなかった。カーメンがその友達のことをしきりにしゃべるのを聞いていて気づいた。カーメン自身が彼を狙っているのだ。よかった。

曲がりくねった階段を三階分あがり、人いきれと物書き臭さでむっとする室内に入った。黒縁眼鏡ともじゃもじゃの髪だらけ。ウエスタンもどきのシャツに、混色のタートルネック。黒いウールのピーコートがソファーに山と積まれ、床にこぼれ落ちそうになっている。ひび割れたペンキの壁には、映画《ゲッタウェイ》のドイツ語ポスター（〝チャンスはゼロに等しい！《イーレ・シャンス・ヴァー・グライヒ・ヌル》〟）。ステレオからはフランツ・フェルディナンドの〈テイク・ミー・アウト〉。

アルコール類がまとめて置かれたトランプ用テーブルのまわりには男性陣が群がっていて、お酒が残り少なくなっているのを気にして、二、三口飲むたびにお代わりを注ぎ足している。わたしがそこに近づき、手に持ったプラスティックのコップを大道芸人のように人だかりの中心に差しだすと、スペース・インベーダーの柄のTシャツを着たキュートな男性が氷とウォッカを入れてくれた。

じきに、ホストが気まぐれに買った命取りになりそうな青リンゴのリキュールしか飲むものがなくなりそうだった。誰かがお酒を買い出しに行けば別だけれど、今度は別のやつが行く番だと誰もが思っているみたいだった。なにせ一月のパーティーだから、みんなまだホリデーシーズンの暴飲暴食の疲れが残っていて、気だるく、それでいていらついた気分だった。そういうパーティーでは、往々にして飲みすぎ、気取った言葉遣いで口喧嘩をはじめたり、室内は禁煙だとホストに言われても、おかまいなしに開いた窓のそばでスパスパ煙草を吸ったりする。ホリデーシーズンのあいだのパーティーで千回は顔を合わせているので、もう話もネタ切れで、誰もが退屈しきっているけれど、一月の寒さのなかに出ていく気にもなれない。地下鉄の階段をのぼり下りするだけで節々《ふしぶし》が痛むくらいだし。

　カーメンはホスト役の彼にべったりで、ふたりしてキッチンの片隅で熱心に話しこんでいた。前かがみになって顔を寄せあい、ハート形を形づくっている。よかった。わたしもランチタイムの転校生みたいに笑みを浮かべて部屋のまんなかに突っ立っているのはよして、なにか食べようと考えた。でも、食べられそうなものはあらかたなくなっていた。特大のタッパーの底に残ったポテトチップスの欠片。コーヒーテーブルの上にはスーパーマーケットで買ったおつまみのトレー。干からびたニンジンといびつな形のセロリが山ほど盛られ、精液みたいなディップが添えられているものの、手つかずのまま放置され、煙草の吸殻がおまけの野菜スティックみたいに一面に突き立てられている。わたしは得意の空想ごっこに耽《ふけ》りはじめた。劇場の桟敷席から飛び降りたらどうなるだろう？　地下鉄のなかで向かいにすわったホームレスにディープキスをしたら？　このパーティー会場の床にひとりですわりこんで、皿の上のおつまみを吸殻ごと平らげたとしたら？

「そこにあるものには手をつけないほうがいいよ」と、彼が言った。それが彼だった（ダン、ダン、ダダン！）けれど、わたしはまだ気づかない（ダン、ダン、ダダン）。そのとき感じたのは、口説こうとしているな、ということだけだった。アイロニーが書かれたTシャツみたいに気障《きざ》ったらしいけれど、それがさまになっている。女と寝慣れていて、女好きで、セックスが上手そうな雰囲気。セックスは上手でなきゃ！これまでデートしてきた男性は、三つのタイプのうちのどれかばかりだったように思う。自分がフィッツジェラルドの小説の登場人物だと思いこんでいそうなアイビー・リーグのお坊ちゃん。目にも耳にも口にもドルマークをつけていそうな抜け目のないウォール街の金融マン。そして、自意識過剰でなにを言われてもからかわれていると受けとってしまう繊細な秀才タイプ。フィッツジェラルド・タイプは、ベッドでは無駄にポルノっぽく振る舞い、派手に音を立てたり、アクロバティックな動きをしてみせるけれど、ちっともよくない。金融マンは最初は荒々しいけれど、すぐしぼんでしまう。秀才君のセックスは、複雑なマスロックの曲でも作っているみたい。こっちの手でこのあたりをかき鳴らし、この指で心地いいベースのリズムを刻み……こんなことを書くと、なんだか尻軽女みたいだけど。ここであらためて数えておくと……十一人。悪くない。全部で十二人なら、まともで妥当な数だとまえから思っていたし。

「悪いことは言わない」と十二番目の彼（！）が言った。「トレーから離れて。ジェームズの冷蔵庫には食材があと三つばかり残ってる。オリーブのマスタード添えなら作ってあげられるよ。オリーブは一個しかないけどね」

オリーブは一個しかないけどね。たいして笑えるセリフじゃないけれど、聞いた瞬間から、それがふたりだけの内輪のジョークになりそうな感じがした。昔を懐かしがりながら何度も繰り返すうちに、面白味が増していきそうな。一年後、夕暮れのブルックリン橋を一緒に歩きながら、どちらかが「オリーブは一個しかないけどね」とつぶやいて、ふたりで笑いだすんだろうな、とわたしは思った（でもそこで我に返った。だめよ。〝一年後〟のことなんて考えているのがばれたら、彼は逃げだそうとするから、こっちが追いかけなきゃならなくなる）。

わたしはにっこりした。なんといっても、彼はゴージャスだったから。心をかき乱すぐらいに。あんまりすてきで、風車みたいにくるくる目をまわしながら、会話の途中で面と向かって「あなたってゴージャスよね」と言ってしまいそうになるほどだった。同性からは嫌われるタイプにちがいない。まるで一九八〇年代の青春映画に出てくる意地悪な金持ちの息子みたいなルックスだから。友達のいない内気な少年をさんざんいじめて、最後には食堂で顔にパイを投げつけられ、立てた襟《えり》をホイップクリームでべたべたにして笑い者になったりするような。

でも、彼はそんな人間じゃない。名前はニック。いい名前だ。感じがよくて、まともそうで。実際そのとおりだし。彼から名前を聞いたとき、わたしは「リアルな名前ね」と言った。ニックは顔を輝かせ、すらすらと映画のセリフらしきものを暗唱した。「ニックって名前のやつなら、一緒にビールを飲みたくなるし、車のなかで吐いても許してくれそうだろ。ニックなら」

ニックはくだらないジョークを連発した。映画のセリフの引用は四分の三ぐらいしか理解できなかった。それとも三分の二かも（やることメモ――《シュア・シング》をレンタルすること）。頼まなくてもわたしのコップにお代わりを注いでくれた。まともなお酒の最後の一杯をちゃんともらってきてくれた。そうやってわたしに旗を立てて、自分のものだと主張していた。ぼくが最初に声をかけたんだ、ぼくのものだ、みたいに。ここ最近は、神経質で礼儀正しいポスト・フェミニストの男性ばかりと付きあっていたせいか、所有権を主張されるのは悪くない気分だった。笑顔もすてきで、どこか猫っぽい。微笑みながら、カナリアのトゥイーティーの黄色い羽根をぺっと吐きだしそうに見える。どんな仕事をしているのかと尋ねないのも新鮮でよかったし（わたしはライターだってもう書いたっけ？）。言葉にはミズーリ訛《なま》り特有の川の流れのような抑揚がある。マーク・トウェインの故郷で、『トム・ソーヤーの冒険』の舞台のモデルになったハンニバルの町のそばで生まれ育ったそうだ。十代の頃には、観光客相手にディナーとジャズを提供する蒸気船で働いていた、と教えてくれた。わたしが笑うと（失礼千万なニューヨーク娘のわたし。中部なんて、その他大勢の人々が住んでいる広いばかりでなにもない場所だと思って、足を踏み入れたこともない）、ミズーリは魅惑的で、この世でいちばん美しい、どんな州にも負けないほどすばらしい場所なんだよ、と話してくれた。茶目っ気たっぷりの瞳に、長い睫毛。少年時代が目に浮かんだ。

わたしたちは同じタクシーで帰った。追われるようにひた走る車のなかで、めまぐるしく過ぎていく街灯の影を眺めていた。でも、わたしの家の手前十二ブロックのところで、午前一時だというのに渋滞につかまった。それでタクシーを降りて、〝これからどうなるの？〟とドキドキしながら冷気のなかに出た。ニックはわたしの腰に手を当てて、家まで送ってくれた。ふたりともあまりの寒さにびっくりしていた。角を曲がると、パン屋にパウダーシュガーが配達されているところで、セメントみたいな樽が倉庫に運びこまれていた。白く甘い煙がたちこめ、配達人たちの姿はぼんやりとした影にしか見えない。霞のかかった通りで、ニックはわたしを引き寄せると、また微笑みを浮かべ、二本の指でわたしの髪をひと房つまむと、毛先まで指を滑らせ、呼び鈴を鳴らすみたいに二回引っぱった。睫毛にはパウダーシュガーが積もっている。顔を寄せるまえに、ニックはわたしの唇についた砂糖を拭った。わたしを味わえるように。

ニック・ダン
その日

バーのドアを開き、暗がりのなかに身を滑りこませると、その日初めて深々と息を吸いこみ、煙草とビールのにおいと、こぼれたバーボンの香りと、古くなったポップコーンの臭気を嗅ぎとった。客はひとりきりで、店のいちばん奥にすわっている。スーという年配の女性で、以前は夫婦ふたりで毎週木曜日に店に来ていたが、三カ月前にその夫を亡くしていた。いまもその習慣を守るように、毎週木曜日になるとひとりでやってきて、あまり話もせずに、クロスワードをしながらビールを一杯だけ飲む。

妹はカウンターの後ろで仕事中だった。髪をださいバレッタでまとめ、腕をピンクに染めながら、熱い石鹸液のなかにビールグラスを浸けては引きあげている。スレンダーな身体に、個性的な目鼻立ちをしていて、魅力がないというわけではない。ただ、すぐにはそうと気づけないかもしれない。角ばった顎、細くて形のいい鼻、丸く突きでた黒い瞳。時代物の映画なら、マーゴの顔を見た男は、フェドーラ帽のつばを上げて口笛を吹き、「やあ、いい女だな」と言うにちがいない。だが一九三〇年代のスクリューボール・コメディの女王が、妖精のお姫様みたいな顔立ちが好まれる現代にも受けるとは限らない。それでも、ともに育った月日のあいだに悟ったことだが、妹はずいぶん男にもてる。それが兄としては誇らしくもあり、心配でもあり、なんとも複雑な気持ちだった。

「ピメントローフって、いまでも作られてるのかな」マーゴは入ってきたのがぼくだとわかっていて、顔を上げもせず、挨拶《あいさつ》代わりにそう言った。その顔を見るとほっとした。万事が絶好調ではなくてもなんとかなると、いつでも思わせてくれる。

双子の妹、マーゴ。あまりに何度もこのフレーズを口にしてきたので、いまでは実際の言葉というよりは、心を落ち着けるための呪文《マントラ》のようになっている。フタゴノイモウトマーゴ。ぼくらが生まれた一九七〇年代には、双子はまだめずらしく、ユニコーンのいとこだとか、エルフのきょうだいみたいな、どこか不思議な存在だとみなされていた。双子のテレパシーというやつも多少は通じる。ぼくが一緒にいて完全に素《す》のままでいられるのはマーゴだけだ。自分の行動を説明する必要も感じない。考えをいちいち明確にしなくてもいいし、疑いや不安を抱くこともない。いまはさすがになにもかも話すわけではないが、ほかの誰よりも断然多くのことを打ち明けている。隠し事もなるだけしないようにしている。ぼくらは背中合わせの状態で、互いにかばいあいながら九カ月を過ごした。それは生まれてからも変わらなかった。自意識過剰な少年だったぼくにしては妙な話だが、マーゴが女だということは一度も気にしたことがない。どう言えばいいだろう。とにかくマーゴはいつも最高だった。

「ピメントローフって、ランチョンミートみたいなやつだろ。あるんじゃないか」

「買ってみましょ」とマーゴは言い、片眉を上げてぼくを見た。「興味あるから」

マーゴは尋ねもせずに、清潔そうには見えないジョッキに生のパブスト・ブルーリボン・ビールを注いだ。ぼくが染みのついたジョッキの縁を見つめているのに気づくと、ジョッキに口をつけ、唾がつくのもかまわず染みを舐めとった。そしてぼくの目の前にジョッキを置いた。「王子様、これでいい?」

マーゴはぼくが両親の愛情を一身に受けてきたと固く信じている。望まれていたのも、育てる余裕があったのもほんとうはぼくだけで、自分はぼくのかかとにしがみついてこっそりとこの世に生まれてきた、必要とされない邪魔者(とくに父にとっては)なのだと思っている。親に放っておかれ、お下がりばかりあてがわれ、学校行事への参加許可証を忘れられ、お金もかけてもらえず、作ったことを後悔されっぱなしのみじめな子どもだったと信じこんでいる。認めるのはつらすぎるが、それはあながち誤りだとも言えなかった。

「苦しゅうない、わが端女《はしため》よ」とぼくは言い、施しをする王のように手を振ってみせた。

ぼくはビールに覆いかぶさるように背を丸めた。腰を落ち着けて、できれば三杯ほど飲みたい気分だった。朝の出来事のせいでまだ神経が逆立っている。

「どうしたのよ。やけにいらついてるじゃない」とマーゴが訊き、薄い石鹸液の飛沫《しぶき》をぼくに向けて飛ばした。エアコンが作動し、ふたりの髪をくしゃくしゃにした。ぼくらは必要以上に長い時間をバーで過ごしている。子どもの頃には夢でしかなかった娯楽室をようやく手に入れたようなものだった。去年のある晩、ぼくらは酔った勢いで、母の家の地下室にあった収納箱を開けてみた。このとき母は存命中だったが、すでに死期は迫っていて、ふたりとも気を紛らせようと、あら、とか、おおっ、とか言いながら、古いおもちゃやゲームを引っぱりだしていった。八月のクリスマスだ。母が遺した古い家にマーゴが引っ越したあと、ぼくらは少しずつおもちゃを店に運びはじめた。ある日、すっかり香りがなくなってしまったストロベリー・ショートケーキ・シリーズの人形がスツールの上に現れた（ぼくからマーゴへのプレゼントだ）。そして隅っこの棚の上には、タイヤがひとつ取れてしまったホットウィール・シリーズのエルカミーノのミニカーが出現した（マーゴからぼくへのプレゼント）。

そのうちボードゲーム・ナイトでも開催してはどうかと考えている。もっとも、大半の客はボードゲームを懐かしむには年を取りすぎているかもしれない。〈ハングリー・ハングリー・ヒッポ〉にしても、小さなプラスティックの車に、小さなピンの形をしたプラスティックの夫婦と、これまた小さなピンの形をしたプラスティックの赤ん坊を詰めこんでいく〈人生ゲーム〉にしても。〈人生ゲーム〉はどうしたら上がりになるんだったか、ぼくももう忘れてしまった（ハズブロ社の思想はなかなか深い）。

マーゴはぼくと自分にビールのお代わりを注いだ。左の瞼がわずかに垂れている。ちょうど正午になったばかりだが、いったい何時から飲んでいるのだろう。この十年、マーゴにもいろいろあった。優秀な頭脳とロデオでもやれそうなチャレンジ精神を武器に、マーゴは大胆にも大学を中退して一九九〇年代の末にマンハッタンへと移り住んだ。いち早くＩＴ業界の花形となり、二年のあいだに途方もない額の金を稼いだものの、二〇〇〇年にインターネット・バブルがはじけた。マーゴはくじけなかった。当時はまだ二十代も前半で、元気もあった。第二幕に挑むために大学で学位を取り、グレーのスーツに身を包んで投資銀行業界へと突入した。派手に振る舞うでもなく、あくどい手段を使うでもなく、そこそこの業績を上げたが、二〇〇八年の金融メルトダウンであっけなく職を失った。「もうお手上げよ」と実家からかけてきた電話で聞かされ、初めてマーゴがニューヨークを去ったことを知った。なだめすかして戻らせようとしたが、受話器の向こうでは怒ったような沈黙が流れるだけだった。電話を切ったあと、あわててバワリー街にあるマーゴのアパートメントを訪ねてみると、大事にしていたゴムノキのゲイリーが非常階段の上で黄色く干からびていた。それでもう帰らないつもりだと悟った。

バーをはじめてから、マーゴは元気を取りもどしたように見える。せっせと帳簿をつけ、ビールを注いでいる。たまにチップの瓶から金をくすねているらしいが、マーゴのほうがぼくより働いているのだからかまわない。昔の生活のことを話題にすることは少しもなかった。ダン家のぼくらは、終わった《ダン》存在で、そのことに奇妙な満足を感じてもいた。

「で、なに」マーゴがいつものセリフで話を促した。

「うーん」

「うーん、なに？　うーん、参った？　参ってるみたいだけど」

ぼくはイエスと言うように肩をすくめた。マーゴが表情を読もうとしている。

「エイミーのこと？」とマーゴが尋ねた。ご明察。ぼくはまた肩をすくめた——今度は〝どうしたらいい？〟と尋ねるために。

マーゴは面白がっているような表情を浮かべ、カウンターに頬杖をついて、ぼくの結婚生活に鋭い分析を加えようと身を乗りだした。ぼくの唯一の相談役なのだ。「彼女がどうかしたの」

「ちょっと厄介な日でね」

「彼女のことで悩むことないわよ」マーゴは煙草に火を点けた。毎日一本だけ吸うことに決めている。「女なんてまともじゃないんだから」自分もその一員であることは棚に上げ、いつもばかにしたように〝女〟という言葉を口にする。

ぼくはマーゴの吐いた煙を息で吹きもどした。「今日は結婚記念日なんだ。五周年の」

「あらまあ」マーゴは頭をのけぞらせた。結婚式では全身紫ずくめでブライズメイドを務めてくれ、エイミーの母親から〝ゴージャスな黒髪の、アメジスト色のドレスのお嬢さん〟と呼ばれていたが、結婚記念日までは覚えていなかったらしい。「へえ。びっくり。早いものね」そう言って、気だるい仕草でもう一度ぼくに煙を吹きかけた。癌《がん》にでもする気か。「また例のあれをやるつもりなの？　ほら、なんて言ったっけ、ゴミ集めじゃなくて――」

「宝探しだろ」

エイミーはゲームが、とくに心理ゲームが大の得意だが、遊びでやる本物のゲームも好きで、毎年の結婚記念日には手の込んだ宝探しゲームを準備する。隠されたヒントを順に発見していき、最後にプレゼントが待っている、という仕組みだ。エイミーの家では、結婚記念日のたびに父親が母親のためにそのゲームを用意していたそうだ。妻と夫の役割が逆になっていることや、そこにほのめかされているものに、ぼくが気づいていないなどとは思わないでほしい。でも、ぼくが育ったのはエイミーの家庭ではなく、自分の家庭なわけで、父が母に贈った最後のプレゼントといえば、たしか、ラッピングもなしでキッチンカウンターにぽんと置かれていたアイロンだった。

「今年のエイミーがどれぐらいご機嫌ななめになるか、賭けでもする？」マーゴがビールのジョッキ越しに尋ねた。

エイミーの宝探しには問題があった。それはぼくがヒントを探しだせないということだ。ニューヨークに住んでいた一周年の記念日には、見つけられたのは七つのうちふたつきりだった。それがいちばんましな年だった。第一のヒントはこうだった——

ここはちょっとむさ苦しい場所だけど、
去年のいつかの火曜日に、ふたりですてきなキスをしたわ

子どもの頃、スペリング・コンテストに出たことはあるだろうか？　単語が告げられた直後、綴《つづ》りを知っているだろうかと、真っ白になった脳内を必死で検索するあの瞬間を味わったことは？　ぼくはそれと似た、うつろなパニックに見舞われた。

「アイリッシュ・バーなんだけど、あまりアイルランドっぽくない場所にあるところよ」とエイミーはせっついた。

　ぼくは唇の端を噛み、肩をすくめると、答えが出てきやしないかと居間を見まわした。たっぷり一分、エイミーは待っていた。

「雨のなかで道に迷ったじゃない」答えを促す声にいらだちが交じりはじめた。

　ぼくはすくめていた肩を下ろした。

「〈マクマンズ〉よ、ニック。ほら、雨のなか、チャイナタウンで点心の店を探して迷ったでしょ。孔子像の近くのはずだったけど、孔子像がふたつあるのがわかって、結局ずぶ濡れになって、たまたま見つけたアイリッシュ・バーに駆けこんだじゃない。ウィスキーを二、三杯やって、あなたがわたしをつかんで、キスして、それが――」

「そうだった！　孔子をヒントにしてくれればわかったのに」

「孔子像は重要じゃないの。あの店が重要なのよ。あの瞬間が。すごく特別に思えたの」エイミーは最後の数語を、子どもじみた抑揚たっぷりの声で言った。かつてはそれに惹かれたこともあった。

「特別だったさ」ぼくはエイミーを引き寄せ、キスをした。「あそこでしたのは、結婚式を再現したみたいな特別なキスだった。〈マクマンズ〉へ行って、もう一度しよう」

〈マクマンズ〉へ行くと、クマのように大柄なひげ面の若いバーテンダーが、入ってきたぼくらに気づいてにっこりし、ウィスキーを注いでくれると、次のヒントを差しだした。

落ちこんで元気が出ないときは、
ここに来なくちゃ

今度の正解は、セントラル・パークにある不思議の国のアリスの像だった。子どもの頃、そこに行くと気持ちが明るくなったの、と話したはずだと——「話したじゃない、何度も何度も」——エイミーは言った。ぼくにはさっぱり思いだせなかった。嘘じゃなく、ほんとうに覚えていなかった。ぼくは注意散漫ぎみだし、それに妻といると目がくらみそうになるせいもある。まさに文字どおりの意味で。まぶしい光を見つめたときのように、まともな視力を奪われそうになるのだ。だからそばにいて話を聞いているだけで十分で、その中身には注意を払わなかったことも一度ならずある。払うべきだったのだろうが、そうしなかった。

一日が終わり、実際にプレゼントを——紙婚式のしきたりにのっとって、紙でできたプレゼントを——交換する頃には、エイミーは口をきいてくれなくなっていた。

「きみを愛してるんだ、エイミー。わかってるだろ」口を開けたまま歩道に突っ立っている家族連れの観光客のあいだを縫ってエイミーの後を追いながら、ぼくは言った。

セントラル・パークは人であふれ返っていた。険《けわ》しい目つきのランナーたち、ハサミの刃のように脚を上げたスケーターたち、酔っぱらいのように頼りない足取りの幼児たち、しゃがみこんだ親たち。エイミーは口を固く結んだまま、人ごみを器用にすりぬけながら足早に前を進んでいた。ぼくはその腕をつかもうと後ろ姿を追いかけた。ようやく立ち止まったエイミーに、ぼくは自分の言い分をぶつけた。「エイミー、きみへの愛を証明するのに、なんだってきみとそっくり同じことを、同じように覚えてなきゃならないんだい。忘れたからって、きみとの生活が大事じゃないってことにはならないだろ」表情ひとつ変えないエイミーに見えない指で押さえつけられているように感じ、ぼくの憤《いきどお》りはしぼんでしまった。

そばにいたまぬけなピエロが動物型の風船を膨らませ、男が薔薇《ばら》を買い、子どもがアイスクリームを舐めたその瞬間、忘れようにも忘れられない正真正銘のしきたりが生まれた――エイミーは際限なくぼくに求め、ぼくの努力が認められることはけっしてないというしきたりが。結婚記念日おめでとう、くそったれ。

「五周年となると、彼女、むくれっぷりも相当なんじゃない」とマーゴが言葉をつづけた。「で、とびきりのプレゼントを用意してあるんでしょうね」

「これから買おうと思って」

「五周年って、何婚式なの？　紙？」

「紙婚式は一年目だよ」がっかりな結果に終わった一年目の宝探しの最後に、エイミーは気取ったレターセットをくれた。触ると指がしっとりとしそうなほどなめらかな材質の紙で、上部にはぼくのイニシャルのエンボス加工が施されていた。ぼくのほうは、公園やらピクニックやら夏の熱風やらを思い浮かべながら安物雑貨店で買った真っ赤な紙の凧《たこ》をプレゼントした。ふたりとももらったものが気に入らず、自分があげたもののほうがよかった、と思った。O・ヘンリーの逆パターンだ。

「じゃあ銀？」とマーゴが訊いた。「それとも青銅？　鯨骨彫刻《スクリムショー》とか？　ねえ、教えてよ」

「木婚式だよ。木でできたロマンティックなプレゼントなんて、ないよなあ」

バーの奥にいたスーが丁寧に新聞をたたみ、五ドル紙幣とともに、空になった卓上のジョッキのそばに置いた。ぼくらは店を出るスーと無言で笑みを交わした。

「わかった。うちに帰って、思いっきりエイミーとファックして、それからデカチンでピシャピシャ叩いてやれば。〝ほらよ、棒でもくらえ、メス犬！〟って」

ぼくらは笑った。頬の同じ場所に赤みが差した。マーゴはそういう妹らしくない卑《ひ》猥《わい》なジョークを、手榴弾のようにぼくに投げつけるのが大好きだ。そのせいで、ハイスクール時代にはぼくらがこっそりヤッているという噂が絶えることがなかった。

〝双子相姦〟というやつだ。ぼくらは仲が良すぎた。ふたりだけの内輪のジョークを言いあったり、パーティーでは隅っこでひそひそ話をしたり。言うまでもないとは思うが、きみはマーゴとは違うから、誤解するかもしれない。だから言っておこう。妹とぼくは一度たりともヤッたことはないし、そんなことを考えたこともない。ほんとうに仲がいいだけだ。

マーゴはペニスでぼくの妻を打ちのめす真似をしている。

そう、エイミーとマーゴが心を通わせることは望めそうにない。お互い張りあってばかりだった。マーゴはずっとぼくにとっていちばんの存在だったし、エイミーのほうは、誰にとってもいちばんの存在だったからだ。同じ町に住んでいながら——以前はニューヨークで、いまはこの町で——さっぱり打ち解ける気配がない。ふたりとも、タイミングよく舞台を出入りする役者たちのように、ぼくの前で鉢合わせしないようにしていた。一方がドアを出ていくと、もう片方が入ってくるといった具合で、たまに同じ部屋に居合わせることになると、ふたりともちょっと困った顔をした。

エイミーと付きあいはじめて結婚を決めた頃、マーゴはちらほらと本音を漏らすことがあった。「変よね、彼女ってほんとはどんな人なのか、ちっともわからない」とか。「彼女といるときのあなたって、なんか別人みたい」とか。「誰かをほんとに愛するのと、その人の幻を愛するのとは違うのよ」とか。最後にはこう言った——「大事なのは、彼女といてほんとうに幸せかどうかってことよね」。

その頃、エイミーといると、ぼくはほんとうに幸せだった。

エイミーもマーゴの印象をあれこれ口にした。「彼女ってすごく……ミズーリっ子って感じよね」やら、「いつでも会いたいってタイプじゃないわよね」やら、「ちょっとあなたにべったりしすぎだけど、ほかに誰もいないんだものね」と。

揃ってミズーリの住人になれば、ふたりも譲歩しあうだろうと期待していた。合わないところはあるけれど、あなたはあなた、わたしはわたしよね、という具合に。どちらも折れなかった。といっても、マーゴはエイミーよりも剽軽《ひょうきん》なので、真正面からぶつかることはなかった。エイミーは頭の回転が速く、辛辣で、皮肉っぽく、痛烈な嫌味でぼくをいらだたせるが、マーゴはいつもぼくを笑わせてくれる。でも妻を冗談のネタにするのは危険すぎる。

「マーゴ、ぼくのナニの話題はタブーのはずじゃないか。ふたりのあいだでは、存在しないことにするんだろ」

電話が鳴った。マーゴはひと口ビールを飲んでから受話器を取ると、目を瞠《みは》り、笑みを浮かべた。「ええ、いるわよ。ちょっと待って」そしてぼくに向かって〝カールよ〟と口を動かした。

カール・ペリーは我が家の向かいに住んでいる。退職して三年になる。離婚して二年。その直後に引っ越してきた。子ども用のパーティーグッズを扱う訪問販売員を長くやっていて、四十年もモーテル暮らしをつづけてきたせいか、自宅にいるのが落ち着かないらしい。毎日のように、ぷんぷんにおいのするハンバーガー店の紙袋持参で店に顔を出し、暮らし向きについてこぼしながら、タダ酒にありつくまでねばっていく（店での様子から、病的なほどではないものの、かなりの酒びたりだということもわかっている）。処分してしまいたい酒があれば、なんでも喜んで飲むとさえ言っている。それも本気で。うちの地下室で埃をかぶっていた一九九二年製のジーマ・ビールをひと月飲みつづけたこともある。二日酔いで家から出られないときは、あれこれ理由を見つけては電話をかけてくる。「郵便受けが満杯になってるぞ、ニック。小包でも入ってるんじゃないか」だの、「雨が降りそうだから、窓を閉めに戻ったほうがいいんじゃないか」だの。どうでもいい用件ばかりだった。たんに、グラスのぶつかる音や、酒を注ぐ音が聞きたいだけなのだ。

ぼくは受話器を受けとり、カールがジンを思い浮かべられるように、電話口で氷の入ったタンブラーを揺らした。

「やあ、ニック」カールの弱々しい声が聞こえた。「邪魔してすまないね。ちょっと知らせておこうと思ったんだ……玄関のドアが開けっぱなしで、猫が外に出ちまってるよ。まずくないかい？」

ぼくは曖昧《あいまい》なうなり声で応じた。

「わたしが見に行ければいいんだが、あいにくいささか二日酔いでね」カールは気だるげな声で言った。

「いいんだ。これから帰るところだから」

　自宅はリバー・ロードを北へ十五分走ったところにある。近所まで戻ってくると、身震いがすることがある。ぽっかりと口を開けたように明かりの消えた家がなんと多いことか——一度も人に住まれたことのない家々、持ち主が立ち退きにあった家々。主《あるじ》なきまま、空《むな》しく威容を誇っている。

　エイミーとぼくがここに越してきたとき、数少ない隣人たちがいっせいに押しかけてきた。キャセロール持参でやってきた、三人の子持ちの中年のシングルマザー。六缶パックのビールを手に現れた若い三つ子の父親（妻と三つ子は留守番だった）。二軒ほど先に住んでいる信心深い老夫婦。もちろん向かいの家のカールも。裏手のデッキに腰を下ろして川を眺めながら、誰もが変動金利型住宅ローン《ARM》やら、ゼロ金利やら、頭金なしやらの話を悔《くや》しげに話題にし、それから我が家だけが川に面していて、ぼくら夫婦にだけ子どもがいないことを指摘した。「ふたりだけなの？　こんなに広い家に？」と、スクランブルエッグらしきものを皿によそいながら、シングルマザーが尋ねた。

「そう、ふたりだけなんですよ」ぼくは笑みを浮かべてそう答え、ぐにゃぐにゃの卵をひと口食べると、おいしい、というしるしにうなずいてみせた。

「なんだか寂しそう」

その言葉は正しかった。

四カ月後、〝こんなに広い家に〟と言っていたそのシングルマザーは、住宅ローンを払いきれなくなり、三人の子どもを連れて夜逃げをした。家は空き家のまま残された。居間の窓には、子どもの描いた蝶の絵がいまも貼られたままで、鮮やかなマジックペンの色彩が日に焼けて褪《あ》せてきている。このあいだの夕べ、車でそこを通りかかったとき、小汚い身なりのひげ面の男がその絵の向こうに立ち、みじめな水族館の魚のように暗がりに漂いながら外を眺めているのが見えた。ぼくに見られていることに気づいた男は、家の奥へと姿を消した。翌日、ぼくはサンドイッチを山ほど詰めた茶色の紙袋を正面階段の上に置いた。それは一週間たっても日が当たったままそこにあり、腐ってドロドロになったので、しかたなく拾いあげて捨てた。

静かだ。住宅街のなかは、普段から落ち着かなくなるほどひっそりとしている。車のエンジンの音を気にしながら我が家の前まで来ると、たしかに正面玄関に猫が出ているのが見えた。カールの電話から二十分はたっているが、まだ階段の上にいる。妙だ。エイミーはブリーカーというその猫をかわいがっていて、爪を抜き、なにがあってもけっして外には出さないようにしている。性格はいいが、とんでもなく頭が悪いので、たっぷりした皮下脂肪のなかに位置追跡チップを埋めこんではあるものの、いったん逃げだせばそれっきりになるのが目に見えているからだ。とことことまっすぐにミシシッピ川に入っていき、メキシコ湾まで流されて、飢えたオオメジロザメの餌食になるにちがいないと思っていた。

だが、ブリーカーは階段を下りる知恵さえなかったらしい。はりきって歩哨に立つずんぐりとした二等兵のように、ポーチの端に誇らしげにすわっていた。私道に車を乗り入れると、カールが家から出てきて玄関前の階段に立つのが見えた。猫と老人の両方の視線を感じながら車を降り、家へと歩いた。花壇に植えられたボタンが、さあ食べてと言わんばかりにみずみずしい大輪の赤い花を咲かせている。

猫をつかまえようと身をかがめかけたとき、開けっぱなしになった玄関のドアが目に入った。カールから聞いてはいたが、自分の目で見てみると話は別だった。それはゴミを出しに一分かそこら出ている感じの開き方ではなかった。ぽっかりと穿《うが》たれた穴のような不吉な開き方だった。

カールは通りの向こうでぼくの様子をうかがっている。下手くそなパフォーマンス・アートかなにかのように、心配げな夫の役を演じようとする自分に気づいた。階段の途中で立ちどまって眉をひそめてみせ、それから妻の名を呼びながら一段飛ばしで駆けあがった。

返事はない。

「エイミー、いるのかい」

ぼくは二階へ直行した。エイミーはいない。セットされたアイロン台、電源が入りっぱなしのアイロン、皺《しわ》になったままのワンピース。

「エイミー！」

階下に下りると、開けっぱなしのドアの向こうに、あいかわらず腰に手を当ててこちらをうかがっているカールの姿が見えた。ぼくは居間に入りかけ、足を止めた。コーヒーテーブルのガラスが割れ、破片が絨毯《じゅうたん》の上に散乱している。サイドテーブルは横倒しになり、上にのせられていた本がトランプのように床に広がっている。重いアンティークの足置き台《オットマン》まで逆さになり、なにかの死骸のように短い四本の脚を天に向けている。荒らされた部屋の中央には、鋭いハサミが落ちている。

「エイミー！」

ぼくはエイミーの名を呼びながら駆けだした。キッチンではやかんの火が点けっぱなしになっている。地下の客室にも人影は見あたらないので、裏口から外に出た。裏庭を突っきり、川に突きだすように設置された細い桟橋に向かった。桟橋の縁からボートを覗きこみ、エイミーがそこにいないかたしかめた。まえに一度、係留してあるそのボートの上で、川の流れに揺られながら、目を閉じて日差しを浴びているエイミーを見つけたことがあった。川面のきらめきに包まれてじっとしている美しいその顔を眺めていると、エイミーはふいにブルーの目を開いたが、なにも言おうとはしなかった。ぼくも無言のまま、ひとりで家のなかに戻った。

「エイミー！」

川にもいなければ、家にもいない。エイミーの姿はどこにもなかった。

エイミーは消えた。

エイミー・エリオット
二〇〇五年九月十八日

――日記――

さてさてさて。誰が戻ってきたでしょう。答えはニック・ダン。ブルックリンのパーティーで出会って、パウダーシュガー味のキスをして、それきり音信不通になった彼。この八カ月と二週間と数日、なんの音沙汰もなかったのに、いきなりまた現れた。まるで最初からそういう計画だったみたいに。わたしの電話番号を失くしてしまったそうだ。携帯電話が電池切れだったので、付箋紙に番号をメモしておいた。それをジーンズのポケットに入れたまま洗濯機に放りこんだものだから、付箋紙はぐちゃぐちゃになってしまった。なんとか判読しようとしたけれど、読みとれたのは3と8だけだったってわけ（彼の言い分では）。

それから仕事が忙しくなり、気づいたら三月で、いまさら探すのも、と遠慮していたそうだ（彼の言い分では）。

もちろん、わたしは怒っていた。怒りっぱなしだった。でも、いまは違う。一部始終を書いておこう（わたしの言い分を）。今日。九月の強い風のなか。昼休みに七番街を歩きながら、歩道に並ぶ食料品店《ボデガ》の陳列ケースを眺めていた。カンタロープやらハネデューやらのメロンが、魚みたいに氷にのせられて無数のプラスティック容器に並べられていた。と、ひとりの男性がそばに寄ってきた。馴れ馴れしいその相手を横目で見て、誰なのか気づいた。彼だった。〝彼とめぐりあったの！〟の彼だ。

わたしは足を止めずに、顔だけ彼のほうに向けてこう言った。

(a)「まえに会ったかしら？」（わざとらしく、挑発的に）
(b)「あら、うそ、会えてすごくうれしいわ！」（熱烈に、卑屈に）
(c)「くたばれ」（つっけんどんに、容赦なく）
(d)「もう、ずいぶんのんびりしてたわね、ニック」（気軽に、おどけて、屈託なく）

正解――d

というわけで、わたしたちは付きあうことになった。正式に。あっけないほど簡単だった。

タイミングがまた絶妙。運命的と言えるかも（きっとそうだ）。ゆうべは両親の出版記念パーティーだった。『アメージング・エイミーの結婚式』。そう、ランドとメアリーベスは我慢できなかった。娘に与えてやることができないものを、代わりにその分身に与えてしまったってわけ――夫を！　そう、シリーズ第二十作目で、アメージング・エイミーは結婚することになった！　ワーオ。誰も喜ばないだろうけど。アメージング・エイミーには子どものままでいてほしいとみんな思っている。とくにわたしは。あっちのエイミーにはハイソックスとリボンのままでいてもらって、わたしが大人になりたいのに。物語のなかの分身、紙の世界のもうひとりのわたし、理想のわたしから自由になりたいのに。

でも、『エイミー』シリーズはエリオット家の収入源で、ずいぶん稼がせてくれたわけだから、エイミーが完璧な結婚相手を見つけたからといって、うらやんではいけない。お相手はもちろん〝お利口なアンディ〟。きっと、うちの両親みたいな夫婦になるんだろう。心の底から幸せな。

それにしても、出版社が決めた発行部数が驚くほど少ないのが気になる。一九八〇年代、『エイミー』本の初版発行部数は十万部だった。いまは一万部。当然、出版記念パーティーもぱっとしなかった。盛りあがりに欠けていた。だいたい、どんなパーティーにすればいいというんだろう。六歳のおませな女の子だったはずが、三十歳で花嫁になろうとしていて、それなのに口調だけは子どものまんま、なんていう架空の人物のために（「ああもう」とエイミーは思いました。「わたしのフィアンセったら、思いどおりにならないと、すっごいイヤイヤ怪獣になるんだもん……」これ、実際の引用。読みながら、最初から最後まで、癪《しゃく》にさわるエイミーのつるぴかのアソコをガツンとやりたくてたまらなかった）。シリーズを読んで育った女性読者が昔を懐かしんで買うことをあてこんで出したものだけれど、読みたがる人なんているかどうか。もちろん、わたしは読むけれど。この本を出すことを何度もOKしたわけだし。エイミーの結婚を、いつまでたっても独身の自分へのあてつけだとわたしが受けとらないかと両親が心配していたからだ（「個人的にはね、女は三十五までは結婚しないほうがいいと思うのよ」と母は言っていた。自分は二十三で父と結婚したのに）。

両親は昔から、わたしが『エイミー』本のことを気にしすぎなのではと気を揉んでいた。あまり真剣に読まないようにといつも言っている。でも、わたしがなにか失敗をしでかすたびに、本のなかのエイミーは決まってそれをうまくやってのける。十二歳のわたしがバイオリンの練習を投げだしたとき、エイミーは新作のなかで神童として描かれた（「ああもう、バイオリンをがんばるのって大変。でもがんばらないと、上手にはなれないわ！」）。十六歳のときにジュニアテニス選手権大会をすっぽかして、友達と週末にビーチに出かけたときも、エイミーはちゃんと試合に出場した（「ああもう、友達と遊ぶほうが楽しいのに。でも大会に出ないと、自分のことも、みんなのことも裏切ることになっちゃうわ」）。昔はそれが嫌でたまらなかったけれど、ハーヴァードに進んでからは（エイミーのほうは、正しく両親の母校に入学した）、思い悩むのがばかばかしくなった。両親はふたりとも児童心理学者なのに、作品を通じて自分の子どもに受動的攻撃を加えている。そんなのめちゃくちゃだし、ばかげてるし、まともじゃないんだから、笑いとばせばいいのだ。気にしたってしょうがない。

出版記念パーティーも、本そのものと同じくらい現実逃避的だった。会場は〈ブルーナイト〉というユニオン・スクエアのそばにある薄暗いサロンのひとつ。客に若きエリート気分を味わわせるために、袖付きの肘掛け椅子やらアールデコ様式の鏡やらを置いているような店だ。貼りついたような笑顔でマティーニのグラスが並んだお盆を運ぶウェイターたち。抜け目ない笑みを浮かべながら、遠慮なくタダ酒を飲み、ましな行先が見つかるとさっさといなくなる貪欲そうなジャーナリストたち。

両親は手をつないで会場内を歩きまわっていた。ふたりの愛の物語は、『アメージング・エイミー』シリーズにとって欠かせない要素になっている。四半世紀にもわたり、二人三脚で創作活動をつづけてきた夫と妻。ソウルメイト。実際、ふたりは互いにそう呼びあっていて、わたしから見ても、そのとおりだと思う。孤独なひとりっ子としてずっとふたりを見てきたわたしだから、そう断言できる。険悪な雰囲気になることも、とげとげしい言い争いをすることもない。つながりあったクラゲみたいに、一体化して人生を歩んでいる――無意識に拡大と収縮を繰り返しながら、液体のように互いの隙間を埋めている。ソウルメイトでいることなんて、いとも簡単だというみたいに。崩壊した家庭の子どもは苦労するとよく言われるけれど、幸せいっぱいの夫婦に生まれた子どもも、それはそれでつらいものがある。

予想していたとおり、わたしは喧騒を避けるために部屋の隅のビロード張りの長椅子に腰かけ、編集者から「コメントをとってこい」と命じられた気の毒なインターン生たちからインタビューを受けるはめになった。

「エイミーがついにアンディと結婚したことを、どう思いますか？　あなたは結婚してませんよね」

さて、質問の主は――

（a）緊張のあまり目を見開き、メッセンジャー・バッグの上の手帳をぐらつかせている若者

（b）セクシーなピンヒールにつやつや髪の、キメすぎな娘

（c）タトゥーを入れたロカビリー・スタイルのわりに、エイミーに興味津々の娘

（d）そのすべて

正解――d

わたしの回答――「ふたりが結婚してうれしいわ。幸せになってほしいわね、あははっ」

そのほかの質問に対するわたしの回答は以下のとおり（順不同）――

「わたしがエイミーのモデルになっている部分はあるけど、まったくのフィクションの部分もあるから」

「いまは独身生活が楽しいから、お利口なアンディはいないの！」

「いいえ、エイミーは男女の力学を単純化しすぎているとは思わないわ」

「いいえ、エイミーが時代遅れだとは思わない。不朽のシリーズだと思うわよ」

「ええ、独身よ。いまはお利口なアンディはいないわ」

「エイミーは完璧《アメージング》なのに、アンディはお利口なだけなのはなぜかって？　ほら、パワフルですてきな女性が、妥協して平凡なジョーだとか、お利口なアンディだとか、そういう月並みな相手を選ぶことって多いじゃない？　なーんて、冗談よ、いまのは書いちゃだめ」

「ええ、独身よ」

「ええ、両親は間違いなくソウルメイトね」

「ええ、わたしもいつかは、って思うわ」

「ええ、独身だってば、ほっといてよ」

同じような質問が繰り返され、わたしはどれも深みのある質問だという顔をしてみせた。相手も深みのある質問をしているようなふりをしていた。飲み放題のバーが目当てのくせに。

質問してくる相手はすぐにいなくなり、広報担当の女性は、それがいいことだというふりをして言った。「やっとパーティーに戻れるわね！」わたしはもじもじしながら（数少ない）客たちの元に戻った。両親は頬を紅潮させて、ホスト役モード全開だった。ランドは古代魚のように歯をむきだして笑い、メアリーベスはニワトリみたいに陽気に会釈しっぱなし。手をつないで、うれしそうに、楽しそうに笑いあっていた。なんて孤独なんだろう、とわたしは思った。

家に帰って、ひとしきり泣いた。もうすぐ三十二になる。年ってほどでもない、とくにニューヨークでは。でもじつは、もう何年も誰かを好きになったことさえない。だから愛する人に、それも結婚してもいいと思えるほど愛する人にめぐりあえる可能性がどのくらいあるのかもわからない。誰と一緒になるのか、誰かと一緒になれるのかどうかさえわからない状態でいるのに疲れてしまった。

既婚者の友達は大勢いる。幸せとはいえなくても、結婚している友達は多い。幸せな結婚をした数少ない友達は、両親と同じで、わたしが独身なのが理解できない。あなたは頭がよくて、きれいで、感じもよくて、趣味も興味の対象もたくさん持っていて、かっこいい仕事にもつき、愛にあふれた家族もいるのに、と言う。それにはっきり言って、お金もあるし。眉を寄せて、紹介できる男性たちを思いつこうとしてみせるけれど、すてきな男性なんてどこにも残っていないことはみんな百も承知なのだ。そして内心では、わたしには選り好みが激しいとか、欠けているものがあるとか、なにかしら隠れた問題があるにちがいないと思っている。

ソウルメイトでない、妥協の結婚をした友達は、独身のわたしにいっそう手厳しい。結婚相手を見つけるなんてそんなに難しいことじゃないでしょ、完璧な関係なんてないんだから、と言う。そういう彼女たちは、おざなりなセックスやぱっとしないベッドでの儀式に甘んじ、会話といえばテレビの話題ばかり、そして夫が自分に無条件に従うことが――「そうだねハニー、わかったよハニー」――夫婦円満のあかしだと思いこんでいる。彼が言いなりになってるのは、話しあうのが面倒なだけでしょ、とわたしは思う。妻のつまらない要求を聞き入れることで、彼のほうは自分の優位を感じているだけなのに。それとも怒りを溜めこんで、そのうちうるさいことを言わない職場のかわいい若い子と浮気するか。そうなったら泣くのはそっちなのよ、とも思う。わたしなら、少しは骨があって、わたしのわがままにちゃんと対抗してくれる（でもわたしにわがままを言われるのが嫌いでもない）人がいい。とはいっても、始終諍《いさか》いばかりで、冗談めかして悪口を言いあったり、友人の前でくだらない話題を持ちだして、あきれたように目をむきながら〝ふざけて〟喧嘩をしてみせ、友人を自分の味方に引き入れようとするような夫婦になるつもりもない。そういう〝これさえなければ〟だらけの夫婦関係の悲惨なこと。〝これさえなければ、すばらしい夫婦になれるのに……〟。そして〝これさえなければ〟のリストの長さに、夫婦のどちらかは決まって気づいていない。

だから、妥協をするつもりはないけれど、それでもやっぱり、友達がみんな結婚してしまったから、金曜の夜にひとりでデートでもするみたいに家でワインを開け、ごちそうを食べながら、「これって最高よね」と自分に言い聞かせる瞬間はやるせなくてたまらない。香水やスプレーを振りかけて、いそいそとあちこちのパーティーやバーに出かけ、残り物のデザートみたいに室内をさまよっているときも。感じがよくて、ルックスも頭もいい、条件的には完璧な男性とデートをするたびに、わたしは異国にでもいるような気持ちで、自分を理解してもらおう、知ってもらおうとする。だって、男女関係でいちばん肝心なのはそれなんじゃないだろうか。彼はわかってくれる。彼女はわかってくれる。それこそずばり、愛の神髄なんじゃないだろうか。

結局、条件的には完璧なその彼とのデートは最悪なものになる――つぶやいたジョークは受けず、ウィットを効かせたひとことにも気づいてもらえない。それか、相手はウィットの効いた言葉を投げかけられたことには気づいても、どう返せばいいかわからず、痰《たん》かなにかのようにてのひらに握っておいて、あとで始末しているのかも。それでもわたしはさらに一時間ばかり理解しあおう、通じあおうとねばり、結局がんばりすぎて少し飲みすぎてしまう。そして家に帰って冷たいベッドに入り、「まあまあだったわ」とひとりごちる。わたしの人生には、まあまあなことばかりが列をなして待っているみたいだ。

でも今日、七番街でカンタロープ・メロンの角切りを買おうとしていて、ニックにばったり再会した。その瞬間、互いにわかりあえ、理解しあえることに気づいた。覚えておきたいと思うこともぴったり同じ（「オリーブは一個しかないけどね」）。リズムも同じ。ビビビッ。そんなふうに通じあえる。一緒にベッドで本を読んでいたり、日曜にワッフルを食べていたり、くだらないことで笑いあったり、唇を重ねたりしているところを早くも想像してしまう。それは〝まあまあ〟どころではない幸せで、もう二度とまあまあな状態になんて戻れそうにない気がする。こんなにもあっというまに。これからは一生彼と一緒。やっと現れてくれたのね。

ニック・ダン
その日

キッチンで警察を待っていたが、焦げついたやかんのにおいに喉が刺激され、吐き気がしてきたので、玄関ポーチへと出て階段の最上段に腰を下ろし、気を静めようとつとめた。エイミーの携帯電話には何度もかけてみたが、そのたびに留守電に切り替わり、すぐにかけなおす、というエイミーの早口のメッセージが聞こえるばかりだった。いつものエイミーならすぐにかけなおしてくるはずだ。もう三時間にもなり、五件のメッセージを残しているが、まだ返事がない。

かかってくるとも思えない。警察には、エイミーはやかんを火にかけたまま出かけたりしない、と言うつもりだった。あるいはドアを開けっぱなしにしたまま。あるいはアイロンをかけている途中で。物事をやり遂げるタイプの女だから、なにか計画に取りかかったら（たとえば、夫を教育するとか）、たとえそれが楽しくはなかったとしても、途中で投げだしたりはしないはずだ。新婚旅行で二週間フィジーのビーチに滞在した際も、百万ページはありそうな難解な『ねじまき鳥クロニクル』としかめっ面で格闘し、ミステリーを読みちらかすぼくに気取った視線を投げかけてきた。ミズーリに引っ越し、仕事もしなくなってからは、エイミーの生活の中心は、こまごまとした取るに足らない無数の計画を実行することへと変化（劣化？）した。あのワンピースも、アイロンをかけずに放っておくはずがない。

それに、居間には争った形跡がある。返事が来ないことは明らかだ。早く次の段階に進みたかった。

ちょうど一日でいちばん心地よい時間帯で、七月の空には雲ひとつなく、ゆるゆると傾きかけた太陽が東の方角にスポットライトを当て、あらゆるものをフランドル絵画のように美しく金色に染めあげていた。警察が到着した。緊迫感は感じられない。ぼくは階段にすわったままで、梢《こずえ》では鳥がさえずり、ふたりの警官も、近所のピクニックに顔を出すようなのんびりとした様子で車から降りてきた。二十代半ばの若い警官たちだが、落ち着きはらっていて熱意が感じられない。帰りの遅い十代の子どもを心配する親をなだめるのがいつもの仕事なのだろう。長い茶色の髪を一本の三つ編みにまとめたヒスパニックの女性警官と、海兵隊上がりのような身のこなしの黒人警官。ぼくが離れているあいだに、白人一色だったカーセッジにもわずかに（ごくごくわずかに）変化が生じていたが、それでもまだ人種間の隔《へだ》たりは大きく、日々の生活で目にする黒人といえば、町なかを動きまわる職業の人間に限られている。配達員か、救急隊員か、郵便局員。そして警官（「この町って、白人ばかりで落ち着かないわ」とエイミーは言った。自分はといえば、人種のるつぼのマンハッタンにいたときでさえ、アフリカ系アメリカ人の友人はひとりしかいなかったくせに。きみの平等主義なんて見せかけさ、マイノリティを添え物かなにかだと思ってるんだ、とぼくは反論したが、うまくいかなかった）。

「ミスター・ダン？　ベラスケス巡査です」と女性警官が言った。「こちらはリオーダン巡査。奥さんのことでご心配があるとか」

リオーダン巡査は、キャンディを舐めながら通りを眺めていた。それから川を渡っていく鳥に目を移した。ようやくぼくのほうに向きなおると、巡査は唇をねじまげた。その目が、ほかの誰もが見るのと同じものを見ているのがわかった。ぼくは思わず殴りたくなるような面相をしている。アイルランド系の労働者階級の出なのに、見た目はいかにも信託財産でも持っていそうな、いけ好かない野郎なのだ。そういう風貌をカバーしようと絶えず笑みを浮かべているが、たいした効果はない。大学時代は眼鏡をかけていたこともある。度の入っていない伊達眼鏡で、気さくで威圧的じゃない印象を与えられるかと思ったのだ。「それかけてると、一段とやなやつに見えるの、気づいてる？」とマーゴには言われた。ぼくは眼鏡を捨て、ますます笑みを絶やさないようにした。

ぼくは警官たちを招き入れた。「なかに入って、見てくれないか」

ふたりはベルトと銃をがちゃつかせながら階段をのぼってきた。ぼくは居間の入口に立ち、室内の惨状を示した。

「うわっ」とリオーダン巡査が言い、指の関節を鳴らした。がぜんやる気になったようだ。


リオーダンとベラスケスはダイニングルームの椅子に腰を下ろし、身を乗りだしながら基本的な質問をはじめた。名前、場所、時間。文字どおり耳をそばだてていた。リオーダンはぼくの耳に入らない場所まで電話をかけに行き、刑事が来ることになったと告げた。事態を深刻に受けとめられたことで、ぼくのプライドは満足した。

最近周辺で不審な人物を見かけなかったかと二回尋ねられ、カーセッジを徘徊《はいかい》するホームレスの男たちの話を三度繰り返したとき、電話が鳴った。ぼくは立ちあがり、部屋の奥にある受話器を取りあげた。

不機嫌そうな女の声がした。「ミスター・ダン、こちらはコンフォート・ビル老人ホームです」マーゴとぼくがアルツハイマーを病む父親を預けている施設だ。

「いまは取りこみ中なんで、かけなおします」ぼくはそれだけ言い、電話を切った。

コンフォート・ヒルの女性職員たちは無愛想で不愉快なので、大の苦手だった。悲惨なほどの薄給で働いているので、笑みも浮かばなければ、感じよくもできないのだろう。そんなふうに毛嫌いするのがただの八つ当たりなのはわかっている。ぼくが許せないのは、母が亡くなったのに、父が生きながらえていることだから。

ホームに小切手を送るのはマーゴの番のはずだった。七月はマーゴの番で間違いない。マーゴのほうはぼくの番だと思いこんでいるのだろう。まえにも同じことがあった。わたしたちは無意識のうちに小切手を送るのを忘れたがっていて、でもほんとうに忘れたがっているのは父さんそのものなのよ、とそのときマーゴは言った。

近所の空き家に侵入した不審者のことをリオーダンに話していたとき、チャイムが鳴った。チャイム。その音はあまりに日常的で、ピザでも注文していたかと思った。

ふたりの刑事は勤務明け間際の疲れを滲《にじ》ませていた。男のほうは長身痩軀《そうく》で、削ぎ落としたような細い顎をしている。女のほうは驚くほど不器量だった――月並みなレベルの不美人じゃなく、不快なほどの不器量さだった。中央に寄ったボタンのような小さな丸い目、ゆがんだ長い鼻、細かな吹き出物だらけの肌、綿埃のような色のこしのない長い髪。見てくれの悪い女には親しみを感じる。美しいとはいえない女三人――祖母と母と伯母――に育てられたからだ。三人とも頭がよく、優しく、たくましく、愉快な、すばらしい女性だった。真剣に付きあった相手のなかで、美人はエイミーが初めてだった。

不器量な女性刑事が先に口を開き、ベラスケス巡査と同じ言葉を繰り返した。「ミスター・ダン？　ロンダ・ボニー刑事です。こちらはパートナーのジム・ギルピン刑事。奥さんのことをご心配だそうですね」

ぼくの腹が全員に聞こえるほどの音で鳴ったが、誰もが気づかないふりをした。

「なかを見せてもらえますかね」とギルピン刑事が言った。両目の下にはたるみがあり、不揃いな口ひげには白いものが交じっている。シャツに皺は寄っていないが、ギルピンが着ているとそう見えた。煙草と酸っぱいコーヒーのにおいをさせていそうだが、それも思いこみだった。ダイアル・ソープのにおいがした。

数歩の距離にある居間へとふたりを案内し、ふたたび荒らされた室内を示した。なかでは若い巡査たちが、有能さをアピールするように真剣な顔でひざまずいている。ボニーはダイニングルームの椅子にぼくをかけさせた。そこからだと〝争った形跡〟を眺めることができるからだ。

ボニーは用心深いスズメのような目でぼくを見ながら、ベラスケスとリオーダンがしたのと同じ基本的な質問を繰り返した。ギルピンはしゃがみこんで居間を調べている。

「友人だとかご家族だとか、奥さんが一緒にいそうな人に電話をかけてみました？」

とボニーが訊いた。

「いや……それはまだ。警察を待っていたので」

「そう」ボニーは笑みを浮かべた。「当ててみましょうか——あなた、末っ子でしょ」

「なんです？」

「末っ子でしょ」

「双子の妹がいますが」ボニーが心のなかでなにか決めつけるのを感じた。「なんでです？」壁際の床には、エイミーのお気に入りの花瓶が無傷のまま倒れている。結婚祝いにもらった日本製の高級品で、エイミーは毎週掃除係が来る日になると、壊されるに決まっていると言ってかならずそれをしまいこんでいた。

「ただの勘だけど。あなたが警察を待っていたのは、人任せにするのに慣れているからだろうなと思って。うちの弟がそうだから。そういうのって、生まれ順で決まるものなのよね」そう言うと、ボニーは手帳になにかを書きとめた。

「へえ」むかっ腹を立てながらぼくは肩をすくめた。「なんなら誕生宮も教えましょうか。そんなことより、早く進めてもらえませんか」

　ボニーは愛想よく微笑み、ぼくの言葉を待った。

「なにもしなかったのは、その、妻が友人といるとは思えなかったので」ぼくは荒らされた居間を指さした。

「こちらに住んで何年ですか、ミスター・ダン。二年かしら？」ボニーが尋ねた。

「九月で二年ですね」

「そのまえはどちらに？」

「ニューヨーク」

「市内？」

「ええ」

ボニーは二階を指さして無言のまま上がる許可を求め、ぼくはうなずいて後につづき、その後ろからギルピンもついてきた。

「向こうではライターをやっていました」自分を抑える間もなく、口を開いていた。二年もたつというのに、ぼくはいまの暮らしが自分の人生のすべてだと思われるのに耐えられずにいる。

ボニー――「すごいわね」

ギルピン――「ライターってどんな？」

階段をのぼるタイミングに合わせて答えた。雑誌のライターでね（一段）、男性向けの雑誌に（一段）、ポップカルチャーについての記事を書いていたんですよ（一段）。上までのぼりきって振り返ると、ギルピンは居間のほうに気をとられていた。やがてこちらに向きなおった。

「ポップカルチャー？」階段をのぼってきながらギルピンが尋ねた。「それはつまり？」

「大衆文化のことですよ」ぼくは答えた。二階ではボニーが待っていた。「映画やら、テレビやら、音楽やら。いわゆる芸術と呼ばれるような、ハイカルチャーは含まれないんですよ」我ながら辟易《へきえき》した。ハイカルチャー？　ずいぶん気取った物言いだ。きみたち田舎者には、ぼくの東海岸仕込みの高尚な英語を中西部言葉に翻訳してやる必要があるかもしれないね、と言わんばかりの――〝映画見るだろ、そしたらなんか頭に浮かんでくるだろ、それを文字にするってこった〟。

「彼女は映画好きでね」ギルピンがボニーを示しながら言った。ボニーはそうなの、とうなずいた。

「いまはダウンタウンで〈ザ・バー〉という店をやってます」ぼくは付け加えた。短大でも教えているが、そこまで話すのはやりすぎのような気がした。デート中じゃあるまいし。

ボニーはバスルームを覗き、ぼくとギルピンは廊下で待った。「〈ザ・バー〉ですって？　知ってるわ。一度行ってみようかと思ってたの。いい名前よね。すごくメタっぽくて」

「かしこい選択だったんじゃないかね」とギルピンが言った。ボニーは寝室に向かい、ぼくたちも後につづいた。「ビールに囲まれた生活ってのも悪くなさそうだ」「答えは酒瓶の底に見つかる、とも言いますからね」と言ってから、また自分の物言いにうんざりした。

三人で寝室に入った。

ギルピンは笑った。「その感じならわかるよ」

「ほら、アイロンがついたままだ」とぼくは言った。

ボニーはうなずき、広々としたクロゼットのドアを開くと、なかに入って照明をつけ、ラテックス製の手袋をはめた両手でシャツやワンピースを触りながら、奥へと進んだ。と、急に声をあげてしゃがみこみ、こちらに向きなおった。手には銀色の紙に丁寧に包まれた四角い箱が握られている。

胃がぎゅっと締めつけられた。

「誰かの誕生日用かしら？」

「今日は結婚記念日なんです」

ボニーとギルピンは蜘蛛のようにぴくりと身を震わせたが、ふたりともそれに気づかないふりをした。

＊

居間に戻ると、若い巡査たちの姿はなかった。ギルピンはひっくり返ったオットマンに目をやり、床にしゃがみこんだ。

「いや、どうにも心配で」とぼくは言った。

「無理もないよ、ニック」ギルピンは真剣な顔で言った。淡いブルーの瞳が落ち着かなげに小刻みに揺れている。

「なにか手を打ってもらえますか。妻を見つけるために。だって、どう見ても失踪でしょう」

ボニーは壁にかかった結婚式の写真を指さした。タキシード姿で、歯を見せて貼りついたような笑顔を浮かべ、堅苦しくエイミーの腰に腕をまわしているぼく。ブロンドの髪をタイトにまとめてスプレーで固め、ケープ・コッドの海風にベールをたなびかせているエイミー。やけに目を瞠っているのは、いつもシャッターを押す瞬間に目をつぶってしまうので、瞬きを懸命にこらえているからだ。独立記念日の翌日で、花火の硫黄のにおいが潮風に混じっていた──夏だった。

ケープ・コッドにはいい思い出がある。付きあって数カ月ほどした頃、恋人のエイミーが、才能豊かで裕福な両親の元に生まれた大切なひとり娘であることを知らされた。童話シリーズのモデルだということも。『アメージング・エイミー』、ぼくも子どもの頃に読んだ記憶がある。エイミーはそれを、昏睡から醒めようとする患者に話しかけるような静かで控えめな口調で告げた。幾度となくそれを強いられてきて、そのたびに嫌な思いをしてきたように見えた。金持ちであることに過剰に反応されることも、自分で作りだしたわけでもない自分のアイデンティティを明かさなければならないことも。

エイミーの素性を知らされたあと、ナンタケット・サウンドにある歴史的建造物に指定されたエリオット家の別荘を訪問した。一家とともにセーリングをしながら、ぼくは思った。ミズーリくんだりから出てきた若造のこのぼくが、自分よりはるかに経験豊かな人々とこうして海原を走っている。これからぼくがどれほど見聞を広め、どれほどビッグになろうと、この人たちには追いつけないだろう、と。妬《ねた》ましさは覚えなかった。満足だった。もともと、富や名声に憧れたことはなかった。息子を大統領にしたいと高望みするような両親に育てられたわけではないからだ。ぼくを育てたのは、サラリーマンかなにかになって食べていければいいと願う現実的な両親だった。ぼくにとっては、エリオット家とともに過ごすことそのものが刺激的な経験だった。大西洋にヨットを走らせ、捕鯨船の船長が一八二二年に建てたものを修復した豪奢《ごうしゃ》な家に戻り、オーガニックで健康的な食材を料理して味わうこと自体が。ぼくには発音すらわからない食材もあった。キヌアとか。キヌアというのは魚かなにかだろうか、と想像したことを覚えている。

ぼくらは夏のある日、紺碧《こんぺき》の海を前に結婚式を挙げた。帆のようにはためく白いテントの下で祝宴が催された。数時間後、ぼくはエイミーを暗い波打ち際へと連れだした。あまりにも現実感がなく、自分がかげろうにでもなったような気がしていた。やがて頬に触れるひんやりとした霞とエイミーとに引きもどされ、天上の宴《うたげ》が繰りひろげられているまばゆいテントの明かりのなかへと戻った。ふたりの交際はずっとそんな具合だった。

ボニーが身をかがめてエイミーの写真を眺めた。「奥さん、とてもおきれいね」

「ええ、美人ですね」そう答えながら、胃がきゅっとするのを感じた。

「今年は結婚何年目なのかしら」

「五年です」

なにか行動を起こしたくてたまらず、そわそわと足踏みをした。妻がどんなにきれいかなどという話をしている暇があったら、いまいましい妻を探しに行ってほしい。が、それを口に出しはしなかった。口に出すべきときでさえ、ぼくはそれを黙っていることが多い。度を越すほどに自分を抑制し、自分のなかに閉じこもる。腹の底の底では、怒りや絶望、恐れなどの詰まった瓶が何百も並んでいるのに、顔にはけっして表さない。

「五年なら、大事な記念日だね。〈ヒューストンズ〉に予約を入れているんじゃないかい」とギルピンが訊いた。町で唯一の高級レストランだ。「ぜひ〈ヒューストンズ〉に行ってみて」とぼくらがここに戻ったとき、母は言った。それがカーセッジのとっておきの秘密だと思っていて、エイミーを喜ばせようとしたのだ。

「もちろん、〈ヒューストンズ〉じゃなきゃね」

それはぼくが警察についた五つめの嘘だった。まだ序の口にすぎない。

エイミー・エリオット・ダン
二〇〇八年七月五日

——日記——

わたし、愛でいっぱい！　情熱があふれそう！　彼への思いではちきれかけてる！　結婚した興奮と喜びで、蜂みたいにじっとしていられない。彼にくっつきまわって、世話を焼いては大騒ぎしている。わたしはおかしなものになった。奥さんになった。ニックの名を呼びたくて、わざと彼の話に突っこみを入れたりしている。わたしは奥さん。退屈な人間。〝自立した若きフェミニスト〟の資格も剝奪された。別にかまわない。彼の小切手帳の帳尻を合わせ、彼の髪をカットする。すっかり古風な女になって、そのうちハンドバッグを〝手提げ〟なんて呼びだして、だぼっとしたツイードのコートに真っ赤な口紅で〝パーマ屋〟までお出かけするようになるかも。ちっともかまわない。あらゆることがオッケーに思え、あらゆるトラブルが夕食を食べながら面白おかしく話せるネタになってしまう——「わたし、今日ホームレスを殺しちゃった……あははっ！　ほんと楽しいわね！」。

　ニックは、まるで強いお酒みたい。どんなことも、まともな受けとめ方ができるようにさせてくれる。ひねくれていない、まともな受けとめ方ができるように。ニックといると、電気料金の支払いが二、三日遅れようが、わたしの最新のクイズがいまひとつだろうが、ぜんぜんちっとも問題じゃないという気になる（最新のクイズというのが、冗談抜きでこれ。〝木になるならなんの木がいい？〟正解は、リンゴの木！　意味なんてないけど！）。『アメージング・エイミー』の新刊は予想どおりメタメタに酷評され、当初からぱっとしなかった売れ行きがさらに落ちこんでしまったけれど、それも別にかまわない。部屋を何色に塗ろうと、渋滞で遅刻しようと、リサイクルに出したものがほんとうにリサイクルされていようといまいと（実際のところどうなの、ニューヨーク？　されてるの？）、ちっともかまわない。だってわたしには夫がいるから。気楽で、穏やかで、頭がよくて、楽しくて、ひねくれていない、ニックがいるから。悩みがなくて、ハッピーで。すてきだし。ペニスも大きいし。

　自分の嫌いなところがすっかり気にならなくなった。たぶん、そんなふうにわたしを変えてくれるところが、彼のいちばん好きな部分なんだと思う。そう感じさせてくれるんじゃなくて、ほんとうに変えてしまう。愉快に。陽気に。なんだってできそうに。自然とハッピーで満ち足りた気持ちになる。わたしは奥さん！　こんなこと言うようになるなんて妙な気分だけど（ほんとのとこ、リサイクルの件はどうなのよ、ニューヨーク――いいじゃない、目くばせで教えてよ）。

ふたりでばかなことばかりしている。先週なんか、ふたりともデラウェア州ではまだセックスしたことがないねって話になって、わざわざ車で出かけていった。一部始終を書いておこう、これこそほんとうに孫の代まで読ませたい話だから。州境を越えると、〝ようこそデラウェアへ！〟の看板が現れた。そのあと出てきたのが〝小さな魅惑の州〟に〝第一の州〟に〝免税ショッピングの本場〟。

デラウェア――そんなに個性あふれる州だったなんて。

最初に出てきた砂利道を入り、五分ほど車を走らせると、松林にたどりついた。ふたりとも無言のまま。ニックがシートを倒した。わたしはスカートをたくしあげた。パンティは穿いていない。ニックの口角が下がり、表情が消えた。ドラッグでもやったような据わった目。その気になったときの顔だ。わたしはフロントガラスのほうを向き、彼に背を向けて膝にまたがった。ハンドルに押しつけられ、腰を動かすたびに、わたしの声を真似するみたいにクラクションが短く鳴った。フロントガラスについた手もこすれたような音を立てた。ニックもわたしも、どんな場所でもイクことができる。緊張してできない、なんてことはない。ふたりともこれはちょっと自慢に思っている。それから我が家へと車を走らせた。わたしは靴を脱いでダッシュボードに足を投げだし、ビーフジャーキーを食べた。

自宅もすごく気に入っている。アメージング・エイミーにぴったりの家。ブルックリンのブラウンストーン造りのアパートメントで、わたしの両親が買ってくれた。プロムナードに面していて、マンハッタンの景色を一望できる。贅沢すぎて気がとがめるけれど、でも最高。これでも、甘やかされた金持ち娘っぽさをなるべく捨てようとしているつもりなんだけど。DIYに精を出したり。週末を二回つぶして自分たちで壁も塗った。スプリング・グリーンに、ペールイエローに、ベルベット・ブルー。計画では。どれもこれも、思っていたのとはぜんぜん違う色になったけれど、気に入ったふりをしている。フリーマーケットで見つけた雑貨を家中に飾り、ニックのレコードプレーヤーで聴けるようにレコードも買いこんだ。ゆうべ、古いペルシア絨毯の上にすわり、ワインを飲みながらノイズだらけのビニール盤レコードに耳を傾け、暮れゆく空の下でマンハッタンの明かりが灯りはじめるのを眺めていたとき、ニックがこう言った。「こういう暮らしをずっと思い描いていたんだ。まさにこういうのを」

週末には上掛けを四枚も重ねたベッドにもぐったまま、明るい黄色のキルト布団のせいで頬をほてらせながらおしゃべりをする。床板まで楽しい。傷んだ板が二枚あって、戸口を入るたびにキュッキュッと挨拶してくれる。お気に入りの我が家。古びたフロアランプにも、コーヒーポットのそばに置いたできそこないの陶器のマグにも、とっておきの逸話が隠れていることがうれしい。そのマグときたら、ペーパークリップ一本ぐらいしか入れられない代物だけど。毎日、ニックのためにすてきなことをしてあげようと頭をひねっている。ペパーミントの香りの石鹸を買ってきたら、それを手に取ったニックは温かい石みたいだと思うかしら。マスの切り身を料理して出したら、蒸気船に乗っていた昔を懐かしく思いだすかしら。ばかみたいなのは自分でもわかっている。でもうれしい。男の人にこんなに夢中になれるなんて思いもしなかったから。なんだかほっとした。ニックの靴下にさえうっとりしてしまう。彼の脱ぎ捨てた靴下って、ほんとにかわいく丸まっていて、子犬が別の部屋からくわえてきたみたいに見えるんだから。

今日は結婚一周年の記念日で、わたしは愛でいっぱい。みんなからは、まるでわたしたちが戦場に赴《おもむ》こうとしている無知な子どもだとでもいうように、一年目がとにかく大変なんだと何度も何度も忠告されたけれど。大変なんかじゃなかった。わたしたちは結婚する運命だった。今日は結婚記念日だから、ニックは昼には職場から帰ってくる。そこにわたしの宝探しが待っている。ヒントはふたりに関すること、一緒に過ごした一年に関することばかり――

大事な旦那さまが風邪を引いたら

すぐにこの料理を買ってきましょう

正解——プレジデント通りのタイ料理店のトムヤムスープ。今日の午後は、店長がミニサイズのスープと次のヒントを用意して待ってくれている。

チャイナタウンの〈マクマンズ〉と、セントラル・パークのアリスの像にもヒントが待っている。ニューヨークのグランドツアーというわけ。最終地点のフルトン通りの魚市場に着いたら、そこで立派なロブスターを二匹買いこむ。タクシーのなかでわたしはロブスターの箱を抱え、ニックはその横でそわそわしっぱなしだろう。家に飛んで帰って、わたしはケープ・コッドで幾夏も過ごしてきた娘らしく、慣れた手つきでロブスターをぴかぴかの鍋に放りこみ、古いコンロにかける。ニックは笑いながら、びくついたふりをしてキッチンのドアの陰に隠れるだろう。

最初、わたしはハンバーガーにしようと提案した。ニックは五つ星の高級店に出かけようと言った。完璧なタイミングでコース料理が運ばれてきて、セレブの常連客の名前を親しげに口にするウェイターがいるようなお店に。だからロブスターはちょうどいい折衷案なのだ。そう、みんなから（何度も何度も）聞かされている結婚の真実というのがやっとわかった——これが妥協なのね！

バターソースを添えたロブスターを食べたら、床でセックスをする。古いジャズのレコードが奏でるのは、トンネルの向こうから響いてくるみたいな女性ボーカル。ニックが好きなおいしいスコッチでだんだん酔っぱらってくる。わたしはプレゼントを渡す――ニックが欲しがっていた頭文字入りのレターセット。クレイン社製で、頭文字はくっきりとした濃緑色のサンセリフ体。分厚くなめらかな用紙は、インクもニックの書く文章もしっかりと受けとめてくれるはず。ライターにはレターセットがふさわしい。それに、奥さんに宛てて一、二通くらいはラブレターを書いてくれるかもしれないし。

それからまたセックスをするかも。そのあと夜食にハンバーガー。そしてまたスコッチ。ほら、最高に幸せな夫婦のできあがり！　なのに、結婚は大変だとみんなは言う。

ニック・ダン
その夜

事情聴取をつづけるために刑事たちと向かった警察署は、つぶれかけた地方銀行のようなたたずまいを見せていた。狭い部屋で四十分も待たされているあいだ、ぼくはそわそわしないように心がけていた。平静を装うと、ある程度は平静になれる。テーブルに身を乗りだし、頬杖をついた。そして待った。

「エイミーのご両親に電話をしなくていいの」とボニーには訊かれた。

「驚かせたくないんで」とぼくは答えた。「一時間以内に妻から連絡がなければ、かけることにします」

その会話を三度も繰り返した。

ようやく刑事たちが部屋に入ってくると、向かいに腰を下ろした。あまりにテレビドラマそのままで、笑いだしそうになった。取調室は深夜のケーブルテレビでここ十年見てきたものとそっくりで、ふたりの刑事の様子――疲れた顔に、鋭い目つき――

も俳優の演技とまるで同じだ。どうにも偽物っぽい。遊園地のなかの警察署みたいだ。ボニーなど、紙コップのコーヒーと小道具にしか見えないマニラ・フォルダーまで手にしている。刑事の小道具。まるで「妻失踪ごっこをやろうぜ！」とそれぞれの役柄を演じているようで、ついうわついた気分になった。

「どうかしたの、ニック」ボニーが尋ねた。

「いえ別に、なぜです？」

「にっこりしてたから」

うわついた気分はタイルの床に滑りおちた。「すみません、ただちょっと――」

「わかるわ」とボニーは、肩をぽんと叩きたそうな顔で言った。「落ち着かないわよね」そう言って咳払いをした。「まずなにより、気楽にしてもらいたいの。必要なことがあれば、そう言って。いまここで、なるべく多くの情報を提供してもらえると助かるけど、帰りたければ、いつでも帰ってかまわないから」

「できるだけ協力しますよ」

「そう、それはありがたいわ。それじゃ、まず最初に、面倒なことを片づけておきましょう。ばかばかしいことだけれど。奥さんがほんとうに誘拐されたとなると――まだわからないけれど、そうだった場合ね――犯人を逮捕することになるけど、そのときはがっちりつかまえたいの。言い逃れの余地を与えずに」

「ええ」

「そのために、あなたを容疑者から除外しておきたいの。簡単だし、すぐにすむから。亭主のことは調べたのか、なんて犯人に文句を言わせないために。わかるかしら」

ぼくは機械的にうなずいた。じつのところよくわからなかったが、協力的に見られるに越したことはない。「なんなりと言ってください」

「脅かしたりするつもりはないんだ」とギルピンが言い添えた。「捜査に抜かりがないようにね」

「ぼくはかまいません」犯人はいつも夫なんだろ、とぼくは思った。誰だって知ってるじゃないか、犯人はいつも夫なんだと。なんでこう言わないんだ——「おまえが犯人なんだろう、犯人は夫に決まってるんだから。《デイトライン》のニュースを見てりゃわかる」。

「ありがたいわ、ニック。まずはじめに、頰の内側の粘膜を採取させてほしいの。それで家のなかで検出されるDNAのなかから、あなた以外のものを割りだすことができるから。かまわない?」

「ええ」

「それから、硝煙反応を調べるために、手を拭きとらせてほしいの。これも、たんなる——」

「ちょ、ちょっと待ってくださぃ。なにか見つかったんですか、妻が――」

「いやいや、ニック」ギルピンがさえぎった。椅子をテーブルのそばに寄せ、背もたれを前に向けてすわりなおした。刑事は実際にそういうすわり方をするのか。それとも、気の利いた俳優の誰かがやりはじめて、それをテレビで見てかっこいいと思った刑事たちが真似しはじめたとか？

「形式的な手続きなんだ」ギルピンが言葉をつづけた。「抜かりがないようにするための。手を調べ、粘膜を採取し、それともしよければ車も調べさせて……」

「ええ、もちろん。さっきも言ったように、なんでも協力しますから」

「ありがとう、ニック。ほんとうに感謝するよ。ときには、われわれを困らせて喜ぶ人間もいるんでね」

ぼくはその真逆だ。子ども時代、ぼくは父の無言の非難にどっぷり浸かって育った。父はいつも不機嫌で、気に入らないものを探してまわるような男だった。そのせいでマーゴは、不当な非難を断固として突っぱねる自己防衛過剰な人間に育った。ぼくはといえば、権力に盲従する男になった。母にも、父にも、教師たちにも――なんだって協力します、サー（もしくはマダム）。ひたすら人に認めてもらおうとした。「あなたって、いい人だと思ってもらうためなら、嘘もつくし、人も騙すし、盗みも――というか、殺しだって――やりかねないわよね」とまえにマーゴに言われたことがある。

いまもよく覚えているが、ニューヨーク時代のマーゴのアパートメントからほど近い〈ヨナ・シンメルズ〉で、肉詰めパイ《クニッシュ》を買う行列に並んでいたときのことだ。ぼくはすっかり食欲をなくしてしまった。その言葉があまりにも的を射ていて、なのにまったく自覚していなかったからだ。マーゴがその言葉を言い終えるより先に、ぼくは思った。このことはずっと忘れないだろう、脳裏にこびりついて離れない瞬間のひとつになるにちがいない、と。

刑事たちと独立記念日の花火やら天気やらのことを話しているあいだに、両手の硝煙反応が調べられ、頬の粘膜が綿棒で採取された。歯医者にでもいるように誰もが平静を装っていた。

それがすむと、ボニーがコーヒーのお代わりをぼくの前に置き、肩をぎゅっとつかんだ。「ごめんなさいね。これがいちばん嫌な仕事だわ。今度は、二、三質問してもいいかしら？　お願いできれば助かるんだけど」

「ええ、もちろん、遠慮なくどうぞ」

ボニーは薄型のデジタル・ボイスレコーダーをぼくの前に置いた。「かまわない？　こうすれば、同じ質問に何度も何度も何度も答えずにすむから……」録音して、ぼくの話に矛盾がないか確認するのだろう。弁護士を呼んだほうがいい。が、弁護士を呼ぶのはやましいところのある人間と決まっている。だから、かまわない、とうなずいた。

「では、エイミーのことだけど」とボニーは切りだした。「おふたりはここに住んでどのくらい？」

「二年ほどです」

「出身はニューヨーク。市内ね」

「ええ」

「仕事は？　働いているのかい」ギルピンが尋ねた。

「いいえ。昔は性格診断クイズを作ってましたが」

刑事たちは目と目を見交わした――クイズって？

「ティーン向けの雑誌や、女性誌に載ってるやつですよ。〝あなたは嫉妬深いタイプ？クイズでチェックしよう！　男性に近寄りがたいと思われてるかも？　クイズでチェックしよう！〟みたいな」

「すごいわね、ああいうの大好きよ。そういう仕事があるなんて知らなかった。クイズを作るのね。職業として」

「いや、いまはもう違いますよ。ネット上に無料のクイズがごまんとあるので。エイミーの作るやつのほうが気が利いてましたけどね。心理学の修士号を持っていたんで――持っているので」自分の失言に狼狽《ろうばい》し、ばかみたいに笑ってしまった。「でも、気が利いていても、タダには勝てませんから」

「それで?」

ぼくは肩をすくめた。「それでここに戻ったんです。いまはエイミーは主婦をやってます」

「あら! じゃあ、お子さんができたのね」いいニュースを聞いたというように、ボニーが明るい声で言った。

「いえ」

「あらそう。なら、普段はなにをしているの?」

ぼくも知りたい。以前のエイミーは、いつもあらゆることに忙しく取り組んでいた。一緒に暮らしはじめた頃にはフランス料理の研究にはまり、目にも止まらぬ華麗な包丁さばきを駆使し、絶品のブッフ・ブルギニオンを作ってみせた。エイミーの三十四歳の誕生日にバルセロナを旅したときは、数カ月のあいだひそかに猛特訓していたスペイン語の巻き舌を披露してぼくを驚かせた。明晰《めいせき》で鋭敏な頭脳と、飽くなき好奇心の持ち主なのだ。ただしその情熱をかき立てるものは競争だった。男の目を奪い、女を嫉妬させることが必要だった。エイミーなら当然フランス料理も作れて、スペイン語も流暢《りゅうちょう》で、ガーデニングも、編み物も、マラソンも、株式のデイトレードも、飛行機の操縦も得意で、そのうえそれをファッションモデルみたいな姿でこなさなきゃならない、というわけだ。つねにアメージング・エイミーでいようとしていた。ここミズーリでは、女たちはディスカウントストアの〈ターゲット〉で買い物をし、素朴な料理をせっせと作り、ハイスクールで習ったスペイン語なんてすっかり忘れちゃったわ、と笑う。誰も競争には興味がない。エイミーの果敢な努力は、寛容に、だが若干の憐れみも交えて受けとめられた。満足しきった負け犬たちの町。競争好きな妻にとって、それはおよそ最悪な環境だった。

「趣味が豊富なので」とぼくは言った。

「なにか気になることは？」とボニーが気遣わしげに訊いた。「麻薬やお酒の問題はないかしら。奥さんのことをどうこう言うわけじゃなくてね。想像できないと思うけど、日中そういったものに耽っている主婦たちはとても多いの。ひとりでいると、一日が長く感じられるから。お酒から麻薬へとエスカレートすることもあるし――ヘロインだけじゃなくて、痛み止めの処方薬もそうだけど――最近はこの町でも、たちの悪い連中がそういうものを売るようになっているのよ」

「麻薬取引が横行していてね」とギルピンが言った。「なのに警官が大勢――全体の五分の一も――解雇されたんだ。もともと人手不足だというのに。だから事態は相当まずい。お手上げなんだ」

「先月なんて、上品な奥さんがオキシコンチンの売買絡みで歯を折られたのよ」とボニーが促すように言った。

「いや、エイミーはワインかなにかを一杯ぐらい飲むことはありますが、麻薬はやりませんね」

ボニーはぼくを見た。納得できる答えではなかったにちがいない。「こちらに親しい友人はいる？　確認のために、電話してみるから。悪くとらないで。麻薬が絡むと、連れ合いは蚊帳《かや》の外ということが多いから。恥ずべきことだと思うのね、とくに女性は」

友人。ニューヨークにいた頃、エイミーは週替わりで友人をとっかえひっかえしていた。趣味と同じように。最初は彼女たちに夢中になる。ポーラはそれはそれはすてきな声の持ち主で、歌を教えてくれるの、だとか（〝それはそれはすてき〟か。エイミーはマサチューセッツの寄宿学校出身で、たまにいかにもニューイングランドのお嬢様っぽい言葉を使うのがぼくには魅力だった）。ジェシーとはファッション・デザイン講座で知りあったの、だとか。でもひと月後にジェシーやらポーラやらのことを尋ねると、誰のことかという顔をしてぼくを見るのだった。

そのうえまわりにはいつもエイミーにかしずく男たちがいて、本物の夫が果たさずにいる夫の役目を喜んで引きうけていた。椅子の脚を修理したり、エイミーの好きな輸入物のアジアンティーを手に入れたり。ただのいいお友達よ、とエイミーは断言していた。つねに絶妙な距離を保ちながら男たちをはべらせていた――ぼくを本気で嫌がらせない程度には遠く、指一本で彼らを操れる程度には近くに。

ミズーリでは……参ったことに、まるきりなにも知らない。そのときはじめて気づいた。まぬけもいいところだ。ここに住んで二年になるが、引っ越し当初の数カ月こそ顔合わせでにぎやかだったものの、それが過ぎると、エイミーは誰とも頻繁《ひんぱん》には会おうとしなくなった。ぼくの母とは会っていたが、もう亡くなったし、ぼくとの会話といえば、非難の応酬ばかりだった。越してきて一年が過ぎた頃、ぼくはわざとらしい慇懃《いんぎん》な口調でエイミーに尋ねた。「ノースカーセッジは気に入ったかい、ミセス・ダン？」エイミーの答えはこうだった。「ニ、ュ、ーカーセッジのこと？」言葉の意味を尋ねるのはやめておいたが、侮辱《ぶじょく》なのだけはわかった。

「何人か親しい友人はいますが、ほとんど東部の人間ですね」

「ご両親は？」

「ニューヨークに住んでます。市内に」

「それで、まだ誰にも電話していないわけ」ボニーはあきれたような笑みを浮かべて言った。

「それ以外にやれと言われたことをやっていたからでしょう。時間がなかったんだ」

エイミーのクレジットカードやＡＴＭや携帯電話の使用状況を追跡する同意書にサインしたし、マーゴの携帯番号も教えた。〈ザ・バー〉に到着した時間を証言してくれるかと期待して、店に来ていた未亡人のスーの名前まで告げた。

「末っ子ね」ボニーは首を振った。「やっぱり弟を思いだすわ」ひと呼吸おいて、「い
い意味でよ、ほんとに」
「弟がかわいくてしょうがないんだよ」とギルピンがメモを取りながら言った。「そ
れじゃ、午前七時三十分頃に家を出て、店に着いたのが正午頃。そのあいだは、ビー
チにいたというわけだね」

我が家から十五キロほど北の川岸にはビーチがある。砂と泥とビール瓶の破片だら
けの、たいして快適な場所ではない。ゴミ箱は発泡スチロールのカップや汚れたおむ
つであふれ返っている。だが、風上の日当たりのいい場所にはピクニックテーブルが
置かれていて、そこから川だけを眺めるようにすれば、そのほかのゴミは無視できな
くもない。

「たまにコーヒーと新聞を持ってあそこに腰かけるんですよ。夏を楽しむために」

ビーチでは誰とも会っていないし、誰にも見られていないと告げた。

「週の半ばだから人もいないだろうね」とギルピンも認めた。

警察が知り合いに確認をとれば、ぼくがビーチになど滅多に行かないことも、まし
てや朝のひとときを楽しむためにコーヒー持参でたまにそこに行ったりはしないこと
も、すぐにばれてしまうだろう。ぼくはいかにもアイルランド系のなまっちろい肌だ
し、物思いするタイプでもない。ビーチ好きとはいえない。だからエイミーに勧めら

れたのだと話した。ひとりになれる場所にすわって、愛する川を眺めながら、ふたりの生活について考えてみれば、と言われたのだと。今朝、クレープを食べ終えてから、実際にそう言われたのだ。エイミーはテーブルに身を乗りだしてこう言った。「わたしたち、うまくいってないのはわかってる。それでもやっぱりあなたを愛してるの、ニック。わたしもいろいろ努力するつもりよ。いい奥さんになりたいし、あなたと一緒に幸せになりたいの。でも、あなたはどうしたいのか考えてみて」

何度も練習したにちがいない。そのセリフを言うエイミーは満足げだった。そして妻のそんな優しげな言葉を聞きながら、ぼくはこう考えていた。やっぱりな、そうやって演出せずにはいられないんだ。滔々《とうとう》とした川の流れ、そよ風に髪を乱されながら地平線を眺め、ふたりの人生について考えるぼく、そういうイメージが必要なんだろ。〈ダンキン・ドーナツ〉じゃだめってわけだ。

どうしたいのか考えてみて、か。エイミーには気の毒だが、心はもう決まっていた。

ボニーは勢いよく手帳から目を上げた。「奥さんの血液型は？」

「ええと、知らないいな」

「奥さんの血液型を知らないですって？」

「O型だったかな」あてずっぽうでそう答えた。

ボニーは眉をひそめ、ヨガの最中のように長々と息を吐きだした。「それじゃ、ニック、警察のほうでできることを言うわね」ボニーはひとつずつ挙げていった。エイミーの携帯電話の監視。顔写真の配布に、クレジットカードの追跡。近辺に住む性犯罪前歴者の事情聴取。数少ない近隣住民への聞き込み。身代金要求に備えた自宅電話の録音。

こういう場合、どう反応するべきだろう。記憶をまさぐり、セリフを思いだそうとした。映画なら、こういう場面で夫はなんと言うだろう。シロかクロかにもよるか。

「そんなんじゃ安心できない。だいたいこれは――誘拐なのか、失踪なのか、いったいどういうことなんです」これとそっくりの場面が出てくるテレビドラマで知ったのだが、ひとつの統計があるそうだ。事件発生から四十八時間以内に手がかりが得られなければ、解決は困難になる。最初の四十八時間が肝心なのだ。「いいですか、妻が消えたんですよ。消えてしまったんだ！」最初からこういう具合に、取り乱し、怒りを露《あら》わにするべきだったのだ。ぼくの父は敵意や怒りや嫌悪を表現する術《すべ》を無限に持ちあわせていた。父を反面教師としてきたぼくは、負の感情というものを表に出すことができない人間になった。そのせいで、ますますいけ好かないやつに見られるようになった。腹わたが煮えくり返っていても、それが顔や言葉にはまったく表れないからだ。過剰な自制心なのか、あるいは自制心の欠如なのか、これにはいつも悩まされている。

「ニック、警察ではこの件をごく深刻に受けとめているのよ。こうして話しているあいだにも、鑑識があなたの家を調べているから、手がかりが得られるはずよ。いまはとにかく、奥さんのことをできるだけ詳しく教えてほしいの。どんな人なのか」

夫が言いそうなセリフが頭に浮かんだ——優しくて、すばらしくて、感じがよくて、献身的な妻です、と。

「どんなって？」ぼくは尋ねた。

「人柄を知りたいの」ボニーが促した。「たとえば、結婚記念日のプレゼントには、なにを買ってあるの？　宝石とか？」

「まだ用意できてなくて。今日の午後、買うつもりだったんで」ボニーが笑って「末っ子ね」と言うのを待ったが、そうは言わなかった。

「そう。ならとにかく、彼女のことを聞かせて。社交的なほう？　ニューヨーカーっぽい——って言えばいいのかしら——タイプ？　そのことで誰かの反感を買ったりはしていた？　人の神経を逆なでするようなところはない？」

「どうかな。誰とでも仲良くなるタイプじゃないですが、誰かに……危害を加えられるほど不愉快な人間でもない」

これが十一個目の嘘だ。最近のエイミーは、ときどき危害を加えたくなるほど不愉快なことがあった。それはいまのエイミーの話で、恋に落ちたときの彼女はまるで別人だった。おとぎの国の幸せな変身譚《たん》の逆パターンだ。ころころとよく笑う屈託のないかつてのエイミーは、数年のあいだに皮と魂を床に脱ぎ捨て、冷淡で辛辣な新しいエイミーへと変貌してしまった。ぼくの妻は、もはや妻というより有刺鉄線の塊のようなものになり、ほどいてみろと挑発されたところで、痺《しび》れてこわばったぼくの太い指には、その役目は果たせなかった。田舎者の指。〝エイミーを解き明かす〟という複雑で危険な作業などやりつけていない中西部人の指。ぼくがズタズタになった血まみれのその指を差しだすと、エイミーはため息をつき、心のなかの手帳にそれを書きとめる。そこにはぼくの欠陥だの、弱点だの、短所だの、至らない点だのが無数に記録されている。昔のエイミーは、それはもう愉快だった。お茶目だった。ぼくを笑わせてくれた。もうすっかり忘れていたが。エイミーもよく笑った。喉にある小さな指の形をしたくぼみのあたりで響かせているような、最高の笑い声をあげた。不満の種は小鳥のエサでもまくように投げ捨ててしまった。ほらね、なくなっちゃったわ、と。

それがいまでは、ぼくがもっとも恐れるタイプの人間になってしまった。怒った女に。怒った女はどうにも苦手だ。ぼくの嫌な部分を引きだしてしまう。

「口うるさいほうかな」とギルピンが訊いた。「主導権を握りたがるとか?」

エイミーのカレンダーが頭に浮かんだ。三年分もあるやつで、一年先まであれこれ予約が書きこまれている。皮膚科に歯科、獣医まで。「計画好きではありますね。なにごとも不用意にはやらないというか。やることとリストを作って、すんだものに印をつけていくのが好きで。仕事はきちんと片づけますね。だから腑《ふ》に落ちなくて——」

「いらつくこともあるでしょう」わかるわという顔でボニーが言った。「自分が同じタイプじゃないと。あなたはいかにもタイプBって感じだものね」

「どっちかというと、のんびり屋ではありますね」とぼくは言い、肝心な点を付け加えた。「補《おぎな》いあえるからいいんですよ」

壁の時計を見上げると、ボニーがぼくの手に触れた。

「ねえ、エイミーのご両親に電話してきたら？　そのほうが感謝されると思うけど」

もう真夜中を過ぎていた。エイミーの両親は午後九時にはベッドに入る。ずいぶん早寝だが、なぜかそれがまともだと思っている。今頃はもうぐっすり眠っていて、いまかけると深夜の緊急電話になってしまうだろう。携帯電話の電源は八時四十五分には切ってあるから、ランドはあわてて眼鏡をかけてテーブルランプを点け、ベッドを出て、廊下の突きあたりにある旧式の重たい電話のところまで行かなければならない。そうしながら、深夜の電話に不安になる気持ちを抑えようと、なんでもない用件を片っ端から思いつこうとするだろう。

番号を押したものの、呼び出し音が鳴りだすまえに二度も切ってしまった。電話が通じると、出てきたのはランドではなくメアリーベスだった。深みのある声が耳に響いた。「メアリーベス、ニックです」まで言って、ぼくは口ごもった。

「どうしたの、ニック？」

ぼくは息を吸いこんだ。

「エイミーのこと？　話してちょうだい」

「その、もっと早く電話すべきだったんですが――」

「いいから早く話して！」

「エイミーがい、いなくなって」つっかえながら言った。

「どういうこと、エイミーがいないって」

「わからないんです――」

「失踪したってこと？」

「まだたしかじゃないので、いまそれを――」

「いつから？」

「それもわかりません。ぼくは今朝七時半に家を出たんですが――」

「なのにいままで電話をくれなかったの？」

「すみません、ご心配を――」

「なんてことなの。今夜はテニスをしてたのよ。テニスなんか。知ってさえいれば……ああもう。警察はどうなってるの？　通報はしたのよね？」

「いま署にいます」

「責任者を出してちょうだい、ニック。お願い」

ぼくは子どものようにギルピンを呼びに行き、義理の母が話したがっていると告げた。

エリオット夫妻に電話をしたことで、ことは公《おおやけ》になった。〝エイミー失踪〟のニュースは外部に広まりはじめた。

取調室へと戻る途中、父の声が聞こえた。ことのほか情けない状態に陥ると、たまに頭のなかで父の声が響くことがある。が、声はその場からしていた。よどんだ沼からブクブク上がる気泡みたいに湧きでてきていた。「クソ女、クソ女、クソ女」正気を失った父は、少しでも気に入らない女を見つけると、そうやって罵声を浴びせかける。「クソ女、クソ女、クソ女」会議室を覗くと、壁際のベンチに父がすわっていた。かつては割れた顎を持つ、張りつめたような雰囲気のハンサムな男だった。「癪に障るけどすてきね」と伯母は言っていた。目の前に腰を下ろした父は、床に向かってなにかつぶやいていた。ブロンドの髪はイバラの茂みを抜けてきたみたいにもつれ、ズボンは泥で汚れ、腕には引っかき傷ができている。カタツムリの這った跡のようなよだれの筋を顎に垂らしたまま、まだ衰えていない腕の筋肉をしきりに伸縮させている。身をこわばらせた女性警官が隣にすわり、腹立たしげに唇をすぼめ、父の言葉を無視しようとしている――「クソ女、クソ女、クソ女。このクソ女が」。

「どうしたんです」とぼくは訊いた。「父なんですが」

「電話は聞いてもらえました？」

「電話って？」

「お父さまのお迎えをお願いしたんですけど」呑みこみの悪い十歳児に語りかけるような、異様にはっきりとした口調だった。

「それが——妻が失踪してしまって。ぼくなら、夜はずっとここにいたのに」

それは知らなかった、という顔で警官はぼくを見つめている。下手《したて》に出て謝り、事情を尋ねるべきかと思案しているようだ。そのとき父がまた「クソ女、クソ女、クソ女」とはじめ、警官は自分の立場に固執するほうを選んだ。

「コンフォート・ヒルからも一日中電話があったはずですよ。今朝早く、お父さまが非常口から外に出てしまわれて。このとおりかすり傷が二、三できただけで、ご無事でしたけど。混乱した様子でリバー・ロードを歩いておられたところを、数時間前に保護したんです。それからずっと連絡をとろうとしていたんですよ」

「ぼくはここにいた。すぐ隣にいたってのに、なんで誰も気づかないんだ」

「クソ女、クソ女、クソ女」と父が言った。

「あの、そういう話し方はやめてください」

「クソ女、クソ女、クソ女」

事情聴取をつづけられるように、ボニーの指示で男性警官が父をホームまで送ることになった。ぼくたちは正面玄関前の階段に立ち、父がひとりごとを言いながら車に乗りこむのを見守った。最後までぼくに気づいた様子はなかった。車が走りだしても、振り返りもしなかった。

「お父さんとは不仲なの」とボニーが訊いた。

「不仲そのものですね」

事情聴取が終わり、午前二時頃にようやくパトロールカーに押しこまれた。今夜はよく休み、正午の記者会見に備えて十一時にまた来るようにと告げられた。

自宅に帰っていいかとは尋ねなかった。マーゴの家まで送ってもらうことにした。マーゴは起きて待っていて、酒に付きあい、サンドイッチでも作ってくれるにちがいない。情けないことに、それだけが望みだった——なにも訊かずにサンドイッチを作ってくれる女だけが。

「エイミーを探しに行かなくていいの」食事中のぼくにマーゴが尋ねた。「車でまわってみるとか」

「意味ないよ」ぼくはぼんやりと言った。「どこを探すんだい」

「ニック、これってめちゃくちゃ深刻な事態なのよ」

「わかってるさ、マーゴ」

「なら態度で示しなさいよ、ランス。〝ごにょごにょ〟って言ってるだけじゃだめよ」ぼくが煮え切らない態度をとると、マーゴは決まって舌足らずな発音でそう言う。ついでに目をむいてみせ、ぼくのファーストネームを口にする。こんな面相でランスなんて呼ばれるのはたまったもんじゃない。マーゴはスコッチの入ったタンブラーを渡してよこした。「飲んでいいけど、これ一杯よ。明日は二日酔いじゃ困るから。ほんとにどこ行っちゃったのかしら。まったく、胃がおかしくなりそう」自分にも一杯注ぎ、ぐっとひと口飲み、残りをちびちびやりながらキッチンを歩きまわりはじめた。「心配じゃないわけ、ニック？　もしかして、町でエイミーに目をつけた誰かが、誘拐してやれって思ったのかも。頭を殴って――」

ぼくはぎょっとした。「なんで頭を殴るなんて言うんだい。やめてくれよ」

「ごめん、想像させるつもりじゃなかったのよ……ただ、どうしても考えちゃって。どこかのいかれたやつが、って」マーゴはタンブラーにスコッチを注ぎ足した。

「いかれたやつといえばさ。父さんがまた抜けだして、リバー・ロードで徘徊してたところを保護されたんだ。いまはホームに戻ったけど」

そう、と言うようにマーゴは肩をすくめた。父がホームを抜けだすのは、ここ六カ月で三度目だ。マーゴはまだエイミーのことを考えている顔で、煙草に火を点けた。

「ねえ、聞き込みをしてみるのはどう。なにかできるんじゃない」

「かんべんしてくれよ、マーゴ！　そんなにぼくの無能っぷりを思い知らせたいのかい」ぼくはむっとして言った。「自分がどうすべきなのか、皆目見当がつかないんだ。〝妻の失踪対策入門〟なんて講座があるわけじゃなし。警察には帰っていいと言われたんだ。だから帰った。言われたことに従っただけさ」

「そりゃそうでしょうね」とマーゴがつぶやいたのは、これまでずっと、ぼくを反逆者に仕立てあげようとして挫折してきたからだ。努力は報われなかった。ハイスクール時代のぼくは門限を守り、ライター時代は締切を――でっちあげの締切だとわかっていても――守った。ルールは尊重するほうがいい。ルールに従っておいたほうが、たいていの物事はうまくいくからだ。

「なあ、マーゴ、あと数時間で署に戻らなきゃならないんだ。いまだけは優しくしてくれよ。びびりまくってるんだから」

睨めっこが五秒つづいたあと、マーゴはお詫びのしるしにぼくのタンブラーにお代わりを注いだ。隣に腰を下ろすと、ぼくの肩に手を置いた。

「かわいそうなエイミー」とマーゴは言った。

エイミー・エリオット・ダン
二〇〇九年四月二十一日

——日記——

かわいそうなわたし。一部始終を書いておこう。キャンベルとインズリーと一緒に、ソーホーの〈タブロー〉でディナーを食べた。ゴートチーズのタルトやら、仔羊のミートボールやら、ルッコラのサラダやらがいろいろ出てきたけれど、大騒ぎするほどの話でもない。ただ、その日はいつもと順番を逆にして、ディナーのあとに、キャンベルが予約してくれた小さな隠れ家ラウンジに飲みに行くことにしていた。高いけれど、店内は自分の家の居間とたいして変わらない。でもまあ、たまにはくだらない流行に乗っかってみるのも楽しいし。三人とも、派手なワンピースとピンヒールでキメすぎなほどキメていた。小皿で出てくるおつまみも、そんなわたしたちと変わらないくらい、凝った見た目のわりに、中身のないものばかりだった。

お酒の時間には、夫たちにも合流してもらおうという話になっていた。わたしたちは食事をすませてから隠れ家ラウンジに腰を落ち着け、モヒートやマティーニ、わたし用のバーボンを注文した。運んできたウェイトレスは、いかにも〝バスを降りてきた潑剌《はつらつ》とした顔の娘〟というチョイ役のオーディションを受けていそうな感じだった。

話ははずまなかった。火曜日だし、みんないかにもそういう気分だった。お酒もセーブしながら飲んでいた。インズリーもキャンベルも翌朝なにやら予定があるらしく、わたしも仕事なので、盛大に盛りあがるわけにもいかなかった。みんなだれてきて、冴えないムードが漂っていた。夫を誘っていなければ、お開きにしていたと思う。キャンベルはひっきりなしにブラックベリーをチェックし、インズリーは引き締まったふくらはぎをためつすがめつ眺めていた。最初にジョンがやってきて、キャンベルに平謝りしながら、うれしそうな顔でわたしたちにキスをした。うれしいのは、町中の店のカクテルアワーが終わる頃合いにうまく到着できて、一杯付きあうだけでさっさと妻を連れて帰れるからだろう。二十分後にジョージが現れた。決まり悪げに仕事がどうのとぼそぼそ言い訳する彼に、インズリーはぴしゃりと言った。「四十分も遅刻するなんて」ジョージも言い返した。「ああ、生活費を稼いで悪かったな」それからふたりはろくに言葉を交わさず、わたしたちとばかり話していた。

ニックは来なかった。電話もなし。さらに四十五分待つあいだ、キャンベルは気を遣い（「締切ぎりぎりの仕事があるのかもね」と言いながら、どんなにぎりぎりの締切があろうと、妻との約束をないがしろにしたりしない好もしい夫に微笑みかけた)、インズリーは仲間内でジョージがいちばんのダメ夫ではないと気づいて機嫌を直した(「ねえ、ほんとにメールさえ来てないの?」)。

わたしは笑ってただけ。「どこにいるのかも知らないわ――ま、帰れば会えるから」そうしたら、男性陣がショックな顔をしていた。〝そういう選択肢もアリなのか?約束をパスしても面倒なことにならないのか? 責められも、キレられも、拗《す》ねられもしないのか?〟って。

まあ、あなたたちには無理でしょうね。

ニックとわたしには、妻が愛のあかしとして夫に嫌なことを強要するのが滑稽に思えてしかたがない。くだらない用事を言いつけたり、無数の犠牲を強いたり、些細なことでたびたび降参させたり。そういう男たちのことを、ふたりのあいだでは〝猿まわしの猿〟と呼んでいる。

たとえば野球場に出かけたニックが、しょっぱい汗のにおいをさせながらビールでほろ酔いになって帰ってくる。そうしたらわたしは、彼の膝に乗って、「試合はどうだった?」とか「友達のジャックと会えて楽しかった?」と尋ねる。するとニックはこう答える。「それがさ、あいつも〝猿まわし〟病にかかっててさ。ジェニファーが気の毒に〝ストレスだらけの一週間〟だったとかで、どうしても外出させてもらえなニックの同僚の誰かは、田舎から出てきた友人とビストロでディナー中だから顔を出してと恋人に言われ、飲みに行けなくなった。ふたりを引きあわせたかったから、だそうだ。自分のお猿がどんなに従順か見せびらかしたいのだ。彼、電話したら飛んでくるでしょ、毛づくろいも完璧でしょ、と。

これを着て、それは着ちゃだめ。いますぐこの家事をやって、それから時間があったら——というのはつまりいまだけど——そっちもやって。それから、わたしのために好きなことをあきらめて。絶対に。そしたらわたしがいちばんだって信じられるから。女って、わがままコンテストでもやっているみたいだ。読書会やお酒の席なんかでは、いかに夫が自分のために犠牲を払ってくれるか打ち明けあうのが、なにより楽しそうに見える。「まああ、なんて優しいの」って合いの手を入れながら。

自分がその一員でなくてうれしい。わたしは違う、わたしはガミガミ責め立てて楽しんだり、ニックに理想の夫像を押しつけたりしない。肩をすくめて、文句も言わず、愛想よく「ゴミを出してくるよ、ハニー」なんて言う夫を求めたりしない。でもそういうのが大多数の妻にとっての夢の夫で、反対に男の理想は、優しくて、ホットで、おおらかで、セックスと強いお酒が好きな女、ということになっている。

わたしは自信があって、動じなくて、成熟した女だから、いちいち証拠を見せてもらわなくてもニックの愛を信じられる。そう考えるのが好き。みじめったらしい猿まわしの一部始終をくどくど友人たちに話して聞かせるのなんてまっぴらだ。彼が彼らしくいてくれたら、それで満足。

どうして女って、そう考えられないんだろう。

ディナーのあとタクシーで家に帰ると、ちょうどニックもタクシーから降りるところで、わたしに向かって腕を広げ、満面の笑みで「ベイビー！」と言った。駆け寄って腕のなかに飛びこむと、ニックはちくちくする頰をわたしの頰に押しつけた。

「今夜はなにしてた？」とわたしは訊いた。

「仕事のあとポーカーに誘われて、ちょっと顔を出してきた。かまわなかったかな」

「もちろん。こっちより楽しそう」

「誰が来てた？」

「ええっと、キャンベルと、インズリーと、ふたりのお猿さん。つまらなかった。来なくて正解よ。ほんと、ぱっとしなかったもの」

ニックは力強い腕でわたしを抱きしめたまま階段をのぼらせた。「ああ、愛してるよ」

セックスと強いお酒の時間がやってきて、それからふかふかの広いベッドで、ネズミのように身を寄せあいながら、へとへとになって甘美な眠りに落ちた。かわいそうなわたし。

ニック・ダン
一日後

酒はほどほどにというマーゴの忠告は無視した。ひとりでソファーにすわり、ボトルを半分空にして、ようやく眠れそうだと思ったとき、十八回目のアドレナリンの放出が起きた。瞼が落ちかけてきたので、枕の位置を調節して目をつぶった瞬間、妻の姿が浮かんだ。ブロンドの髪に血をこびりつかせ、苦痛にすすり泣きながら、視力さえ奪われ、キッチンの床に爪を立てて這いずっていた。「ニック、ニック、ニック！」と、ぼくの名を呼んでいた。

さらに何度もボトルに手を伸ばし、眠りに集中しようとつとめたが、いつものようにはうまくいかなかった。眠りは猫に似ている。こちらが意識していないときにだけ近づいてくる。さらに飲みつづけ、呪文をとなえつづけた。「考えるな」ごくり。「頭を空にしろ」ごくり。「ほら、マジで、いますぐ頭を空にしろ」ごくり。「明日はぼんやりしてられないんだ、眠らないと！」ごくり。結局、明け方になってうとうとしただけで、一時間後には二日酔いで目が覚めてしまった。支障があるほどの二日酔いではないが、それでもつらい。頭は痛むし、だるい。息苦しい。酒が抜けきらない。脚が後ろ向きについているような違和感を覚えながら、マーゴのスバルまでよろよろと歩いた。しばらくその車を使わせてもらうことになっている。警察がご丁寧に、ただの形式ですからと言いながら、ぼくの中古のジェッタをノートパソコンと一緒に鑑識にまわしてしまったからだ。ましな服に着替えるために、家まで車で戻った。

自宅のあるブロックには三台のパトロールカーがとまり、数少ない隣人たちがあたりをうろついていた。カールの姿は見あたらないが、信心深い老婦人のジャン・テヴラーと、体外受精でできた三歳の三つ子の父親のマイクがいる。三つ子の名前はトリニティ、トファー、タルーラだそうだ（「名前だけで嫌いになったわ」と流行り物に厳しいエイミーは言っていた。エイミーだって昔流行ったじゃないかとぼくが言うと、「ニック、わたしの名前の由来は知ってるでしょ」と返した。なんのことやらさっぱりだった）。

車から降りると、ジャンは遠くから会釈を寄こしただけで目を合わせようとしなかったが、マイクはそばまでやってきた。「大変なことになったな。できることがあれば、なんでも言ってくれよ。なんでも。草刈りは今朝やっておいたから、そっちは気にしないでくれ」

マイクとぼくは、空き家になった近所の抵当物件の草刈りを交代でやっている。春の大雨のせいで庭はジャングルと化し、アライグマが棲《す》みつくようになった。やつらはどこにでも出没し、夜中にゴミを荒らしたり、地下室に侵入したり、だらけきったペットのようにポーチでくつろいでいたりする。草刈りをしても追いだせるわけではないが、少なくとも見つけやすくはなった。

「それはどうも、助かるよ」

「じつは、家内のやつが、知らせを聞いてから取り乱しちまって。それも、ひどい取り乱しようなんだ」

「それは大変だな。それじゃ――」とぼくは戸口を指さした。

「すわりこんで、エイミーの写真を見て泣いてるんだ」

ひと晩のうちに、ネット上には千枚もの写真がアップされたことだろう。マイクの妻のような感傷的な女たちの欲求を満たすために。大袈裟に騒ぎ立てる連中は好きになれない。

「なあ、訊きたいん――」マイクがなにか言いかけた。

ぼくはその肩を叩き、仕事に遅れそうだというように、また戸口を指さした。質問をつづけられるより先に背を向けると、自分の家のドアをノックした。

ベラスケス巡査に付き添われて階段をのぼり、寝室に入り、クロゼットに足を踏み入れ――銀の包み紙の四角いギフトボックスの横を通って――衣類を引っかきまわした。長い茶色の髪を三つ編みにした若い女性に見られながら服を選ぶのは、どうにも落ち着かなかった。こちらを見定めて、見当をつけているにちがいない。おかげで、よく考えもせずに服を引っぱりだすことになった。全体としてはビジネス・カジュアルっぽい雰囲気になった。会議にでも出るようなスラックスと半袖シャツ。愛する者が失踪したときにふさわしい服を選ぶ、というテーマでいいエッセイが書けそうだ。いまだにライター根性が抜け切らず、気の利いた切り口を浅ましくも探してしまう。

服をまとめて鞄に押しこんでから振り返ると、床のギフトボックスが目に入った。

「開けてみても?」とぼくは訊いた。

ベラスケスはためらい、無難なほうを選んだ。「いえ、申しわけないですが。いまは困ります」

包み紙の端には丁寧に切りこみが入れられている。「誰かなかを見たのかな?」

巡査はうなずいた。

ぼくはベラスケスの脇をすりぬけ、箱に近づいた。「中身が確認済みなら――」

巡査はぼくの前に立ちはだかった。「すみませんが、許可できません」

「そんなのばかげてる。これは妻からぼくへのプレゼントなんだ」

ぼくはベラスケスの身体をよけ、かがみこむと、片手で箱の角をつかんだ。巡査は背後から腕を伸ばしてぼくの胸を押さえつけた。かっとなるのを感じた。人の家にいるくせに、ああしろこうしろと指図する気か。母に倣《なら》おうとどんなにつとめても、父の声がひとりでに聞こえてきて、頭のなかに敵意や汚い言葉を吹きこもうとする。

「ここは事件現場なので——」

　バカ女。

　リオーダン巡査が部屋に飛びこんできて、相棒に加勢をはじめたので、手を振り払い——「わかった、わかったよ、くそっ」——ふたりに連れられて一階へ下りた。玄関ドアの前に女性が這いつくばり、しきりに床板を調べている。血痕を探しているのだろう。無表情のままぼくを見上げると、またうつむいた。

　着替えのためにマーゴの家へと車を走らせながら、リラックスしようとつとめた。捜査がつづくかぎり、さっきのような不愉快でばかげた目に遭うことは幾度でもあるだろうから（ルールは好きだが、納得のいくものに限る。筋の通らないものはお断りだ）、冷静にならなければ。おまわりの反感を買わないこと。念のために繰り返しておこう。おまわりの反感を買わないこと。

　署に着くと、ボニーが現れてこう言った。「義理のご両親がいらしてるわよ、ニック」ほかほかのマフィンでも手渡しながら励ますような口調だった。

メアリーベスとランドは抱きあいながら立っていた。警察署内にいるのに、まるで卒業パーティーの写真撮影でポーズをとっているように見える。ふたりは会うたびにそんな調子だった。撫であったり、首元に顔を埋めたり、頬ずりしたり。エリオット家を訪ねるときは、ひっきりなしに〝入りますよ〟と咳払いをしなければならなかった。ふたりがどこで睦《むつ》みあっているかわからないからだ。別れ際にはかならず濃厚なキスを交わすし、ランドはすれ違いざまにメアリーベスの尻を撫でた。ぼくにはなじみのない光景だった。両親はぼくが十二のときに離婚したし、幼い頃に目にしたのも、クリスマスや誕生日に必要に迫られて交わされた、そっけない頬へのキスぐらいだったように思う。乾いたキス。夫婦仲がいちばんよかったときでさえ、言葉が交わされるのは用のあるときだけだった。「また牛乳が切れてるぞ」（「今日買ってくるわ」）、「これにきちんとアイロンをかけてくれ」（「今日やるわ」）、「牛乳を買うのがそんなに大変か？」（沈黙）、「配管工を呼ぶのを忘れただろう」（ため息）、「いいか、とっととコートを着て、牛乳を買ってこい。いますぐに」こんなふうに父は指図や命令ばかりだった。電話会社の中間管理職をやっていて、いちばんましなときには、無能な部下のように母を扱った。最悪なときはって？　殴ることこそなかったが、父の無言の怒りは何日も何週間も家中を満たしつづけ、息苦しいほどに空気をよどませた。父は顎を突きだしたまま、負傷していらついたボクサーのような風情で歩きまわり、歯ぎしりの音を部屋中に響かせた。母に向かって物を投げつけることもあったが、ぶつけはしなかった。殴ったことはない、と父は自分を納得させていたにちがいない。そこにこだわることで、暴力亭主ではないつもりでいたのだろう。だが父のせいで、我が家の家庭生活は、道に迷いながら、不機嫌に歯嚙みする父の運転で行く長い長いドライブ旅行のようなものになった。そんな休暇、楽しめたものではない。〝引き返せなんて言うんじゃないだろうな〟――お願いだから、引き返してくれ。

父は母とそりが合わなかったわけではないと思う。たんに女嫌いなのだ。女というのは、愚かで、不合理で、腹立たしい存在だと思っていた。「あのバカ女が」――気に障《さわ》る女がいると、父は決まってそう呼んだ。すれ違った車のドライバーだろうが、ウェイトレスだろうが、小学校の教師だろうが。ＰＴＡの会合は女臭くてたまらんと言って、教師たちには会ったこともないくせに。一九八四年の選挙でジェラルディン・フェラーロが初の副大統領候補に指名されたとき、夕食前のニュースを家族で見ていたのを覚えている。小柄で優しいぼくの母は、マーゴの頭を撫でながら言った。「まあ、すばらしいことね」すると父はテレビを消してこう答えた。「こんなの冗談だ。悪い冗談に決まってる。猿が自転車を乗りまわすのと変わらん」

それから五年後、ついに母の堪忍袋の緒が切れた。ある日、学校から帰ると父はいなくなっていた。朝にはいたのに、午後には消えていた。母はぼくらを食卓につかせてこう言った。「お父さんとわたしはね、離れて暮らすほうがみんなのためにいいと決めたの」マーゴはわっと泣きだすと「いいわよ、ふたりとも嫌いだもん」と言ったが、よくあるシナリオのように自分の部屋に駆けこみはせず、代わりに母に抱きついた。

父が去って、痩せっぽちで苦労の絶えなかった母は、しぼんだ風船に空気が送りこまれたように、ふっくらとして幸せそうに——適度にふっくらとして、とびきり幸せそうに——なった。それが本来の姿だったのだろう。一年もたたないうちに、母は忙しく、温かく、陽気な女性に変身し、亡くなるまでずっとそのままでいた。「昔のモーリーンが戻ってくれてうれしいわ」と、まるでぼくらを育てた女性は本物の母ではなかったかのように伯母は言った。

父のほうとは、何年ものあいだ、月に一度ほど電話で話し、形式的に出来事の報告をするだけだった。父がエイミーについて尋ねることといえば、「エイミーはどうしてる？」だけで、「元気さ」以上の返事を求めてもいなかった。六十代に入り、認知障害が出はじめても、父は頑《かたく》なにこちらを頼ろうとはしなかった。「早めにやっておけば、遅れることはない」というのが座右の銘だったが、アルツハイマーの発症までそれに従ってしまった。最初はゆっくりと、やがて急激に衰えを見せはじめたため、ぼくたちは依存嫌いで女嫌いの父を、チキンスープと尿のにおいのする大型の老人ホームに入れなければならなかった。そこで父は四六時中女性に囲まれて介護を受けることになった。皮肉にも。

お父さんには欠点があったけど、悪気はなかったのよ。気のいい母は、いつもぼくらにそう言っていた。そんなふうに言える母は寛大だが、悪気がなかったはずはない。マーゴは一生結婚しそうにない。悲しいときや、動揺したとき、怒ったとき、マーゴはひとりになりたがる。女の涙は嫌いだ、と男に言われるのが怖いのだ。ぼくもそう変わらない。長所はすべて母から受け継いだものだ。ジョークを言ったり、笑ったり、人をからかったり、浮かれ騒いだり、誰かを支持したり、褒めたりするのは得意だ。基本的に、明るい場面では生き生きしている。でも女に怒られたり泣かれたりするとお手上げになる。父の怒りがもっとも醜い形をとって自分のなかに湧きあがるのを感じる。エイミーに聞いてくれればわかるだろう。きっと話すにちがいない、いまここにいれば。

ランドとメアリーベスが気づくまで、しばらくふたりを眺めていた。電話を先延ばしにしたのは許されざる行為だった。ぼくの弱気のせいで、ふたりの脳裏には、テニスをしていた夜の記憶が焼きついてしまっただろう。汗ばむような夕べ、緩やかにコートを行き来する黄色いボール、テニスシューズのきしむ音。そんないつもと変わらない木曜の夜を過ごしているあいだ、娘は失踪していたのだ。

「ニック」とランドがぼくに気づいて言った。大股三歩でそばまで来たので、パンチを覚悟したが、力いっぱい抱きしめられた。

「だいじょうぶかね」ランドはぼくの首元に顔を寄せて囁き、身を震わせはじめた。

やがて音を立てて息を呑みこみ、嗚咽をこらえると、ぼくの腕を握りしめた。「みんなでエイミーを見つけるんだ、ニック。見つかるとも。そう信じよう、な？」ランドはブルーの瞳で二、三秒ぼくを見つめると、また泣きだした。少女のように三度しゃくりあげたところで、メアリーベスがやってきて抱擁に加わり、夫の胸に顔を埋めた。

三人の身体が離れると、メアリーベスはまじまじと目を瞠ってぼくを見上げた。

「こんな――こんなことって、まるで悪夢だわ。ニック、あなただいじょうぶ？」

メアリーベスの「だいじょうぶ？」は社交辞令ではない。実存的な問いなのだ。ぼくの顔を見つめ、観察しながら、ぼくの思考や行動を心に書きとめているのだろう。エリオット一家は人間のあらゆる性質を考察し、評価し、類別しようとする。すべてに意味があり、そのすべてを役に立てられると考えている。父親も、母親も、娘も、三人が三人ともハイレベルな知性の持ち主で、ハイレベルな心理学の学位を持っている。大半の人間が一カ月かけて考えることを、彼らは朝の九時までに考え終えている。以前、ぼくが食後に出されたチェリーパイを断ったとき、ランドは小首をかしげて言った。「なるほど、偶像破壊論者《イコノクラスト》か。安易な愛国主義の象徴を軽蔑しているわけだね」ぼくがそれを笑いとばし、チェリーコブラーも苦手なんです、と答えると、メアリーベスがランドの腕に手を置いて言った。「離婚のせいよ。ニックにとっては、家族揃って食べたデザートだとか、そういう懐かしい食べ物は、みんなつらい思い出なのよ」

そんなふうに熱心に内面を分析されるのは、ばかばかしくもあったが、悪い気はしなかった。正解は――チェリーが苦手なだけだ。

午前十一時半になると、署内は喧騒に沸き返りはじめた。電話が鳴り響き、大声が飛び交っている。気づくと、傍らに女性が立っていた。ぺらぺらしゃべる髪の生えた首振り人形ぐらいにしか意識していなかったので、名前すら覚えていない。いつからそこにいたのだろう。「……重要なのはね、ニック、みんなにエイミーを探してもらうことと、彼女を愛していて、帰りを待ち望んでいる家族がいることを知ってもらうことなの。そのためにしっかり打ちあわせておかないと。ニック、だからあなたには――ニック？」

「なんです」

「ご主人からひとことコメントがあったほうがいいわ」

部屋の向こうからマーゴが駆け寄ってきた。ぼくを署まで送ってから、店に寄って三十分で用事を片づけ、とんぼ返りをしてきたのだ。しずしずとマーゴを案内する役を仰せつかったらしき巡査には目もくれず、まるで一週間もぼくをほったらかしていたような様子で、机のあいだをジグザグにすりぬけてくる。

「どうなってる？」とマーゴは言って、男のように片腕でぼくを抱きしめた。ダン家の双子はハグが得意ではない。マーゴの親指はぼくの乳首に押しつけられた。「母さんがいてくれたらね」マーゴは囁《ささや》いた。ぼくも同じことを考えていた。「なにかわかった？」身体を離しながらマーゴは訊いた。

「いや、まったくなにも――」

「気分が悪そうよ」

「もう最悪だよ」忠告を聞かずに飲みすぎるなんてばかだった、とつづけようとした。

「わたしだって、一本空けちゃったと思うわ」マーゴはぼくの背中をさすった。

「そろそろ時間よ」と、ふたたび魔法のように現れた広報担当者が言った。「独立記念日の週にしては、悪くない集まり具合よ」そう言って、ぼくたちを陰気な会議室に案内した。アルミのブラインドに、折りたたみ椅子、退屈げな記者たちの一群。ビジネス・カジュアルないでたちのせいで、ぱっとしない会議に出席しているような気がした。時差ぼけの頭でぼんやり昼食のメニューを検討中の聴衆を前に、下手な発表でもするところみたいだ。が、ぼくの顔を見た記者たちはがぜん活気づいた。はっきり言ってしまえば、ぼくが若く、見てくれも悪くないからだ。広報の女性が、傍らに置かれたイーゼルに厚紙で補強されたポスターを架けた。それはエイミーの顔写真を引きのばしたもので、〝こんなに美人なのか？〟と思わず二度見してしまうほど美しく撮れていた。たしかにエイミーは美しかった。妻の写真に見入っていると、ぼくのその姿もカメラにおさめられた。ニューヨークでエイミーと再会した日のことが頭に浮かんだ。ブロンドの髪と後頭部を見ただけで、彼女だとわかった。啓示だと思った。人の後頭部など何百万も見てきたはずなのに、七番街で前を歩いている美しい頭を見て、それがエイミーだとわかったのだ。それが彼女だということも、ふたりが結ばれることも。

カメラのフラッシュが光りつづけている。顔をそむけると残像が見えた。シュールだった。普段と少し違う状態を経験すると、誰も彼もが決まってこう言う。シュールの意味なんてわかってもいないくせに。二日酔いがぶり返し、左目が心臓のようにズキズキ脈打ちはじめた。

シャッターが切られるなか、ぼくら二家族は口を固く結んでいっせいに立ちあがったが、本物の人間らしく見えるのはマーゴだけだった。あとの三人は台車で運ばれてきてそこに置かれたダミー人形のようだった。イーゼルに架けられたエイミーの写真のほうがまだしも本物っぽい。この手の記者会見の模様は、過去に起きた女性失踪事件の際に目にしたことがある。いまはぼくらが、テレビの視聴者が求めるシーンを演じさせられていた。不安げだが、希望は捨てていない家族の役を。カフェインでギンギンの目、人形のように力なく垂れた腕。

ぼくの名前が呼ばれた。部屋中が息を詰めて待ちかまえている。ショータイムだ。

あとから放送を見てみると、自分の声がまるで他人のもののように聞こえた。顔さえ自分のものとは思えなかった。皮膚の下に泥のように沈殿した酒のせいでみっともないほどむくみ、いかにもろくでなしっぽく見えた。声を震わせまいと気遣うあまり、言葉をはきはきと発音しすぎ、株価でも読みあげるような早口になっていた。「エイミーが無事に戻ってくれることを……」説得力も熱意もあったものではない。ランダムな数字でも口にしているようだった。

ランドが立ちあがって助け舟を出した。「エイミーは、明るくてすばらしい娘です。わたしたち夫婦のたったひとりの娘で、頭がよくて、美しくて、優しい子です。アメージング・エイミーそのものなんです。あの子に帰ってきてほしい。ニックもそう願っています」そう言ってぼくの肩に手を置き、涙を拭った。ぼくは反射的に身をこわばらせた。父の言葉がまた聞こえた――男なら泣くな。

ランドは話をつづけた。「わたしたちはみんな、あの子が家族の元に戻ってきてくれることを願っています。〈デイズ・イン〉に捜索本部を立ちあげたので……」

ニュース映像のなかで失踪女性の夫として映しだされたニック・ダンは、腕組みをし、生気のない目をして、無表情のまま義父の横に突っ立っていた。両親はすすり泣いていたが、ぼくは退屈そうにすら見えた。それだけではすまなかった。嫌な野郎だと思われまいとするときのおなじみの反応がとっさに出てしまった。冷淡な目つきも、横柄そうでいけ好かない顔も、そう見えるだけで、実際はいいやつなのだと思われたいばかりに。

ランドが娘に戻ってほしいと訴えている横で、ぼくは唐突に浮かべていた――キラースマイルを。

エイミー・エリオット・ダン
二〇一〇年七月五日

——日記——

ニックを責めたりはしない。絶対に、絶対に、やかましく不平不満ばかり言う女にはなりたくない。ニックと結婚したとき、ふたつのことだけはしないと誓った。ひとつ——夫を猿まわしの猿にすること。ふたつ——「別にいいけど」と言っておきながら（たとえば帰りが遅くなるとか、男同士で週末に出かけるとか、そういうことをしたいと言われたときに）、実際にやられるとガミガミ言うこと。

それはそうなのだけど。今日は結婚三周年の記念日で、わたしはアパートメントでひとり、涙の跡で顔をぱりぱりにさせている。午後に来たニックからのボイスメールのせいだ。聞きはじめたとたんにうれしくない知らせだとわかった。携帯電話の向こうでは男の人たちの声が聞こえ、ニックはどう切りだそうかと迷うみたいに長いあいだ黙っていた。それから、タクシーのなかにいるのか、聞きとりにくかったけれど、もうお酒が入っているみたいな間延びした声が聞こえてきた。かっとなるのが自分でもわかった。息をぐっと吸いこんで、唇を噛みしめて、肩をこわばらせて、〝怒りたくないのに、怒っちゃう〟と思うあの感じ。あの感じが、男の人にはわからないんだろうか。そうしたいわけじゃないのに、そう仕向けられているようなものだ。なぜって、せっかくのすてきな決まりが台無しになってしまうから。〝決まり〟という言葉はそぐわないかもしれない。恒例行事とか？　お楽しみとか？　でもその決まり／恒例行事／お楽しみ――つまり、ふたりの結婚記念日――が台無しになった理由については、わたしも理解できる。ちゃんと。噂はほんとうだった。ニックの雑誌社のライターが十六人も解雇された。全体の三分の一もの数だ。ニックはとりあえずだいじょうぶだったけれど、ここは連中を飲みに連れていかなくちゃ、と思ったのだろう。それでみんなで空元気《から》を出して、タクシーに乗りこんで、二番街を走っている途中だったというわけだ。帰宅した人もいるけれど、驚くほど大勢の人が帰らずに残ったそうだ。ニックは結婚記念日の夜を、その人たちにお酒を奢《おご》るために費やそうとしている。ストリップクラブやら安酒場やらに繰りだして、二十二歳かそこらの女の子に声をかけたりして（「こいつクビになったばかりなんだ、ハグしてやってくれないかな」）。失業組の人たちは、クレジットカードで飲み代を払ってくれるニックを褒めたたえるんだろう。引き落とし先はわたしの銀行口座なのに。記念日なのに、そうやって大騒ぎをするつもりなのだ。だいたい、ボイスメールでは記念日のことには触れてもいなかった。「予定があるのはわかってるんだが……」と言っただけ。

子どもじみているのはわかってる。ただ、これがしきたりになればいいと思っていたのに。宝探しをしようと思って、ふたりの一年を振り返れるような短い愛のメッセージを街のあちこちに隠してあるのに。第三のヒントは、セントラル・パーク近くのロバート・インディアナの〈ＬＯＶＥ〉の彫刻のところにある。Ｖのくぼみにセロテープで貼りつけた紙がはためいているのが目に浮かぶ。明日になれば、両親に観光に連れてこられた十二歳かそこらの男の子が退屈しのぎにそれを剝がし、中身を読んで、肩をすくめると、ガムの包み紙かなにかのようにぽいっと捨ててしまうだろう。

宝探しのフィナーレは完璧なはずだった。台無しになっちゃったけれど。プレゼントは最高にすてきなヴィンテージもののブリーフケース。革の。三年目は革婚式だから。でもいまは仕事が順調とはいえないから、仕事絡みのプレゼントはいいアイディアではなかったかもしれない。キッチンには、いつものようにロブスターが二匹。もういつもの、じゃなくなってしまった。木箱のなかでもがきまわっているけれど、母に電話して、明日までもつかどうか訊かなくちゃ。それとも、ワインでふらふらで、目もまわっているけれど、二匹と格闘して、鍋で茹でてしまったほうがいいのかどうか。意味ないけど。食べもしないロブスターを殺すことになるなんて。

父がおめでとうを言おうと電話をくれて、わたしは受話器を取りあげて平気な声を装ったけれど、話しはじめたら涙が出てきて（ばかな子どもみたいに話しながらしゃくりあげていた――「ヒック、ヒック、それでね、ヒック」）、結局全部ぶちまけてしまった。ワインでも開けて、やけ飲みでもすればいいと父は言った。思う存分悲しみに浸るのはいいことだというのが父の持論だから。でも、父に話したと知ったらニックは怒るだろう。父はきっと、父親風を吹かせてニックの肩を叩き、「記念日に急な飲み会が入ったらしいね、ニッキー」なんて言うにちがいない。そしてくすくす笑う。それでニックは気づいて、わたしに腹を立てるはずだ。うちの両親には、完璧な夫だと思われていたいから。わたしが両親に彼がどんなに非の打ちどころのない婿かを話して聞かせると、ニックはうれしそうにする。

でも今夜は完璧じゃない。わかってる、わかってる、子どもじみてるわよね。

＊

午前五時。太陽が顔を出して、いま消えたばかりの街灯と入れちがいにあたりを照らしはじめた。その切り替わりの瞬間を起きて見ているのが好きだ。たまに寝つけないとき、明け方にベッドを抜けだして通りを歩くことがある。街灯がいっせいに消えると、なにか特別なものを見られたような気分になる。「ほら、街灯が消えたわ！」

と告げたくなる。ニューヨークでは、静寂が訪れるのは午前三時や四時じゃない。バーから追いだされたお客が大勢いて、倒れこむようにタクシーに乗りこみながら騒々しくしゃべっていたり、その日最後の煙草を猛然と吸いながら携帯電話で話していたりするから。最高なのは午前五時。歩道にヒールの音を響かせていると、いけないことでもしている気分になる。ほかの人たちはみんな家に引っこんでしまい、街を独り占めできる。

あれからどうなったかというと。ニックは四時過ぎに帰ってきた。ビールと煙草と目玉焼きのにおいが胎盤みたいに身体にこびりついていた。わたしはまだ起きていて、《ロー・アンド・オーダー》の見すぎで頭をギンギンにさせながら彼を待っていた。ニックはオットマンに腰を下ろし、テーブルの上のプレゼントに目をやったけれど、なにも言わなかった。わたしも無言でニックを見つめた。謝るつもりなんてこれっぽっちもなさそうだった。なあ、ごめんよ、思いがけないことになってさ、そう言ってくれるだけでよかったのに。ほんのひとことと。

「結婚記念日おめでとう、一日遅れだけど」とわたしは声をかけた。

ニックは、うめくような深いため息をついた。「エイミー、今日は最悪だったんだ。このうえ罪悪感まで感じさせないでくれよ」

ニックのお父さんは、なにがあろうとけっして謝らない人だった。だからニックも、自分がへまをしたと自覚するとかっとなる。わかっているので、普段はやり過ごしている。普段は。

「記念日おめでとうって言っただけじゃない」

「記念日おめでとう、大事な日にわたしをほったらかしにしたクソ亭主、だろ」

ふたりとも無言のまま一分ほどすわっていた。胃がきゅっとなった。悪者にされるのなんてごめんだ。そんなのひどすぎる。ニックが立ちあがった。

「それで、どうだったの？」わたしはぼそりと尋ねた。

「どうだったって？　ひどいもんさ。仲間が十六人も失業したんだぜ。悲惨だったよ。仲間。飲みに行った人たちの半分も好きじゃないくせに。でもそれは言わなかった。二、三カ月もすりゃ、ぼくも同じ運命だろうけどね」

「苦しいときなのはわかってるわ、ニック。でも――」

「きみは苦しくなんかないだろ、エイミー。苦しさなんてわかりっこない。でもな、たいていの人間はそうじゃないんだ。きみとは違う」

またその話。わたしがお金の苦労とは無縁なことが、ニックには腹立たしいのだ。わたしのことを甘ちゃんだと思っている。否定はできないけれど。でも仕事はしている。きちんと勤めに出ている。友人たちのなかには、正真正銘、一度も働いたことがない子もいて、働いている人間のことを憐れむような口ぶりで話題にしたりする。デブな子のことを「顔はかわいいのにね」なんて噂するのと同じ調子で。ノエル・カワード脚本の劇のワンシーンみたいに、身を乗りだして「そりゃあ、エレンは働かないといけないから」なんて言ったりする。わたしはそこには含まれない。辞めたければいつでも辞められるから。慈善活動とか、インテリアとか、ガーデニングとか、ボランティアとかが中心の生活を送ることだってできるし、そういう生活が悪いとも思わない。世間では軽んじられているそういう女性たちが、とびきり美しくてすばらしいものを生みだしているんだから。でもわたしは働いている。

「ニック、わたしたちは一心同体でしょ。なにがあっても心配ないわ。わたしのお金はあなたのお金なの」

「婚前契約書はそうなってない」

彼、酔っているのだ。婚前契約書のことを持ちだすのは酔ったときと決まっている。そして不満を蒸し返す。もう何百回も——文字どおり、何百回も——婚前契約書なんて便宜的なものだと言っているのに。わたしの望みでも、両親の望みでもなくて、両親の弁護士の意向なだけだと。わたしたちふたりのこと、あなたとわたしのことにはなんの関係もないのよ、と。

ニックはキッチンに行くと、財布と皺くちゃの紙幣をコーヒーテーブルの上に投げだし、一枚のメモ用紙を丸めると、クレジットカードのレシートと一緒にゴミ箱に捨てた。

「そんなこと言うなんてひどいわ、ニック」

「ひどい気分なんだよ、エイミー」

酔っぱらったニックは、沼のなかを進むみたいなそろそろとした足取りでバーコーナーに向かうと、さらに一杯お酒を注いだ。

「悪酔いしちゃうわよ」

ニックはわたしに向けてグラスを上げてみせた。「きみにはわからないさ、エイミー。わかるもんか。ぼくは十四から働いているんだ。テニスの合宿だの、作文の合宿だの、大学進学適正試験《SAT》対策コースだの、そういうニューヨーカーにはあたりまえのことを、なにひとつ知らずに過ごした。ショッピングモールのテーブルを拭いたり、芝を刈ったり、ハンニバルまでわざわざ車で行って、ハックルベリー・フィンの扮装で観光客を喜ばせたり、夜中までファンネルケーキを揚げたフライパンを洗ったりするのに忙しくて」

笑ってしまえたらと思った。大口を開けて。おなかを抱えて笑って、ニックもそれに巻きこんで、最後にはふたりで大笑いをして、喧嘩をおしまいにしてしまいたかった。そういうくだらない仕事の話はもう何度も聞かされている。ニックと暮らして、人間はお金のためにずいぶん苦労をするものなのだと知った。結婚してから、食べ物の扮装をさせられている人を見ると、手を振らずにはいられなくなった。

「雑誌社に入るのだって、同僚の誰より苦労したんだ。ここまで来るのに二十年かかったのに、それを丸ごと失いかけてる。ほかにできることなんかひとつもない。故郷へ帰って、川辺の浮浪児の役に逆戻りでもしないかぎり」

「ハック・フィン役をやるには、年を取りすぎなんじゃない」

「黙れ、エイミー」

そう言い捨てて、ニックは寝室に行った。そんなことを言われたのは初めてだけれど、あまりにもすんなりと出てきたので、頭のなかではこれまでも思っていたんだろうな、とそのとき気づいた。もう何度も。自分が夫から黙れと言われる女になるなんて、思ってもみなかった。喧嘩をしたままベッドには入らない、とわたしたちはまえに約束した。妥協すること、話しあうこと、そして喧嘩したままベッドには入らないこと——新婚の夫婦が何度も何度も聞かされる三つのアドバイスだ。でも最近では、わたしばかり妥協しているし、話しあってもなにも解決しないし、ニックは平気で喧嘩したまま寝てしまう。蛇口みたいに感情の栓を閉めることができるから。すぐにいびきまでかきだした。

それから、わたしは思わずやってしまった。詮索はいけないということも、ニックが知ったら激怒することもわかっているけれど。ゴミ箱のところまで行って、レシートを拾いあげて、ニックが今夜どこへ行っていたかをたしかめた。バーが二軒と、ストリップクラブが二軒。行く先々で、仲間たちにわたしの話をしているところが目に浮かんだ。酔うとときどき覗かせるあの小意地の悪い口調で、これまでもわたしの悪口を言っていたにちがいない。気取った高級ストリップクラブにいるところも目に浮かんだ。そういうところにいると、男はいまも変わらず支配する側で、女は服従する側なのだという気になれるのだろう。誰も会話などしなくてすむように、店内にはわざと音質を悪くした強烈な音楽が流されている。長い髪を背中に垂らし、リップグロスでつやつやの唇をした女が、外向きの乳房を突きだしながらニックに近づいてくる（ただのおふざけさ、とニックは誓う）。でも嫌がっちゃいけない。ただの子どもっぽい悪ふざけだから、と笑って許さなくちゃならない。ものわかりのいい妻でいなくちゃいけない。

丸まったメモを開くと、ハンナという女の名前と電話番号が書きつけてあった。映画みたいに、キャンディとかバンビとか、そういうばかみたいな、眉をひそめられるような名前だったらよかったのに。綴りのふたつのiの上の点がハートになっているミスティとか。でもハンナは、わたしと変わらないようなリアルな名前だ。浮気はしたことがない、とニックは誓っているけれど、チャンスに事欠かないのは知っている。ハンナのことを訊いてみたら、「なんで電話番号なんてくれたのか謎だけど、断るのも失礼だからもらっておいたんだ」なんて言うんだろう。実際、そうなんだろうし。それとも違う？　黙って浮気をしていて、それに気づかないわたしをばかにするようになったらどうしよう。朝食のテーブルで向かいあい、なに食わぬ顔でシリアルをかきこみながら、まぬけな女だな、なんて思うようになったら。まぬけな人間なんて、尊敬できるはずがない。

ハンナのメモを握りしめていると、また涙が流れはじめた。

いかにも女がやりそうなことだと思う。ただの男同士の飲み会を、浮気や夫婦関係の崩壊にまで膨らませるなんて。

どうしていいかわからない。ガミガミ女になったような気も、みじめな玄関マットになったような気もする。いったいどっちだろう。怒りたくはないし、怒るべきかどうかさえわからない。ホテルに泊まって、たまにはニックを心配させてみようか。

数分そこでじっとしていたあと、深呼吸をひとつして、お酒のにおいがこもった寝室に入った。ベッドに横になると、ニックはこちらを向いてわたしを抱きしめ、首筋に顔を押しつけた。そしてふたり同時にこう言った。「ごめん」

ニック・ダン
一日後

フラッシュが瞬き、ぼくは笑顔を引っこめたが、時すでに遅しだった。喉元に熱いものが込みあげ、鼻の頭から汗の粒が噴きだした。まぬけめ、ニック。まぬけめ。気を落ち着かせようとつとめているうちに、記者会見は終了し、イメージ回復もできずじまいだった。

光りつづけるフラッシュのなか、顔を伏せながらエリオット夫妻とともに戸口へと向かった。部屋を出ようとしたとき、追ってきたギルピンに呼びとめられた。「ちょっといいかな、ニック」

建物の奥の部屋へと向かいながら、ギルピンが捜査状況を教えてくれた。「例の不法侵入があった近所の家を調べてみたんだが、人の寝泊まりした形跡があったから、鑑識を送った。住宅街の外れにある家にも無断で出入りしている連中がいるらしい」

「そう、ぼくもそれが心配なんです。あちこちに野宿している連中がいるので。町中、いらついた顔の失業者だらけですからね」

一年前まで、カーセッジは〈リバーウェイ・モール〉という広大なショッピングモールに支えられた企業城下町だった。小さな町の人口の五分の一にあたる四千人もの人間がそこで雇用されていた。中西部全域からの集客をあてこんだ大規模モールとして、一九八五年に建設された。開店日のことはいまもよく覚えている。ぼくとマーゴ、母と父の四人で、だだっ広いコールタール舗装の駐車場に立ち、人だかりのいちばん後ろからにぎわいを眺めていた。どこかへ出かけると、父が決まって早めに帰りたがるからだ。野球の試合でさえ、いつも出口のそばに陣取り、八回になると席を立った。マスタードまみれになり、日差しで身体をほてらせたぼくとマーゴは、いつも最後まで見せてもらえないと不満たらたらだった。でもこのときばかりは遠くから見ていて正解だった。開店イベントの全容を眺めることができたからだ。もどかしげに一歩ずつ前に進んでいく見物客たち。赤・白・青に彩られた演壇に立つ町長。消費主義という名の戦場のなか、ビニール張りの小切手帳とキルトのハンドバッグとで武装した兵士のぼくたちに、威勢のいい言葉が投げかけられた——誇り、成長、繁栄、成功。やがて扉が開いた。店内になだれこむと、エアコンの空気と、ＢＧＭと、にこやかに笑う店員たちに迎えられた。みな町の住人だった。その日ばかりは、父も店内に入り、行列に並ぶのを許してくれ、べたついたカップにたっぷり注がれたオレンジ・スムージーまで買ってくれた。

それから四半世紀、〈リバーウェイ・モール〉はあたりまえのようにそこにあった。やがて不況が襲い、モール内の店舗がひとつずつ消えていき、ついにモール全体が閉鎖された。いまでは十八万平米の廃墟と化している。再建に名乗りをあげる企業も、復活を約束する実業家も現れていない。モールをどうすべきか、大勢の元従業員たちがどうなるか、誰もがわからずにいる。母も店舗のひとつの〈シュー・ビー・ドゥー・ビー〉靴店で働いていたひとりで、二十年ものあいだその店でひざまずき、揉み手をし、箱を選りわけ、汗ばんだ靴下を触らされてきたにもかかわらず、あっけなく職を失った。

モールの閉店によってカーセッジの町そのものが破綻した。人々は失業し、家を失った。誰もがすぐには明るい兆《きざ》しを見いだせずにいる。先は見えないままなんじゃないかと感じている。ただ、マーゴとぼくにはいまそれが見えかけている。みんなにも見えるはずだ。

経済の破綻はぼくの精神状態とも完璧にマッチしていた。ここ数年、ぼくは退屈しきっていた。それは落ち着きのない子どもが訴えるような退屈さではなく（それからも卒業しきれてはいないが）、もっと重苦しい、全身を覆うような倦怠感だった。なにを見ても目新しさを覚えられずにいた。ぼくらはどうしようもないほどに徹底した非独創的社会に住んでいる（非独創的という言葉を批判的に使うこと自体が非独創的だが）。いまのぼくたちは、初めて目にするものがなにもないという、史上初の人類となった。どんな世界の驚異も無感動な冷めた目で眺めるしかない。モナ・リザ、ピラミッド、エンパイア・ステート・ビル。牙をむくジャングルの動物たちも、太古の氷山の崩壊も、火山の噴火も。なにかすごいものを目にしても、映画やテレビでは見たことがある、と思わずにはいられない。あるいはむかつくコマーシャルで。「もう見たよ」とうんざりした顔でつぶやくしかない。なにもかも見尽くしてしまっただけでなく、脳天を撃ち抜いてしまいたくなるほど最悪なのは、そういう間接的な経験のほうが決まって印象的だということだ。鮮明な映像に、絶好の眺め。カメラアングルとサウンドトラックによってかき立てられる興奮には、もはや本物のほうが太刀打ちできない。いまやぼくらは現実の人間なのかどうかさえ定かではない。テレビや映画や、いまならインターネットとともに育ったせいで、誰も彼もが似通っている。裏切られたとき、愛する者が死んだとき、言うべきセリフはすでに決まっている。色男やら切れ者やらまぬけやらを演じるためのセリフだって決まっている。誰もが同じ使い古された台本を使っている。

自動販売機で売られている無数の性格の寄せ集めではなく、リアルな本物の人間でいるというそれだけのことが、ひどく難しい時代なのだ。

そして誰もが演技しているだけだとすると、ソウルメイトなどという代物は存在しないことになる。本物の魂など持ちあわせていないのだから。

自分も他人もリアルな人間ではないわけだから、なにもかもどうでもいい。ぼくはそう思うようにさえなっていた。

リアルさをふたたび感じられるなら、どんなことでもしただろう。

ギルピンは昨日事情聴取が行われた部屋のドアを開けた。テーブルの中央には銀紙に包まれたエイミーのギフトボックスがのせられている。

ぼくは立ったまま卓上の箱を見つめた。そんな場所に置かれていると、ひどく不吉なものに見えた。ぼくはたじろいだ。なぜ先に見つけなかったのだろう。見つけておくべきだった。

「開けたらどうだい」とギルピンが言った。「なかを見てほしいんだ」

生首でも入っているかのように、こわごわそれを開いた。なかから出てきたのは〝第一のヒント〟と書かれたクリーミーブルーの封筒だけだった。

ギルピンはにやりとした。「われわれがどんなに困惑したか。失踪事件の最中に、〝第一のヒント〟の封筒を見つけたんだからね」

「これは妻の宝探しの――」

「らしいね。結婚記念日の。お義父さんから聞いたよ」

ぼくは封筒を開き、ふたつ折りにされた分厚いスカイブルーの紙を取りだした。エイミーの名前入りの便箋だ。苦い汁が喉元に込みあげた。宝探しは結局のところ、エイミーとはどんな人間かという問いに行きつくことになる（なにを考えているのか、この一年どんな重大なことがあったのか、どんなときにいちばん幸せを感じたのか。エイミー、エイミー、エイミー、エイミーのことを考えて）。

奥歯を噛みしめながら第一のヒントに目を通した。この一年の夫婦仲を考えると、ぼくについてはろくなことが書かれていないだろう。これ以上、ろくでなしに見られるわけにはいかないのだが。

わたしはあなたの学生よ
あなたはとびきりハンサムで頭のいい先生
わたしの心は開いてる（もちろん脚もね！）
学生だったら、花束なんかいらないわ
面談時間《オフィスアワー》にこっそり会えさえすれば
だからお願い、急いで来て
今度はわたしが教えてあげる

その予定が実行されることはなかった。エイミーの心づもりでは、ぼくは昨日この詩を読み、エイミーはその横で〝ヒントを解いて！　わたしをわかって！〟と熱のように期待を発散させながら、しきりにぼくを見つめていたはずだったのだろう。

それから「それで？」と訊く。ぼくは答える——

「ああ、これならわかる！　ぼくの研究室のことだと思います。短大の。非常勤講師をしているんで。やれやれ。いや、きっとそうでしょう」ぼくは眉根を寄せながら、もう一度ヒントを読んだ。「今年はずいぶん簡単だな」

「車で送ろうか」とギルピンが尋ねた。

「いや、マーゴの車があるんで」

「それじゃ、後ろをついていくよ」

「こんなものが重要なんですか？」

「そう、失踪直前の一、二日の行動がわかるからね。重要じゃないとは言えない」ギルピンは便箋に目をやった。「すてきじゃないか。映画みたいで。宝探しか。うちなんか、カードを交換して、軽く食事でもすればいいほうだがね。おたくらはちゃんと祝うんだな。ロマンティックに」

ギルピンは決まり悪げに足元に目を落とし、キーをじゃらじゃら鳴らすと、ぼくを連れだした。

大学からはありがたくも棺《ひつぎ》のような研究室を与えられている。机ひとつと椅子二脚、本棚数架がなんとかおさまる広さだ。ギルピンとぼくはサマースクールにやってきた学生たちのあいだを縫うように歩いた。ありえないほど幼く見える若者たち（退屈げな顔だが、手元はメールを打ったり曲を呼びだしたりと忙しい）と、真剣な顔の大人たち（手に職をつけようとしているモールの元従業員だろう）とが入り交じっている。

「なにを教えてるんだい」とギルピンが尋ねた。

「ジャーナリズムですよ、雑誌ジャーナリズム」女子学生がメールを打ちながら歩いてきたが、歩くほうがおろそかになり、ぼくにぶつかりかけた。目を上げもせずに脇に寄る。「うちの芝生に入るな！」と怒る気難しい老人の気持ちがわかる気がした。

「ジャーナリズムからは離れたんじゃないのかね」

「できない者は教える……」ぼくはバーナード・ショーの言葉を引用し、にやりとした。

研究室の鍵を開け、空気のこもった埃っぽい室内に入った。いまは夏休み中だ。最後に来てから何週間にもなる。机の上には、また封筒が置かれていた。〝第二のヒント〟と書かれている。

「鍵はいつもキーホルダーに？」

「ええ」

「じゃあ、エイミーはそれを使ってここに入ったわけだね」

ぼくは封筒の端をちぎりとった。

「家にはスペアキーもありますし」エイミーはあらゆるものに予備を用意している。鍵やクレジットカードや携帯電話をぼくがたびたびなくすからだ。が、それをギルピンに知られて、またしても末っ子呼ばわりされるのはごめんだった。「なぜです？」

「いや、ここで誰かと接触していないかと思ってね。ほら、校務員とか」

「フレディ・クルーガーっぽいやつはいなさそうですがね」

「あの手の映画は見てないんだ」

封筒のなかには折りたたまれた紙が二枚入れられていた。一枚にはハートが描かれ、もう一方には〝ヒント〟と書かれている。

手紙が二通。いつもと違う。胃が締めつけられる。なにが書いてあるやら見当もつかない。ハートのついた紙のほうを開いた。ギルピンを連れてくるべきではなかったと思いながら、中身を読みはじめた。

愛しいあなたへ

この神聖なる学び舎が、わたしの気持ちを伝えるのにふさわしい場所だと思ったの。あなたはとても頭のいい人よ。普段はあまり言うことはないけれど、あなたの頭脳には驚かされてばかりです。ややこしい統計だとか小話だとか、変わったことに詳しくて。いろんな映画のセリフをすらすら言えて。機転が利いて。物事を言葉ですてきに表現できて。何年も一緒にいると、夫婦ってお互いの良さを忘れてしまいがちよね。最初に会ったとき、どんなにあなたに夢中になったか覚えてるわ。だからここであらためて、いまも気持ちは変わらないことを伝えておきたいの。これがあなたの好きなところのひとつです。あなたって、頭のいい人よ。

口のなかに唾が湧いてきた。背後から覗き見していたギルピンは、ほうっとため息を漏らした。「いい奥さんだな」そう言うと、咳払いをした。「その、これはきみのかな」

ギルピンは鉛筆の尻の消しゴムの部分で女物の下着（詳しく言えば、紐付きでレースたっぷりの赤い〝パンティ〟だが、女性はそう呼ぶとぞっとするらしい。〝嫌いな言葉　パンティ〟でググってみるといい）を持ちあげた。空調機のつまみに引っかけられていたのだ。

「いや、参ったな」

ギルピンはぼくの説明を待っている。

「その、まえに一度、エイミーとふたりで……ほら、ヒントにあったでしょう。ときどきちょっとした刺激が欲しくなるというか」

ギルピンはにやりとした。「ああ、なるほど。エロ教官といけない学生というわけか。なるほどね。まったく、たいした熱の入れようだな」下着に手を伸ばしかけたが、ギルピンはさっさとポケットから証拠品袋を取りだし、そこにしまいこんでしまった。

「確認のためにね」と言うが、意味がわからない。

「いや、やめてくださいよ。エイミーが知ったら死んで――」ぼくは口ごもった。

「心配ないよ、ニック、たんなる手続きだから。信じられんと思うがね、どれだけ多くの手順を踏まなけりゃならないことか。念のために、念のために、とね。ばかばかしいがね。ヒントはなんて？」

ギルピンはまた背後から覗きこんだ。やけにさわやかな香りが気になってしかたがない。

「これはどういう意味だい」ギルピンが訊いた。

「さっぱりですよ」ぼくは嘘をついた。

やっとのことでギルピンと別れると、ハイウェイを適当に走り、プリペイドの携帯電話から一本電話をかけた。応答なし。メッセージは残さなかった。行くあてでもあるかのようにもうしばらく車を走らせ、やがてまわれ右をすると、四十五分かけて町まで戻り、〈デイズ・イン〉のエリオット夫妻を訪ねた。ロビーは〈中西部給与計算代行業協会〉の会員であふれ返っていた。キャリーバッグがそこらじゅうに置かれ、持ち主たちは小さなプラスティックのコップに入った無料の飲み物をすすりながら、だみ声でわざとらしく笑い声をあげ、ポケットから名刺を取りだしては、人脈作りに勤《いそ》しんでいる。エレベーターで乗りあわせた四人の男は揃って禿げかかり、チノパンとゴルフシャツに身を包み、首から下げたストラップを結婚太りした腹のあたりでぶらつかせていた。

ドアを開けたメアリーベスは携帯電話で通話中だった。テレビを指さすと、「よかったら、ハムの盛り合わせがあるわよ」と小声で言い、バスルームに入ってドアを閉じた。くぐもった話し声が聞こえはじめた。

数分後、出てくると、ちょうどはじまったセントルイスの地方局の五時のニュースを見はじめた。エイミーの失踪がトップで報じられた。「写真は完璧ね」と、エイミーが映しだされた画面を見ながらメアリーベスがつぶやいた。「これでエイミーの顔立ちをよくわかってもらえるわね」

そのポートレート写真は、エイミーが少しだけ演技をかじっていたときに撮られたもので、美しくはあるが、ぼくには堅苦しすぎるように思えた。エイミーの写真を見ると、まるでこちらが見られているように思えることがある。古ぼけた幽霊屋敷の肖像画のように、きょろきょろと目が動きそうな気がするのだ。

「もう少しさりげない感じの写真も探したほうがいいですね」とぼくは言った。「日常的な」

エリオット夫妻は揃ってうなずいたものの、黙ったまま画面を見つめていた。ニュースが終わると、ランドが口を開いた。「気分が悪いよ」

「わかるわ」とメアリーベスが言った。

「きみはだいじょうぶかい、ニック」とランドは言い、両手を膝に置いて身を乗りだした。ソファーから立ちあがろうとして苦労している。

「正直、たまらないですよ。自分が役立たずすぎて」

「ところで、きみのところの従業員の件はどうなってる？」ランドはようやく立ちあがった。ミニバーのところまで行き、ジンジャーエールを注ぐと、ぼくとメアリーベスを振り返った。「ふたりとも、なにか飲むかい？」ぼくは首を振り、メアリーベスはクラブソーダを頼んだ。

「ジンは入れるかい、ベイビー？」ランドの太い声は最後の一語だけ吊りあがった。

「ええ、そうね、お願い」メアリーベスは瞼を閉じ、前かがみになると、膝のあいだに顔を埋めた。やがて深呼吸をすると、ヨガでもするようにぴたりと元の姿勢に戻った。

「警察には全員のリストを渡しました。といっても、そんなたいした事業じゃないですから、ランド。店の人間は関係ないと思います」

ランドは片手で口を覆い、その手を上にずらした。頬の肉が目元まで押しあげられる。「むろん、われわれの事業関係も確認しているところだよ、ニック」

ランドとメアリーベスは、『アメージング・エイミー』シリーズのことをいつも〝事業〟と呼ぶ。そのたびに笑いそうになってしまう。表面的に見るとそれは児童書で、自分の妻エイミーが、主人公の万能少女として表紙に描かれているのだから。だがたしかに、それはれっきとした事業であり、かつては一大事業だった。『エイミー』シリーズは二十年ものあいだ小学生の必読書とされていた。人気の理由は、章末ごとに挿入されたクイズだった。

たとえば、三年生になったエイミーは友達のブライアンが教室で飼っているカメにエサをやりすぎていることに気づく。やめるように説得するが、ブライアンは頑なに大量のエサをやりつづける。エイミーはしかたなくそれを先生に言いつける。「ティブルス先生、告げ口なんて嫌なんですけど、どうしたらいいかわからなくて。ブライアンにやめてって言ったんですけど……やっぱり大人の人に助けてもらわなくちゃいけないかなって……」結果は――

(一) ブライアンはエイミーを裏切り者と呼び、口をきかなくなる。
(二) 内気な友達のスージーに、告げ口するんじゃなく、ブライアンには内緒でエサをすくい出せばよかったのにと言われる。
(三) 最大のライバルのジョアンナに、自分がエサをやれないのが悔しかっただけでしょ、と言われる。
(四) エイミーはひるまない――正しいことをしたんだもの、と考える。

正しいのは誰だ!?

いや、答えは簡単だ。どの話でも、正しいのはエイミーと決まっている（現実のエイミーとの喧嘩で、ぼくがこの話を引き合いに出したことがないとは思わないように。一度ならず持ちださせてもらっている）。

〝児童心理学者であり、ごく普通の親でもあるふたり〟によって考案されるそのクイズは、子どもの性格を見極められるように作られていた。あなたのお子さんは、ブライアンのように注意されるとふてくされるタイプ？　スージーのように見て見ぬふりをする意気地なし？　ジョアンナのような意地悪タイプ？　それとも、エイミーのように完璧な子？　『エイミー』シリーズは当時台頭していたヤッピーたちのあいだで大流行することになった。それは言わば、子育てにおける愛玩用の石《ペット・ロック》だった。あるいはルービック・キューブとか。エリオット夫妻は財をなした。全米の学校図書館に少なくとも一冊は『アメージング・エイミー』が置かれていた時期もあった。

「『エイミー』本絡みだという懸念でもあるんですか」とぼくは訊いた。

「確認してみるべき人物は二、三いるね」とランドが答えた。

ぼくは笑いを咳でごまかした。「たとえば作家のジュディス・ヴィオーストが、主人公のアレクサンダーに『つらくて、ひどくて、なにもいいことのない、最低な日々』を送らせまいと、エイミーを誘拐したとか？」

ランドとメアリーベスは、驚きと落胆の入り交じった顔でぼくを見た。ずいぶんと不愉快で無神経なことを言ってしまった。ぼくの頭からは、そんなふうに不適切な考えが不適切なタイミングで噴きだすことがある。脳内のガスをうまくコントロールできない。たとえば、ボニー刑事に会うたびに、頭のなかで〈ボニー・モロニー〉を歌わずにはいられない。妻の捜索のために川底をさらうという話を聞かされているときでさえ、脳内は歌がめぐって騒がしい。ただの防衛本能だ、とぼくは自分に言い聞かせた。ちょっと変わった防衛本能ってだけのことだ。止められるものなら止めたい。

　ぼくはそっと脚を組みなおし、もろくて繊細な陶器を扱うように慎重に言葉を発した。「すみません、なんであんなことを言ったのか」

「みんな疲れているんだよ」とランドが応じた。

「警察にヴィオーストを包囲させなきゃね」とメアリーベスも言った。「それに、あのむかつくベバリイ・クリアリーも」それは冗談というより、許しの言葉だった。

「ひとことお伝えしておくべきだと思うんですが。警察は、こういうケースではたいてい――」

「最初に夫を疑う、だろ」ランドがさえぎった。「そんなのは時間の無駄だと言ってやったよ。いろいろ訊かれたがね――」

「ずいぶん失礼なことをね」とメアリーベスがつづきを引きとった。

「じゃあ、なにか尋ねられたんですね。ぼくのことで」ぼくはミニバーに向かい、さりげなくジンを注いだ。立てつづけに三口飲むと、ますます気分が悪くなった。胃が食道をよじのぼってくる気がする。「たとえばどんなことを？」

「あなたに暴力を振るわれたり暴言を吐かれたりしている、とエイミーから聞いたことはないかとか」メアリーベスはすらすらと答えた。「あなたが女たらしじゃないかとか、浮気していると聞いたことはないかとか。そんなことエイミーが言うと思う？娘をそんなみじめな女に育てた覚えはありません、って言ってやったわ」

ランドがぼくの肩に手を置いた。「ニック、こちらから言ってあげるべきだったね。きみがけっしてエイミーを傷つけたりしないことは、よくわかっている。警察には、きみがビーチハウスでネズミを罠から助けてやったことまで話したんだよ」ランドは初めての話を聞かせるかのように妻に目をやり、メアリーベスも熱心な表情で夫を見返した。「一時間もかけてネズミのやつを追いつめて、車で町の外まで連れていって放してやったんだと。そんな男が、妻を傷つけるわけないだろう、とね」

罪悪感と自己嫌悪がどっと押し寄せた。一瞬、泣けそうな気がした。いまごろになって。

「きみを愛してるんだよ、ニック」ランドはそう言い終えると、ぼくを抱きしめた。

「ほんとうよ、ニック」メアリーベスも重ねて言った。「あなたは息子だもの。エイミーがいなくなっただけじゃなく、あなたに容疑がかかるなんて、とても耐えられないわ」

〝容疑〟という言葉はやめてほしい。〝型どおりの捜査〟や〝ただの手続き〟のほうがずっといい。

「警察はゆうべのレストランの予約のことを気にしているみたいだったけど」いかにもさりげない目つきでぼくを見ながら、メアリーベスが言った。

「予約って？」

「あなたが〈ヒューストンズ〉に予約を入れたと言っていたけど、調べてみたら予約なんて入ってなかったって。かなりこだわっているみたいだったわ」

予約もしていなければ、プレゼントも用意していない。その日にエイミーを殺害する計画だったなら、夜の予約はいらないし、プレゼントも必要ない。どこまでも現実的な殺人者、というわけだ。

ぼくには現実的すぎるところがある。警察に訊かれたら、友人たちはきっとそう言うだろう。

「ああ。たしかに、予約はしてませんでした。警察はなにか誤解しているんでしょう。ぼくから説明しますよ」

ぼくはメアリーベスの向かいのソファーに身を沈めた。これ以上ランドに触られるのはごめんだ。

「ええ、そうね。わかったわ。あの子は、いえ、あなたたちは、今年も宝探しをする予定だったの？」メアリーベスの目がまた赤みを帯びた。「こんなことが起きていなければ……」

「ええ、今日、第一のヒントが警察から戻ってきたんですよ。ギルピンと大学の研究室まで行って第二のヒントも見つけました。まだ解けてないんですが」

「見せてもらえる？」

「いまは手元になくて」嘘だ。

「あなた……それ、解いてくれるわよね、ニック」

「ええ、メアリーベス。解いてみせますよ」

「あの子の触れたものが、ぽつんと放置されたままかと思うと、たまらないの――」

プリペイドの携帯電話が鳴りはじめたが、ぼくはディスプレイを確認すると、電源を切った。捨てなければならないのだが、まだできずにいる。

「電話にはかならず出なきゃ、ニック」

「相手はわかっているんで。大学の同窓会から寄付を催促されてるんですよ」

ランドがぼくの隣に腰を下ろした。さんざん使い古されたクッションがその重みで沈みこみ、ふたりで身を寄せあうような格好になった。腕がぶつかりあっているが、ランドは気にしていない。人と対面するときに「ぼくはハグが好きでね」と宣言するようなタイプで、相手も同じかどうかはおかまいなしなのだ。

メアリーベスが話を元に戻した。「ストーカーに誘拐されたという可能性はあると思うの」法廷弁論でも行うようにぼくのほうに向きなおった。「昔は大勢いたから」

エイミーは自分に付きまとっていた男たちの話をするのが昔から好きだった。結婚してからも、ワインを何杯か飲むと、そういったストーカーたちがいまでもどこかで自分を思い、求めているのだと語ることがたびたびあった。ぼくは話半分に聞いていた。男たちは決まって、ぼくを心配させはするものの、警察の関与を必要とするほどではないという、絶妙に危険な存在として語られた。つまるところ、ぼくにたくましいヒーロー役をやらせて自分の純潔を守らせる、というお遊びをしているにすぎなかった。自立した現代っ子のエイミーはそうと認めはしなかったが、実際のところ、かよわき乙女を演じたかったのだ。

「最近はどうです」

「最近はいないわ」メアリーベスはそう言って下唇を噛んだ。「でも、ハイスクール時代にはかなり危ない女の子がいたわね」

「危ないって、どんなふうに？」

「エイミーに夢中だったのよ。というより、アメージング・エイミーのほうに。ヒラリー・ハンディって子で、本に出てくるエイミーの親友のスージーに自分を重ねあわせていたわ。最初のうちは微笑ましいものだったの。でもだんだんエスカレートしてきて、アメージング・エイミー自身になりたがるようになって。脇役のスージーじゃなく。それで、現実のエイミーのほうを真似しはじめたのよ。そっくりな服を着て、髪もブロンドに染めて、ニューヨークの我が家のまわりをうろつくようになって。一度なんて、気味の悪いことに、通りを歩いていたら駆け寄ってきて、わたしに腕を絡ませて言ったのよ。〝これからはわたしが娘になるわ。エイミーを殺して、新しいエイミーになるの。別にかまわないでしょ？　エイミーはひとりで十分よね〟って。うちの娘が、いくらでも書き直しができる作り話かなにかみたいに」

「最後には、接近禁止命令まで出させることになってね。学校の階段からエイミーを突き落としたものだから。じつに危ない子だったよ。そういう性質というのは、消えはしないからね」

「それと、デジーもいたわ」

「そう、デジーね」

デジーのことならぼくも知っている。エイミーはマサチューセッツ州にあるウィックシャー・アカデミーという寄宿学校の出身だった。当時の写真を見たことがある。ラクロス用のスカートとヘアバンドというでたちのエイミーは、いつも秋色の背景のなかに写っていて、まるでその学校が町のなかではなく、ある月のなかに存在しているように見えた。十月に。デジー・コリングスはウィックシャー校の兄弟校である男子寄宿学校の生徒だった。エイミーの話では、デジーは青白い顔の夢想家で、ふたりはいかにも寄宿学校生らしい交際をしていたらしい。寒い日のフットボールの試合や熱気に包まれたダンスパーティー、ライラックのコサージュ、年代物のジャガーでのドライブ。なにもかもがどこかミッドセンチュリー風の世界だ。

一年ほどのあいだ、エイミーはデジーとかなり真剣に付きあっていた。だがそのうち違和感を覚えるようになった。デジーはふたりが婚約したかのような話し方をし、子どもの数や性別まで口にしはじめた。子どもは四人で全員男だね、と。デジーの家族もどこか異様だった。デジーに母親を紹介されたとき、その母親が自分にあまりにもよく似ていることに気づき、エイミーの不安は募った。ミセス・コリングスはエイミーの頬にそっけなくキスをし、「気をつけて」と小さく耳打ちした。警告だろうか、あるいは脅しだろうか、とエイミーは思ったという。

　エイミーに振られたあとも、デジーはウィックシャー校のキャンパスに現れては、黒っぽいブレザーを着た幽霊のような姿で、寒々しいオークの枯れ木にもたれていた。ある二月の夜、ダンスから帰ったエイミーは、自室のベッドの上にデジーが全裸で横たわり、致死量ぎりぎりの睡眠薬を服《の》んでぐったりしているのを発見した。まもなくデジーは学校を去った。

　だが、いまでも電話をかけてくることがあり、年に数回はクッション入りの分厚い封筒を送りつけてきていた。エイミーはそれをぼくに見せてから、開封もせずにゴミ箱に捨てていた。消印はセントルイス。車で四十分の距離だ。「ただの不愉快で悲惨な偶然よ」とエイミーは言っていた。デジーの母親がセントルイス出身なのだという。知っているのはそれだけで、それ以上のことには興味がないと言っていた。以前、ゴミ箱をあさって封筒を取りあげ、アルフレッド・ソースまみれの手で手紙を読んでみたことがあるが、テニスだの旅行だのといった、いかにも金持ちのおぼっちゃんらしい陳腐《ちんぷ》な内容だった。スパニエル犬の話とか。ボウタイと鼈甲《べっこう》縁の眼鏡で洒落のめした華奢な男が我が家に侵入し、マニキュアを施したやわな指でエイミーを拉致するところを想像してみた。年代物のロードスターのトランクにエイミーを押しこんで……ヴァーモント州までアンティークショップめぐりに連れていったとか。デジー。デジーの仕業だと思える人間などいるだろうか。

「たしかに、デジーはそう遠くないところに住んでいますね。セントルイスに」

「ほら、だろう?」とランドが言った。「なんだって警察はそのへんを調べない?」

「誰かがやらないと」とぼくは答えた。「ぼくが行ってきます。明日、近辺の捜索が終わったら」

「警察はかなり確信を持っているみたいよ……家の近くに手がかりがあるって」とメアリーベスが言った。そして一拍だけ長めにぼくを見つめ、頭のなかの考えを振り払うように身を震わせた。

エイミー・エリオット・ダン
二〇一〇年八月二十三日

——日記——

夏。小鳥たち。陽光。今日は一日中、プロスペクト・パークをとぼとぼと歩いていた。肌がひりつき、節々も痛んだ。みじめさと戦っていた。それでも進歩だ。それまでの三日間は、汚れたパジャマを着たまま家にこもりっぱなしで、午後五時が来てお酒が飲めるようになるまで、ひたすら時間をつぶしていたのだから。視野を広げようと、ダルフールの悲惨な現状に思いを馳せてみたりしながら。それは結局、ダルフールの人たちをさらに利用することでしかないけれど。

この一週間、ほんとうにいろいろあった。それでだろう、一度にいろんなことが起きすぎて、心が折れてしまったみたいな気がする。ニックはひと月前に失業した。不況の波はおさまりつつあるけれど、まだ誰もそれに気づいていないみたいだ。だからニックも職を失った。予想していたように、一回目の大量解雇から数週間もたたないうちに、二回目の大量解雇があった。〝しまった、クビにする人数が少なすぎた〟というみたいに。人でなし。

最初のうち、ニックはだいじょうぶそうに見えた。まえからやろうと思っていたことを大量にリストアップしていった。なかにはごく些細なこともあるけれど。腕時計の電池交換とか、時計の時刻合わせとか、シンク下のパイプの交換とか、まえに塗って気に入らなかった部屋の壁の塗り直しとか。基本的に家の手直しが多い。人生の手直しはなかなかできないから、そういう現実的な手直しをやるのは悪くないと思う。それからニックは、もっと大がかりなことに取りかかった。『戦争と平和』を読んでみたり。アラビア語をかじってみたり。この先数十年に売りにできるスキルはなにか、じっくりと考えてみたり。見ているとつらいけれど、顔には出さないようにしている。

「ほんとにだいじょうぶ？」と何度か尋ねてみた。

最初は、コーヒーを飲みながら、目と目を合わせ、彼の手に手を重ねて、真剣な顔をして訊いてみた。次は、すれ違いざまに、陽気な軽い調子で。それからベッドのなかでニックの髪を撫でながら、優しい声で。

ニックの答えは毎度同じ。「だいじょうぶ。だからそっとしといてくれないか」

こういう状況にぴったりのクイズを作ってみた。〝クビになったらどうやって乗り切る？〟

（a）パジャマ姿でアイスクリームをドカ食い――ふてくされるのって癒《いや》される！
（b）元上司の悪口をネットで書きまくる――鬱憤《うっぷん》晴らしって最高！
（c）時間に余裕ができたから、次の仕事にプラスになりそうなことにトライしてみる。売りにできる語学を習得するとか、『戦争と平和』を読んでみるとか。

褒めたつもりだったのに――正解はcだから――ニックに見せたら、苦々しい笑みを浮かべただけだった。

二、三週間が過ぎると、元気もやる気も消えうせてしまった。まるで、ある朝目覚めたら、目の前に〝なんの意味がある？〟と書かれた埃だらけでボロボロのポスターでも貼ってあったみたいに。目つきもすっかりうつろになった。いまでは、テレビを見るか、ネットでポルノを見るか、テレビでポルノを見るかばかり。デリバリーフードを山ほど食べるから、満杯のゴミ箱の横には発泡スチロールの皿がいくつも立てかけられている。わたしとは話そうともしないし、話すのが肉体的に苦痛なのに意地悪なわたしにそれを強いられている、みたいな態度をとる。

わたしがクビになったと告げたときも、ちょっと肩をすくめただけだった。先週のことだ。

「そりゃひどい、残念だったね」とニックは言った。「まあ、きみには金があるからな」

「ふたりのお金でしょ。でも、あの仕事、気に入ってたのに」

ニックが調子っぱずれの甲高い声で〈無情の世界〉を歌いながら、よろめくように踊りはじめたので、酔っぱらっているのだとわかった。まだ夕方前で、青空の広がる美しい日だったのに、うちのなかは湿っぽく、カーテンは閉め切られたままで、腐りかけた中華の甘ったるいにおいがこもっていた。わたしは空気を入れ替えようと家中をまわり、埃を立てながらカーテンを開けていった。暗い書斎に入ると、床にいくつも紙袋が置かれていて、ネズミ取りだらけの部屋に足を踏み入れた猫みたいに何度もつまずいた。明かりをつけると、数十もの紙袋が見つかった。失業した人間は行かないような店のものばかりだった。スーツは手縫いで、革張りの安楽椅子にふんぞり返った客のところに店員がネクタイを一本一本運んできて、腕にかけて見せてくれるような高級紳士服店。オーダーメイド専門店のものだった。

「これどうしたの、ニック？」

「仕事の面接用さ。また求人が出はじめたときに備えて」

「こんなにたくさん必要？」

「金はあるんだろ」ニックは腕組みをしたまま、嫌な笑みを浮かべた。

「せめて、ハンガーにかけたらどう」ビニールのカバーはあちこちブリーカーに噛みちぎられていた。三千ドルはするスーツのすぐ横には小さなゲロの塊。特注の白いシャツは、猫がその上で昼寝をしたらしく、オレンジ色の毛だらけになっていた。

「いや、別にいいよ」ニックはそう言って、にやりと笑った。

わたしは文句屋じゃない。文句を言わないことを誇りに思ってきた。だからニックのせいで文句を言わずにいられないのが腹立たしかった。だらしないのも、無精なのも、だらけるのも、ある程度はかまわないと思う。ニックより自分のほうがせっかちなタイプAに近いのはわかっているし、やることリスト好きで几帳面すぎる自分の性格がニックを苦しめないようにと気をつけてもいる。ニックは掃除機をかけたり冷蔵庫の大掃除をしたりといったことに気がまわるタイプじゃない。そういうことが必要だとも気づかない。別にいい。ほんとうに。それでも、ある程度の節度はあったほうがいいと思う。ゴミ箱をあふれさせたり、ビーン・ブリトーがこびりついたままのお皿をシンクに一週間も放置するのはやめて、と言うぐらいは許されると思う。いい大人なんだから、まともな共同生活を送りましょうってだけの話なんだし。でもニックはなにもしようとしないから、つい文句を言ってしまい、それにまた腹が立つ。ニック、あなたのせいで、これまでなったこともない、なりたくもなかったガミガミ女になっちゃうじゃない。あなたがごくごく基本的な約束事さえ守らないから。やめて、そんなふうにさせないで。

失業がどんなに大きなストレスか、それはよくよくわかっている。とりわけ男性にとっては家族の死にも匹敵するほどのことだと思う。ニックみたいに、ずっと働きづめの男性にはとくに。だからわたしは深呼吸をして、頭のなかで怒りを赤いゴム鞠《まり》に変えると、遠くへ蹴りとばした。「じゃあ、わたしが弔るしてもいい？　そのほうが傷まないから」

「お好きに」

ふたり揃って失業なんて、まったくなんてすてきなんだろう。それでも大半の人たちより恵まれているのはわかっている。不安になると、いつもネットで信託財産の口座をチェックしている。ニックに言われるまでは、それを信託財産だなんて考えたことはなかった。実際、そんなにたいした金額じゃないから。いえ、両親からもらった七十八万五千四百四ドルの預金があるのは、ありがたいし、すばらしい。でも一生働かずにすむほどの額でもない。とくにニューヨークでは。経済的な理由で勉学や仕事を選択しないですむぐらいの安定を与えつつ、仕事をつづける気がなくなるほどお金持ちにはさせたくない、というのが両親の意向なのだ。ニックはからかうけれど、すばらしい親心だと思う（本のためにわたしの少女時代を盗んだのだから、当然だとも思うけれど）。

それでもやっぱり失業のことを――ふたりの失業のことを――気に病んでいたところへ、父が電話してきて、母とふたりでうちに来たいと言った。話があるからと。かまわなければ今日の午後、できればいますぐにでも、という。もちろんかまわないわ、とわたしは言いながら、頭のなかで〝癌だわ、癌だわ、癌だわ〟と考えていた。

戸口に現れた両親はあらたまった格好をしていた。父はきれいにアイロンのかかった服をきちんと着込み、磨きあげられた靴を履き、非の打ちどころのない装いだったけれど、目の下には隈《くま》ができていた。母のほうは、セレモニーやスピーチに引っぱりだこだった頃にお気に入りだった、明るい紫のワンピースのひとつを着ていた。母によれば、着る人の自信を引きだす色なのだそうだ。

ふたりとも元気そうだったけれど、気恥ずかしげな顔だった。ソファーに落ち着くと、つかのま沈黙が落ちた。

「あのな、母さんとわたしは、どうも――」父が話を切りだしたが、そこで咳払いをした。膝に置いた拳の節が白くなっていた。「どうも、経済的にかなり困ったことになっていてね」

どんな反応をすればいいかわからなかった。驚くか、慰めるか、それとも失望してみせるか？　両親がわたしに問題を打ち明けるなんて初めてだった。問題なんてたいしてなかったとも思うし。

「正直に言って、杜撰《ずさん》だったの」母が言葉をつづけた。「この十年のあいだ、そのままえの二十年と同じだけ稼いでいるようなつもりで生活していたの。実際はそうじゃなかったのに。収入は半分以下になったのに、それを直視できなかった。楽観的だった、と言えばいいかしら。ひたすら、次回作こそは成功するにちがいないって考えて。でもそうはならなかった。そしてまずい選択ばかりしてきたの。無茶な投資をして。無茶な消費も。そのせいでいまは――」

「破産したも同然なんだ。自宅もこの家も、売却してもまだローンを完済できない」

てっきり、この家は即金で買ってくれたものと思っていた。ローンを払っていたなんて。チクリ、とばつの悪さを感じた。ニックが言うように、わたしは世間知らずだ。

「いまも言ったとおり、深刻な判断ミスをいくつもしてしまったの。わたしたち、『エイミーと変動金利型住宅ローン』って本を書くべきね。クイズは全問誤答だわ。反面教師にされるのがオチね。エイミーの友達の、欲しがり屋のウェンディみたいね」

「世間知らずのハリーとか」と父が言い添えた。

「それで、これからどうなるの」とわたしは訊いた。

「おまえに頼るしかないんだ」と父が答えた。母はバッグから手製のパンフレットを取りだし、目の前のテーブルに置いた。自宅のコンピューターで作成した棒グラフや、折れ線グラフや、円グラフが印刷されていた。自分たちの提案がわたしの気に入るようにと願いながら、目をすぼめてマニュアルを読んでいる両親を想像すると、やりきれなかった。

母が話を切りだした。「今後の人生の見通しが立つまで、あなたの信託財産をいくらか貸してほしいの」

目の前にすわった両親は、まるで初めてのインターンシップに応募する熱心なふたりの学生みたいに見えた。父は膝を揺すり、母は優しく指で触れてそれを止めた。

「ええ、信託財産はふたりのお金だから、もちろん使って」とわたしは言った。早く話を切りあげたかった。すがるようなふたりの顔を見るのはつらすぎた。「どのくらいあれば、借金を完済して、当面暮らしていけるの？」

父は足元に目を落とした。母は深々と息を吸ってから言った。「六十五万ドル」

「そう」としか言えなかった。ほぼ全財産だ。

「エイミー、まずはふたりで話しあったほうが──」とニックが言いかけた。

「いいえ、いいのよ。すぐに小切手帳を取ってくるわ」

「正直言うとね」と母が言った。「明日、うちの口座に送金してくれると助かるの。でないと、十日間待たなきゃならないから」

そのとき、わたしはことの深刻さを悟った。

ニック・ダン
二日後

エリオット夫妻のスイートルームのソファーベッドで目を覚ましたぼくは、疲労困《こん》憊《ぱい》していた。自宅にはまだ自由に出入りできないので、泊まっていけと強引に勧められたのだ。以前、それと同じ猛烈な強引さで、レストランの勘定書を取りあげられたことがあった。自然の猛威に等しい好意――「どうしても、どうしてもしてあげたいんだ」。だから従った。その結果、寝室のドアの向こうから響いてくるふたりのいびきを一晩中聞かされるはめになった。ひとつは規則的で重々しい、のこぎりのような激しいいびき。もう一方は、溺れる夢を見ているような、苦しげで不規則ないびきだった。

ぼくはいつも、照明のスイッチを切るように眠りに落ちる。「もう寝るよ」と言って、祈るような格好に両手を組んで頰に押しあてたかと思うと、風邪薬を服まされた子どものようにぐっすり熟睡している。その隣でエイミーは寝つけずにごそごそする。

が、昨夜はエイミーのように頭が休まらず、身体の緊張も解けなかった。普段のぼくはリラックスしていることが多い。ソファーでテレビを見ているときも、ぼくは溶けた蠟《ろう》のようにくつろげるが、エイミーは隣でひっきりなしに身じろぎをしたり、姿勢を変えたりする。いっぺん、むずむず脚症候群じゃないか、と訊いたことがある。ちょうどその病気のコマーシャルが流れていて、ふくらはぎを揉み、太腿をさすりながら、不快そうに顔をしかめる役者たちが映っているところだった。エイミーの答えは、「っていうか、〝全身むずむず症候群〟よ」だった。

ホテルの部屋の天井がグレーからピンクへ、そして黄色へと変わっていくのを眺めていた。身を起こしてみると、またも対岸から放たれるまばゆい朝日を浴びることになった。太陽の取り調べだ。と、ふたつの人名が頭に浮かんだ。ヒラリー・ハンディ。感じのいい名前に似合わぬ物騒な行為をしでかしたとされている。デジー・コリングス。ほんの一時間の距離に住んでいる元ストーカー。ふたりをターゲットに据えることにしよう。いまはなんでも自分でやる時代だ。健康管理も、不動産探しも、犯罪捜査も。どこもかしこも過重労働で人手不足だから、自分でネットを駆使して調べるしかない。これでも元ジャーナリストだ。十年のあいだ、取材をし、話を聞きだすのをメシの種にしてきた。だからやれるはずだし、メアリーベスとランドもそう信じている。ありがたいことに、ふたりともまだ、うっすらと疑いをかけられた夫のぼくを信用してくれている。〝うっすら〟というのは希望的観測だろうか。

〈デイズ・イン〉は使われていないダンスホールを提供してくれ、そこにエイミー・ダン捜索本部が設置されることになった。茶色い染みだらけで、嫌なにおいのこもったみすぼらしい部屋だったが、メアリーベスは夜明けとともにそこに命を吹きこみはじめた。掃除機をかけ、除菌シートで拭きあげ、掲示板や電話機をいくつも設置し、壁には大きなエイミーの顔写真を貼りだした。冷静で自信に満ちたエイミーの瞳が追いかけてくるように見えるそのポスターは、なんとなく大統領選挙を彷彿《ほうふつ》させた。実際、準備の完了した室内は、苦戦を強いられながらも希望を失うまいと奮闘する候補者と熱心な支持者たちに似つかわしい能率性にあふれていた。

午前十時をまわった頃、ボニーが携帯電話で話をしながら現れ、ぼくの肩に手を置くとプリンターの設置に取りかかった。いくつかのグループがボランティアに駆けつけた。マーゴと生前の母の友人たちが六人。ダンスショーのリハーサルにでも来たように、揃ってカプリパンツを穿いた四十そこその女性が四人。細身で日焼けしたふたりのブロンド女が主役を争い、残りは喜んで脇役に徹しているように見える。にぎやかな白髪交じりの老婦人グループもいる。誰もが隣の人間ごしにその向こうの相手と話そうと声を張りあげ、何人かは同時にメールまで打っている。圧倒されるほどパワフルで、あまりに若々しい元気をあふれさせているので、それを見せつけに来たのかと邪推《じゃすい》せずにはいられなかった。男性はひとりしか見あたらなかった。ぼくと同じ年まわりのハンサムな男で、身なりはよく、連れはなく、自分の来た理由を説明しようともしなかった。ひとりで軽食のテーブルのあたりをうろつきながら、エイミーのポスターにちらちらと目をやっている。

プリンターの設置を終えたボニーが、ブラン入りらしきマフィンをひとつ取ると、ぼくのそばに立った。

「ボランティアは全員チェックしてるんですか」とぼくは尋ねた。「いや、ひょっとすると誰か――」

「誰か、やたら興味津々の不審な人間がいないか？　もちろんよ」ボニーはマフィンの端をちぎって口に放りこんだ。そして声をひそめた。「でも実際のところ、連続殺人犯だって、テレビでわたしたちと同じドラマを見ているのよね。だから向こうだっておお見通しなわけよ、こっちが気づいていることを。犯人が――」

「犯行現場に戻る、ってことを」

「そういうこと」ボニーはうなずいた。「だから、向こうも軽々しくそういった行動はとらなくなってるってわけ。でももちろん、妙な人間は全部チェックして、彼らが、その、ただの妙な連中なだけかどうかをたしかめるわ」

ぼくは眉を吊りあげた。

「ギルピンとわたしは、数年前のケーラ・ホールマン失踪事件も担当したんだけどね。ケーラ・ホールマンの話は知ってる？」

ぼくは首を振った。聞き覚えはない。

「とにかく、こういう事件に夢中になる悪趣味な連中がいるのよね。それと、要注意なのは、あそこのふたり――」ボニーは顔立ちの整った四十代の女ふたりを指さした。

「ああいうタイプね。悲しみに暮れる夫を慰めるのに熱が入りすぎるタイプ」

「まさか、そんなことは――」

「意外にあるのよ。あなた、ハンサムだし。ありうるわ」

そのとき、ひときわブロンドで日焼けをしたほうの女がこちらを向き、ぼくと目が合うと、いかにも優しげな、はにかんだような笑みを浮かべ、撫でてほしげな猫のように小首をかしげた。

「でも、役には立ってくれそうね。熱心に取り組みそうなタイプだから。それは助かるわ」

「ケーラ・ホールマン事件は解決したんですか」とぼくは尋ねた。

ボニーは首を振った。ノー。

さらに四人の女たちが加わり、日焼け止めクリームの容器を順にまわしながら、むきだしの腕や肩や鼻にたっぷりと擦りこみはじめた。ココナッツの香りが部屋中に広がった。

「ところでね、ニック。まえに、エイミーにはこの町に友人がいるかどうか訊いたけど、ノエル・ホーソーンはどうなのかしら。このあいだは言ってなかったわよね。二度も警察に連絡を入れてきてるんだけど」

ぼくはぽかんとボニーを見た。

「ご近所に住んでるノエルよ。三つ子のお母さんの」

「いや、エイミーとは友達じゃない」

「あら、妙ね。彼女はそのつもりみたいだけど」

「エイミーにはそういうことがよくあるんですよ。一度話しただけで、相手が虜《とりこ》になることが。気味が悪いぐらいに」

「ご両親もそうおっしゃってたわ」

ヒラリー・ハンディとデジー・コリングスの件をボニーに尋ねようかと思った。だがやめておいた。単独で調べを進めるほうが格好がいい。ランドとメアリーベスには、アクションヒーロー・モードのぼくを見てもらいたい。メアリーベスの目つきが頭から離れなかった――「警察はかなり確信を持っているみたいよ……家の近くに手がかりがあるって」。

「『エイミー』シリーズを読んで育ったから、エイミーのことも知ってるような気になるんでしょう」とぼくは言った。

「なるほどね」ボニーはうなずきながら言った。「誰だって、人のことを知ってると思いたいのよね。親は子どもをわかってると思いたい。妻は夫をわかってると思いたい」

一時間もすると、捜索本部は仲間内のピクニックのような様相を呈しはじめた。昔の恋人が数人、子ども連れで顔を見せに現れた。母の親友のひとりヴィッキーは、ピンクの服を着た十歳ぐらいの内気そうな孫娘を三人連れてやってきた。

孫。母はよく孫の話をしていた。当然授かるものだと信じているような様子だった。新しい家具を買うたびに、それを選んだ理由を「孫ができたときに便利だから」と説明した。孫の顔を見るまで死ねない、友達はみんな何人も授かっているんだから、と言っていた。以前、〈ザ・バー〉が過去最高の週間売り上げを記録したとき、エイミーとぼくとで母とマーゴを食事に招待したことがある。祝い事があると伝えると、母は椅子から飛びあがり、わっと泣きだすとエイミーを抱きしめた。エイミーも涙を流しはじめ、母の抱擁に息を詰まらせながら囁いた。「お店のことなんです、お店の」それを知った母は落胆を隠そうと必死だった。「時間はたっぷりあるわ」と慰めるように言い、それを聞いたエイミーはまた泣きだした。腑に落ちなかった。エイミーは子どもはいらないと決めていて、幾度もそう宣言していたからだ。でもその涙を見て、ひょっとしたら気が変わったのかと、あきらめ悪く一縷《いちる》の望みを抱かずにはいられなかった。時間はたっぷりではなかったから。カーセッジに越してきたとき、エイミーは三十七歳だった。十月には三十九になる。

　ふとこう思った。もしもそれまでこの状況がつづけば、誕生会の真似事でもしなければならないだろう。ふたたび関心をかき立てるために、ボランティアやメディアに向けて、セレモニーかなにかの形でその日を強調する必要があるだろう。希望は捨てていないという顔も見せなければならない。

「ホウドウ息子のご帰還かい」鼻にかかった声に振り返ると、伸びきったTシャツを着た痩せぎすの男が傍らに立ち、カイゼル髭を引っかいていた。旧友のスタックス・バックリーだ。放蕩《ほうとう》息子の読み方も意味も知りやしないのに、ぼくのことをそう呼ぶのが癖になっている。おおかた、〝まぬけ〟の気取った言い方だとでも思っているのだろう。スタックス・バックリー、野球選手のような名前のとおり、そうなることを目指していたが、望みばかりが強く、才能には恵まれなかった。少年時代は町いちばんの選手だったが、それだけのことだった。大学でチームを追いだされるという人生最大のショックを味わい、そこからは挫折の連続だった。いまでは半端仕事で食いつなぐむら気な酔っぱらいになりはてている。二、三度、仕事を求めて店に現れたが、ぼくが日雇いの雑用を勧めるたびに、不満げに頰の内側を嚙みながら、首を横に振ってこう言った。「おいおい、ほかにもあるだろ、もっとましなのが」

「スタックス」とぼくは挨拶を返し、相手が友好的な気分かどうか見極めようとした。「警察はまるっきりお手上げだって聞いたぜ」スタックスは両手を腋の下に挟んで言った。

「そう決めつけるのはまだ早いさ」

「おいおい、あんな手ぬるい捜査でか？　町長の飼い犬探しのほうが、ずっと真剣にやってたぜ」スタックスが日焼けした顔をこちらに近づけると、身体の熱とともに、リステリンと嚙み煙草のにおいが押し寄せた。「なんだって誰もつかまえないんだ？　町中にあやしい連中がうようよしてるってのに、ひとりも引っぱられていない。ただのひとりもだぜ。ブルーブック・ボーイズはどうなんだ？　あの女刑事にも言ってやった。ブルーブック・ボーイズはどうなんだってな。シカトされたけどな」

「ブルーブック・ボーイズってなんだい。ギャングとか？」

「去年の冬にブルーブックの工場をクビになった連中さ。退職金も、なんもなしに。鬱憤《うつぷん》を溜めまくってそうなホームレスが、町にたむろしてるだろ。そういうのはたいていブルーブック・ボーイズなのさ」

「よくわからないな、ブルーブックの工場って？」

「あの、〈リバー・バレー印刷社〉さ。町外れの。大学の論文試験だかなんだかに使う青表紙《ブルーブック》のノートを作ってた」

「へえ、知らなかったよ」

「いまじゃ、大学でもコンピューターやらなんやらを使うだろ。それで――バッサリ！――さらばブルーブック・ボーイズ、ってわけさ」

「なんてこった、町全体がつぶれかけてるんだな」とぼくはつぶやいた。

「そのブルーブック・ボーイズがな、酒やクスリをやっちゃ、暴れるのさ。いや、いままでも暴れてはいたが、まえは月曜には仕事に戻らなきゃならないから、ほどほどでおさまってたんだ。いまじゃ、やりたい放題さ」

　スタックスはすきっ歯を見せてにやりとした。髪にはペンキがこびりついている。ハイスクール時代から、夏は家の壁塗りをやって稼いでいる。いつも「手でヤる仕事が得意でね」と言っては、相手がジョークに気づくのを待つ。笑ってもらえないと、わざわざ説明する。

「で、警察の連中、モールはもう捜索したのか？」とスタックスが尋ねた。ぼくは意味がわからないまま肩をすくめた。

「なんだよ、おまえ、記者だったんじゃないのか」スタックスは以前からぼくの前職が気に入らない様子で、ぼくが嘘でもついていたかのようにそう言った。「ブルーブック・ボーイズのやつらが集まるもんだから、モールのなかがちょっとした町みたいになってるのさ。不法占拠だな。クスリも売ってる。たまに警察が追いだしてるが、次の日には元どおりさ。とにかく、あの女刑事にそれを言ってやったんだ。〝モールを捜索しろ〟ってな。ひと月前には、女を集団レイプしたやつらもいたしな。な、いらついた野郎どもがたむろしてるところに女が行ったりすりゃ、ろくなことにならんだろ」

午後の捜索場所に車を走らせる途中、ボニーに電話をかけ、もしもしという声が聞こえた瞬間に話を切りだした。

「なんでモールを捜索しないんです？」

「モールは捜索するわよ、ニック。いま捜査員を向かわせているところよ」

「ああ、そうなんですか。じつは友人から――」

「スタックスでしょ。知ってるわ」

「彼の話じゃ――」

「ブルーブック・ボーイズね。わかってるから、信用して、ニック。あなたと同じぐらい、わたしたちもエイミーを見つけたいと思ってるの」

「ええ、それじゃ、どうも」

気勢を削がれたぼくは、特大の発泡スチロール容器に入ったコーヒーを飲みほし、指定された捜索場所に向かった。今日の午後は三カ所の捜索が行われる。ビーチのボート乗り場（いまは〝事件当日の朝、ニックが誰にも目撃されずに過ごした場所〟と呼ばれている）、ミラー・クリークの森（名前ほどすてきな場所でもなく、木立の向こうにはファストフードのレストランが覗いている）、そしてハイキングや乗馬ができる自然スポットのウォーキー・パーク。ぼくの担当はウォーキー・パークだった。

到着すると、担当の巡査が十二人ほどの集団に指示を出していた。誰もがぴちぴちのショートパンツからむっちりとした脚を覗かせ、サングラスと帽子を身に着け、日焼け止めクリームを鼻に塗っている。まるでキャンプ初日のような光景だった。

地元のふたつの放送局からカメラクルーが派遣されていた。独立記念日直後の週末なので、エイミーのニュースは、州主催のフェアと料理コンテストの話題のあいだに押しこめられることになるだろう。ひとりの新米記者がつきまとい、くだらない質問を浴びせてきた。とたんに身体が人形のようにこわばるのを感じ、〝心配げな〟顔が嘘くさく見えやしないかと気になった。あたりには馬糞のにおいが漂っている。

記者たちはまもなくボランティアの後を追ってトレイルに消えていった（せっかく疑わしい夫をつかまえておいて、そのまま立ち去るとは、いったいどんなジャーナリストなんだ？　まともなのが残らずクビになり、あとに残った安月給の出来損ないに決まっている）。若い巡査から、いまいる場所が各トレイルへの入口になっているので、そこに立っていてほしいと告げられた。そばには掲示板があり、無数の古いビラに交じって、こちらを見つめるエイミーの顔写真が印刷された尋ね人のポスターが貼られている。今日はそこらじゅうにエイミーがいて、ぼくを追いかけてくる。

「ぼくはなにをしていれば？」と巡査に尋ねた。「ここにいるだけじゃまぬけだから。なにかすることがないと」森のなかから憂いを帯びた馬のいななきが聞こえてくる。

「あなたはここにいてください、ニック。愛想よくして、みんなを激励してもらえれば」と巡査は言い、傍らにある鮮やかなオレンジ色の魔法瓶を指さした。「水を勧めるとか。誰か来たら、向こうにいると伝えてもらえますか」そして背を向けると、馬小屋のほうへと立ち去った。犯罪現場である可能性のある場所からぼくを遠ざけようとしているらしい。そこにどういう意図があるのだろうか。

　手持ち無沙汰のあまり、用もないのに魔法瓶をいじくっていると、マニキュアのようにどぎつい赤のＳＵＶが遅れてやってきた。降りてきたのは、捜索本部で見かけた四十代の女たちだった。そのなかでいちばん美人で、ボニーが要注意タイプだと言っていた女が、髪を後ろに束ね、友人に頼んでうなじに虫よけスプレーをかけてもらいはじめた。大袈裟な仕草でスプレーをあおぎながら、横目でちらりとぼくを見る。やがて友人たちから離れると、髪を肩に垂らし、〝ほんとうにお気の毒に〟というような悲しみと同情のこもった笑みを浮かべてこちらにやってきた。ポニーのような大きなブラウンの瞳。ピンクのシャツは丈が短く、ぱりっとした白のショートパンツの上端あたりまでしかない。ハイヒールのサンダル、カールさせた髪、金のフープイヤリング。どう見ても捜索にはふさわしくない服装だ。

頼むから、話しかけないでくれ。

「こんにちは、ニック、ショーナ・ケリーよ。ほんとうにお気の毒に」不必要なほど大きなその声は、どことなく喜び勇んだロバのいななきに似ていた。手を差しだされたが、ショーナの友人たちがトレイルを歩きだしながら、少女の仲良しグループのようにカップルをひやかすような目でこちらを見ているのに気づき、まずいぞと思った。

ぼくは感謝の言葉と、水と、口元をこわばらせたぎこちない表情をショーナに返した。女たちが消えていったトレイルのほうに目をやりつづけたが、ショーナは立ち去る気配を見せない。

「友達とか、親戚とか、お世話をしてくれる人がいるのかしら、ニック」とショーナはアブを叩きつぶしながら言った。「男の人って、身体のことをおろそかにしがちだから。なにかほっとできるものでも食べなきゃ」

「ハムかなんかで間にあわせてますよ。手っ取り早いから」舌の奥にはサラミの後味が残り、腹の底から嫌なにおいの息がのぼってくる。そういえば、朝から歯を磨いていなかった。

「まあ、かわいそうに。ハムなんかじゃだめよ」ショーナが首を振ると、金のイヤリングが日差しを受けてきらめいた。「精をつけなきゃ。でも、あなたラッキーよ。わたし、チキンフリートパイが得意なの。だから、それを作って、明日捜索本部に届けるわ。温かい夕食が恋しくなったら、レンジでチンするだけでいいから」

「いや、そんな、けっこうですよ。ぼくらはだいじょうぶですから。ほんとに」

「おいしいものを食べると元気が出るわよ」とショーナは言い、ぼくの腕をぽんと叩いた。

沈黙。ショーナは別の話題を持ちだした。

「今回のことが、ホームレス絡みじゃないといいんだけど。わたしも何度も苦情を申し立てたのよ。先月はうちの庭にも侵入したの。モーションセンサーのブザーが鳴ったから外を覗いてみたら、男が土の上にしゃがみこんで、トマトをむしゃむしゃ食べてた。リンゴみたいにかぶりつくから、顔もシャツも汁と種でべとべとになってて。追い払おうとしたけど、結局逃げていくまでに二十個は食べられちゃったわ。ブルーブックの連中がああなるのは目に見えてたけどね。ほかにスキルもないし」

ブルーブックの男たちにふと共感を覚え、自分が白旗を振りながら連中のみじめな野営地に入っていくところを想像した。旗にはこう書かれている。〝ぼくらは兄弟です、ぼくも昔は出版業界で働いていました。コンピューターに職を奪われたんです〟。

「若いからブルーブックなんか知らない、なんて言わないでしょうね、ニック」ショーナの話はつづいている。胸をつつかれ、思わず飛びあがった。

「いや、年だから、言われるまでブルーブックのことなんか忘れてましたよ」

ショーナは笑った。「いくつなの、三十一か、三十二？」

「いや、三十四」

「ほんの子どもね」

そのとき、エネルギッシュな三人組の老婦人たちが到着し、こちらに歩いてきた。全員揃って丈夫そうなキャンバス地の花柄スカートに、ケッズのスニーカーを履き、ノースリーブのゴルフシャツからたるんだ二の腕を覗かせている。ひとりは携帯電話をいじくっている。ぼくに向かって慇懃に会釈すると、とがめるような視線をショーナに向けた。ぼくらが裏庭でバーベキュー・パーティーを開いている夫婦みたいに見えるのだろう。不適切な関係に。

あっちへ行ってくれ、ショーナ。

「とにかくね、あのホームレスたちはほんとに危険よ、女性を襲ったりもしかねない。ボニー刑事にそう伝えたんだけど、わたしのことあまり好きじゃないみたいで」

「なんでです?」聞かなくても答えはわかっている。見てくれのいい女の決まり文句だ。

「わたし、同性からはあまり好かれないから」と言ってショーナは肩をすくめた。

「いつもそうなの。エイミーはこの町に友達は多かっ――多いの?」

大勢の女たち――母の友人やマーゴの友人――が、読書会やらアムウェイ・パーティーやら〈チリズ〉の店での女子会にエイミーを誘った。予想どおり、エイミーは二、三を除いてそのすべてを断り、参加したものについてはけなしまくった。「揚げ物ばっかり山ほど注文して、カクテルなんてアイスクリームが入ってたわ」

ショーナはぼくをじっと見つめている。エイミーのことを聞きたがり、エイミーの仲間になりたがっている。

「妻もあなたと同じ苦労があるみたいで」ぼくは早口で言った。

ショーナはにっこりした。エイミーはまっぴらだろうが。

あっちへ行けって、ショーナ。

「新しい町で暮らすのは大変よね。年をとればとるほど、友達も作りにくくなるし。奥さんも同い年なの?」

「三十八です」

それもショーナのお気に召したようだ。

失せろ。

「かしこい男は、年上の女が好きなのよね」

ショーナは笑いながら、黄緑色のばかでかいハンドバッグから携帯電話を取りだした。「近寄って」そう言うと、ぼくに腕をまわした。「チキンフリートパイを想像して、はい、にっこり」

その瞬間、ショーナに平手打ちを食らわせたくなった。あまりに無神経で、子どもじみている。妻が失踪中の夫に向かって、自分のエゴを満足させろという気か。ぼくは怒りを呑みこみ、逆に必要以上に〝感じよく〟しようとつとめ、その結果、ショーナに頬を寄せられて携帯電話のカメラを向けられると、機械的に笑みを浮かべてしまった。作り物のシャッター音で我に返った。

ショーナが携帯電話をこちらに向けると、そこには野球場でのデート中のように日焼けした顔を寄せあい、笑みを浮かべたふたりが写っていた。鼻につくにやけ顔と細められた目を見ながら、いけ好かないやつだ、と我ながら思った。

エイミー・エリオット・ダン
二〇一〇年九月十五日

――日記――

いまペンシルヴェニア州にいて、これを書いている。南西の端あたり。ハイウェイ沿いのモーテルで。部屋は駐車場に面していて、ごわごわしたベージュのカーテンから外を覗くと、蛍光灯の下で人がたむろしているのが見える。いかにも人がたむろしそうな感じの場所だ。また心が折れそうになっている。短いあいだにいろんなことが起きて、それでいまはこうしてペンシルヴェニアの南西部にいる。夫は、廊下の突きあたりの自動販売機で買ったポテトチップスやキャンディの小袋に囲まれてふて寝中。それが夕食だった。わたしが気持ちよくついてこなかったから、怒っているのだ。自分では、〝さあ、新しい冒険よ！〟みたいな前向きな顔を作っていたつもりだったけど、うまくいかなかったみたい。

振り返ってみると、ふたりで音も風も入ってこない巨大な瓶の底にいて、なにかが起きるのを待っていたような気がする。その瓶がひっくり返って、ついに行動を起こさなければならなくなった。

二週間前、わたしたちはあいかわらず失業中だった。まともに着替えもせず、退屈しきって、会話のない朝食をはじめようとしていた。そうしながら新聞を端から端まで読む。最近では、別刷の車特集まで読んでしまう。

午前十時にニックの携帯電話が鳴り、声の調子でマーゴだとわかった。いつもマーゴと話すときの弾むような少年っぽいしゃべり方だった。昔はわたしにもそんな調子で話しかけてくれたのに。

ニックは寝室に入ってドアを閉め、わたしはプルプルと揺れるできたてのエッグ・ベネディクトのお皿をふたり分持ったまま取り残された。ニックの分をテーブルに置き、向かいにすわって、食べるのを待とうかどうしようかと考えた。自分だったら、部屋から出てきて、先に食べておいてと言うか、でなければ〝一分だけ待って〟と指で合図すると思う。卵のお皿を持ったままキッチンに残された相手のことを、連れ合いのことを、気にかけると思う。そんなふうに考えたことをすぐに後悔した。部屋の向こうからは、心配げな囁きや、狼狽した叫び声や、優しい慰めの言葉が聞こえてきた。故郷のマーゴが恋の悩みでも抱えているのかしら、とわたしは思った。マーゴはしょっちゅう恋人と別れている。自分から別れたがっているときでも、ニックがあれこれ話を聞いてあげないといけない。

だからニックが出てきたとき、わたしはいつものように〝かわいそうなマーゴ〟という顔をした。卵はお皿の上ですっかり固くなっていた。でも彼の顔を見て、いつものマーゴの悩みじゃないことがわかった。

「母さんが」ニックは言いかけて、腰を下ろした。「くそ。母さんが癌なんだ。ステージ四で、肝臓と骨がやられてる。よくないらしい、おそらく……」

ニックが手で顔を覆ったので、わたしはそばに行って抱きしめた。顔を上げたニックの目は濡れていなかった。冷静だった。彼が泣くのを見たことがない。

「マーゴに負担がかかりすぎる。親父のアルツハイマーのこともあるし」

「アルツハイマー？　ア、ア、ア、アルツハイマーなの？　いつから？」

「ああ、少しまえから。最初は、物忘れのはじまりだろうぐらいに言われてたんだ。でも、それじゃすまなかった」

そんなことをいままで黙っていたなんて。そのとき、わたしたちのあいだには修復しようのない溝があるのかも、と思った。ときどき、ニックはひとりでゲームでもしているんじゃないかと思うことがある。どれだけ心を閉ざせるかに挑戦でもしているんじゃないかと。「どうしてなにも言ってくれなかったの」

「親父のことはあまり話したくない」

「でも――」

「エイミー。かんべんしてくれよ」ニックはわたしが駄々でもこねているような顔をした。いかにも困ったような顔なので、ほんとうに駄々をこねている気にさせられてしまった。

「とにかく、マーゴの話じゃ、母さんは化学療法を受けることになるが……それがひどくつらいらしいんだ。手助けが必要になる」

「在宅介護を受けられるように手配したほうがいいかしら。看護師とか」

「その手の保険には入ってないんだ」

ニックは腕組みをしてわたしを見つめた。言いたいことはわかる。お金を出してほしいのだ。でもわたしのお金は両親に渡してしまったので、それはできない。

「そう、それじゃどうすればいいの」

わたしたちは、対決するみたいに向かいあって立ちつくした。いつのまにか喧嘩することになってしまった。ニックに触れようと手を伸ばしたけれど、ニックはその手を眺めただけだった。

「向こうに戻らなきゃならない」ニックは目を見開いてわたしを見据えた。そして指にひっついたものを振り払うような仕草をした。「一年ぐらい時間をとって、やるべきことをやりに行こう。いまは仕事も金もないから、こっちに留まる理由もない。きみだってそれは否定できないだろ」

「わたしだって？」まるで、もう反対だとでも言ったみたい。わたしは込みあげてきた怒りを押し殺した。

「そうするしかない。すべきことをしよう。今度はぼく、、の両親を助ける番だろ」

もちろん、そうすべきだ。それにもしニックが、話を切りだしながらわたしのことを敵みたいに睨んだりしなければ、わたしからそう言いだしていたと思う。でもニックは、部屋から出てくるときから、わたしのことを片づけなきゃならない厄介事みたいに扱った。黙らせなきゃならない不満の声みたいに。

夫は誰よりも誠実な人だけど、いつまでもそうだとは限らない。友人に裏切られたと感じたとき、ニックの瞳の色がふっと暗くなるのを見たことがある。どんなに長い付きあいの友人でも、二度とその名前を口にしなくなる。わたしに注がれているニックの目は、必要ならば捨ててしまうつもりの物でも見ているようだった。正直、その目にぞっとした。

そんなわけで、たいした話し合いもしないまま、あっというまにニューヨークを離れることが決まった。ミズーリに行くために。ミズーリにある川沿いの家に住むために。なんだかシュールだった（〝シュール〟の使い方はちゃんとわかっている）。

きっとうまくいくとは思う。ただ、こんなことになるとは想像もしていなかった。人生にこんなことが待っているなんて。嫌だというわけではなくて、ただ……どんな人生になるか当てるチャンスを百万回もらったとしても、これは予想できなかったと思う。それが不安に思える。

引っ越しのトラックに荷物を積みこむのは、ちょっとした悲劇だった。ハザードランプを点滅させたまま——危険、危険、危険——狭い通りをふさぐように何時間もトラックをとめっぱなしにしていた。ニックは後ろめたいのかむきになり、口を真一文字に結んだまま、わたしのほうを見もせずに仕事を進めた。ひとりで流れ作業でもするみたいに、何度も階段をのぼり下りして、本や台所用品の箱やら、椅子やら、サイドテーブルやらを運びだした。年代物のソファーも持っていくことにしていた。大きなチェスターフィールドのソファーで、まるでおまえたちのペットだな、と父に言われるくらい愛用しているものだから。最後にそれを、ふたりがかりで汗だくになって運びだすつもりにしていた。その大物を階段から下ろす作業は、チームワークの向上にもよさそうだった（「待って、休ませて。右を持ちあげて。待って、速すぎる。気をつけて、指が、指が！」）。いまのふたりにはとくにそれが必要だし。ソファーを積み終えたら、角のデリに行き、お昼に車のなかで食べるために、ベーグルサンドを買ってくるつもりだった。冷たいソーダも。

ニックはソファーを持っていくのは認めてくれたけれど、ほかの大きな家具はニューヨークに置いていくことになった。ベッドはニックの友人のひとりに譲ることになり、あとでその彼が、埃と電気コード以外なにもなくなった我が家に引きとりに来ることになっていた。これからはその彼がわたしたちのベッドでニューヨーク生活を楽しみ、午前二時に中華を食べたり、酔っぱらって大胆になった広告会社の女の子を相手に、コンドームもろくにつけずにセックスしたりするんだろう（アパートメント自体は、騒々しい弁護士夫婦の手に渡ることになった。お得な買い物ができて、恥ずかしげもなく大喜びしていた。大嫌い）。

ニックが荷物を四つ運びおろすあいだに、わたしは一個しか運べなかった。熱があるみたいに身体がだるく、節々が痛くて、のろのろと脚を引きずって歩いた。なにもかもがつらかった。ニックはせわしなくのぼり下りをつづけ、すれ違いざまに顔をしかめてわたしを見ると、「だいじょうぶかい」と訊き、答えも待たずに行ってしまった。わたしは漫画みたいにぽっかりと口を開いたまま取り残された。だいじょうぶじゃなかった。そのうち平気になるのはわかっていたけれど、そのときは無理だった。夫に抱きしめてもらい、慰めてもらい、ちょっとだけ甘やかしてほしかった。少しのあいだだけ。

ニックはトラックの荷台に箱を積みこんでいた。ものを詰める作業が得意で、食洗機にお皿を入れるのも、旅行鞄をパッキングするのも引きうけてくれた（以前は）。でも、作業をはじめて三時間ほどすると、なんでもかんでも売ったり譲ったりしすぎたことがわかった。トラックの巨大な荷台は半分しか埋まっていなかった。その日初めて、わたしは満足を覚えた。水銀の塊のような、熱を帯びた意地の悪い満足感をおなかのなかに感じた。ほらね、と。

「どうしてもと言うなら、ベッドも持っていけるよ」とニックはそっぽを向きながら言った。「十分積めるから」

「だめよ、ウォーリーに約束したでしょ。彼にあげなきゃ」わたしは澄まして言った。ぼくが間違ってた、お願い、そう言って。ぼくが間違ってた、ごめんよ、ベッドは持っていこう。慣れない土地に行くんだから、なじんだ安らげるベッドが必要だよな、と言って。にっこり笑って、優しくして。今日だけは、わたしに優しくして。

ニックはため息をついた。「いいさ、そうしたいなら。それでいいんだな、エイミー」ニックは軽く息を切らせながら、箱の山にもたれていた。いちばん上の箱に走り書きされた〝エイミー、冬服〟というマジックペンの文字が見えていた。「ベッドのことを訊くのはこれで最後だからな、エイミー。いまがチャンスだ。いまなら喜んでベッドを運ぶよ」

「お優しいこと」わたしは言い返すときの癖で、吐息のようにかすかな声で言った。

嫌なにおいの香水をひと吹きするみたいに。意気地のないわたし。衝突は好きじゃない。わたしは箱を持ちあげると、トラックのほうへ運びはじめた。

「なんて言ったんだ？」

わたしは首を振った。泣き顔は見られたくない。ニックをもっと怒らせてしまうから。

十分後、階段から物音が聞こえてきた——ドスン！　ドスン！　ドスン！　ニックはひとりでソファーを引きずりおろしていた。

トラックにリアウィンドウはないので、ニューヨークを後にするとき、振り返ることさえできなかった。サイドミラーを覗いて、街のスカイライン（遠ざかりゆくスカイライン——ヴィクトリア時代の小説なら、悲運のヒロインが泣く泣く故郷を離れるとき、こんなふうに描写されるだろう）に目をやったけれど、クライスラー・ビルも、エンパイア・ステート・ビルも、フラティロン・ビルも、お気に入りのビルはどれも、小さな長方形のミラーのなかに姿を見せてはくれなかった。

まえの晩に両親がうちに来て、わたしが子どもの頃好きだった鳩時計をプレゼントしてくれた。両親とわたしが泣きながら抱きあっている横で、ニックはポケットに手を突っこんだまま、わたしを大事にすると約束した。

大事にすると約束してはもらったけれど、それでも不安だ。なにか悪い、すごく悪いことが起きていて、これからもっと悪くなりそうな気がする。なんだか自分がニックの妻じゃないみたい。人間でさえないような気がする。ソファーや鳩時計と同じように、運びこんでは運びだされる、ただの物になったみたいだ。いらなくなったら、廃品置き場に捨てられたり、川に投げこまれたりされそうな。実在していないような気持ち。どこかへ消えてしまいそうな気がする。

ニック・ダン
三日後

なんらかの形で解放されないかぎり、警察はエイミーを見つけだせない。それはたしかだ。緑色と茶色をした地帯——何キロにもわたる濁ったミシシッピ川の流域に、あらゆるトレイルやハイキングコース、そしてまだらに残ったみじめな有様の森——はすでにくまなく捜索された。エイミーが生きているなら、何者かが拘束を解くのを、死んでいるなら、自然が手放すのを待つしかない。それは舌を刺す酸味のように、無視しようのない現実だった。捜索本部に着くと、誰もがそう思っていることに気づいた。部屋のなかにはもの憂い敗北感が漂っていた。なにか食べなければとぼんやり考え、軽食のテーブルに向かった。デニッシュ。届いたときからすでにパサパサで、いまではすっかり、デニッシュほど気を滅入らせる食べ物はないとさえ思わせる代物になっている。

「やっぱり川だと思うな」ボランティアのひとりが仲間に言った。ふたりとも汚れた指でデニッシュをいじくりまわしている。「家のすぐ裏手が川だろ、いちばん手っ取り早い」

「そろそろ浮かんできてもよさそうだがな、水門に引っかかるとか」

「切り刻まれてなければな。脚やら腕やらを切断してたら……メキシコ湾まで行っちまうだろう。チュニカあたりまでは、間違いなく」

ふたりに気づかれるまえに、ぼくは背を向けた。

母校の教師のミスター・コールマンが、トランプ用テーブルの前にすわり、電話に覆いかぶさるような格好で寄せられた情報を書きとめている。目が合うと、耳のあたりで指をまわし、〝いかれてる〟というジェスチャーをしてから、受話器を指さした。昨日再会したとき、ミスター・コールマンは「孫が飲酒運転の犠牲になってね、だから……」と言った。ふたりともぼそぼそとなにごとかつぶやくと、ぎこちなく肩を叩きあった。

プリペイドの携帯電話が鳴った。どこに置いておくべきか迷って、結局持ち歩いたままだった。こちらから一度電話をし、返事もかかってきていたが、出ることができずにいた。電源を切り、エリオット夫妻に見られはしなかったかと部屋を見まわした。メアリーベスはブラックベリーになにやら打ちこみ中で、やがて腕をいっぱいに伸ばして文面を読みはじめた。目が合うと、ブラックベリーをお守りのように胸元に押しつけながら、せかせかと近づいてきた。

「ここからメンフィスまで、どれくらいかかる?」とメアリーベスは訊いた。

「車で五時間弱ですね。メンフィスになにがあるんです?」

「ヒラリー・ハンディがメンフィスに住んでいるの。ハイスクール時代のエイミーのストーカーよ。これって、ただの偶然かしら?」

ぼくは答えに迷った——違う、と言うべきか?

「そう、ギルピンにも相手にされなかったわ。〝二十年以上もまえのことを調べるのに経費を割くわけにはいかないんでね〟ですって。嫌なやつ。あの男、いつもわたしがヒステリーでも起こしかけているみたいな扱い方をするのよ。わたしも目の前にいるのに、てんで無視してランドにばかり話しかけるの。わたしがばかだから、いちいち夫に説明してもらわないといけないみたいに。ほんとうに嫌なやつよ」

「この町は破綻状態ですから。実際、金がないんだと思いますよ、メアリーベス」

「でも、わたしたちにはあるわ。本気なのよ、ニック。あの娘はいかれてたもの。何度もエイミーに連絡してきてたのよ。エイミーがそう言ってたわ」

「ぼくは初耳だな」

「車でメンフィスまで行くのにいくらかかるの? 五十ドル? いいわ。あなたが行ってくれる? そうしてくれるって言ってたわよね。お願い。誰かが会いに行ってくれないと、気になってたまらないの」

　少なくとも、これは本心だろう。娘も同じようにひどい心配性だからだ。エイミーは夜外出したときなど、その日は一度も火を使っていなかったとしても、コンロを点けっぱなしにしてきたのではないかと一晩中気を揉んでいた。鍵をかけたかどうか、の場合もあった。いつも最悪のシナリオを、スケール大きく描く。ただの鍵のかけ忘れにはとどまらず、かけ忘れた鍵のせいで、男たちが侵入し、自分をレイプして殺そうと待ちかまえている、と話を膨らませた。

　妻の恐れがついに現実のものとなったと考えると、汗がじわりと噴きだした。長年の心配が的中したと知ったとき、エイミーはたちの悪い満足を感じただろうか。

「もちろん、行きますよ。セントルイスにも寄って、もうひとりのほうの、デジーにも会ってみます。任せてください」ぼくは身を翻《ひるがえ》し、ドラマティックに立ち去りかけたものの、二十歩ほど行ったところで、まだ眠たげな顔のスタックスにいきなり呼びとめられた。

「昨日、警察がモールを捜索したってな」スタックスは顎を掻きながら言った。もう一方の手には、糖衣のかかった手つかずのドーナツが握られている。カーゴパンツの前ポケットはベーグルの形に膨らんでいる。つい軽口をたたきそうになった――「その膨らみはパンかなにかかい、それとも……」。

「ああ、なにも見つからなかったが」

「昨日の昼間だろ。昼間に行きやがったんだろ、まぬけどもが」そう言うと、スタックスは身を縮めてあたりをはばかるように見まわした。そして顔を近づけた。「行くなら夜じゃないと。やつらがいるのは夜だからな。昼間は川岸にいるか、でなきゃ旗を掲げてるから」

「旗って？」

「ほら、標語みたいなのを見せながら、ハイウェイの出口にすわってるやつらさ。〝解雇されました、助けてください、どうかビール代を〟だのなんだのって」あたりをうかがいながらスタックスは言った。「旗を掲げてるだろ」

「なるほど」

「だが夜はモールにいる」

「じゃあ、夜行こう。おまえとぼくと、ほかの連中も」

「ジョーとマイキーのヒルサム兄弟はどうだ。きっと来たがるぜ」ヒルサム兄弟はぼくより三つか四つ年上で、町のごろつきだった。恐怖の遺伝子を持ちあわせずに生まれたというタイプの連中で、痛みなど屁とも思わない。子どもの頃はスポーツばかで、夏のあいだじゅうがっしりとした短い足で駆けまわり、野球をやり、ビールを飲み、排水溝をスケートボードで走るだの、素っ裸で給水塔によじのぼるだのといった、突飛なことにばかり挑んでみせていた。退屈な土曜の夜に、異様な目をしたふたりが姿を見せると、決まってなにか面倒が起きた。ヒルサム兄弟なら、当然来たがるだろう。

「よし、今夜行こう」とぼくは言った。

ポケットのなかで電話が鳴った。ちゃんと電源が切れていなかったのだ。もう一度鳴った。

「出ないのか」とスタックスが訊いた。

「ああ」

「電話には全部出たらどうだ。そのほうがいい」


日中はなにもすることがなかった。捜索の予定もなく、ビラも電話番も足りていた。メアリーベスは、所在なさげに突っ立ってものを食べているだけのボランティアたちを帰しはじめた。立ち去るとき、スタックスのポケットには朝食のテーブルに並べられていたものの半分が詰めこまれていたにちがいない。

「警察から連絡は？」とランドが訊いた。

「なにも」メアリーベスとぼくは同時に答えた。

「それはいいことだ、だよな？」とランドはすがるような目で尋ねた。もちろん、とメアリーベスとぼくは励ました。

「メンフィスにはいつ行ってくれるの？」とメアリーベスが訊いた。

「明日にでも。今夜は仲間とモールのほうに捜索に行くので。昨日の捜索はやり方がまずかったんですよ」

「すばらしいわ。そういうことが大事なのよね。一度目の結果に納得できなかったら、自分たちでもう一度調べてみるべきなんだわ。だって——これまでのところ、ろくな捜査をしてくれていないもの」

ランドは妻の肩に手を置いた。もう何度もそのセリフを繰り返しているのだろう。

「わたしも一緒に行くよ、ニック。今夜。一緒に行きたいんだ」ランドはパウダーブルーのゴルフシャツとオリーブ色のスラックスというういでたちで、黒髪をヘルメットのようにてかてかと光らせている。ランドがヒルサム兄弟と打ち解けようと、いささか無理をして気安げな顔をしてみせるところ——「ああ、わたしもうまいビールは好きだね、それで、どこのチームのファンだい？」——を想像してみて、傍痛《かたはらいた》さを覚えた。

「もちろんですよ、ランド。もちろん」

それからたっぷり十時間の空きができた。車がようやく返却されることになり——検査され、掃除機で吸われ、指紋を採取されたのだろう——ボランティアの老婦人に警察署まで送ってもらった。にぎやかなおばあちゃんグループのひとりで、ぼくとふたりきりになるせいで若干緊張ぎみだった。

「ミスター・ダンを警察署まで送っていくけれど、三十分以内に戻ってくるわ」と友人のひとりに向かって言っていた。「三十分以内にね」

エイミーの第二のヒントはギルピンに取りあげられずにすんだ。下着のほうに気を取られていたのだろう。ぼくは自分の車に乗りこみ、窓を下ろして熱気を逃しながら、妻の第二のヒントにふたたび目を通した。

想像してみて、わたしはあなたに夢中
あなたといると、未来が見通せるの
ここに連れてきて、話を聞かせてくれたわね
少年時代の冒険のこと——ボロボロのジーンズとサンバイザー
人目なんて気にしないで、ここいるのはわたしたちだけ
こっそりキスをしましょ……式を挙げたふたりみたいに

それはマーク・トウェインの育った町、ミズーリ州ハンニバルを示していた。ぼくは少年時代から夏はそこで働き、古い麦わら帽子とわざと破いたジーンズというハッ

ク・フィン風のいでたちで町をうろつきながら、悪ガキっぽい笑みを浮かべて観光客たちをアイスクリーム屋に案内したりしていた。こういった経験談は、少なくともニューヨークでは、ほかの誰にも語れないものなので、食事を奢ってもらえるほど喜ばれた。相手に「ああ、おれもさ」と言われたことは一度もない。

〝サンバイザー〟はちょっとした内輪のジョークだ。ハック役をやっていたことをエイミーに初めて話したとき、ぼくらは外食中で、二本のワインでエイミーはいい感じに酔っぱらっていた。にこやかに笑い、頬をピンクに染めて、ぼくの磁力に引きよせられるみたいにテーブルに身を乗りだしていた。そして、サンバイザーはまだ持っているか、被ってみせてくれないか、としきりに尋ね、いったいなんだってハック・フィンがサンバイザーを被っているなんて思ったのかとぼくが訊くと、はっと息を呑んでから「ああ、麦わら帽子のほうだったわ！」と言った。まるでそのふたつが、まるきり入れ換え可能な言葉であるかのように。それ以来、テニスの試合を見るたびに、ぼくらは選手のいかした麦わら帽子を褒めるようになった。

それにしても、エイミーがハンニバルを選んだことは意外だ。そこでふたりが過ごした時は、とくによくも悪くもない、ただの時だったから。たしか一年ほどまえのことで、町をぶらつきながら、あちこちを指さしたり、掲示を読みあげたりして、「あれ、面白いわね」、「そうだね」などといった言葉を交わしたように記憶している。その後もノスタルジーに駆られ、エイミーと一緒ではなくそこを再訪したが、そのときは愉快で満ち足りたすばらしい一日を過ごせた。だがエイミーとの一日は、会話もはずまない、味気ないものだった。気まずくさえあった。子どもの頃に遠足で来たときのくだらない思い出話をしたところ、エイミーの目はうつろになり、それを見たぼくは内心ひそかにかっとなり、十分ほどその怒りを燃やしつづけていた。その頃すでに、ぼくはなにかにつけてエイミーに腹を立て、それに楽しみを見いだすようにさえなっていた。爪の甘皮を噛むのに似ている――やめるべきなのはわかっているし、思うほど気持ちもよくはないのに、ついつい噛みちぎってしまう。もちろん、顔にはなにひとつ表さなかった。ぼくらはただ歩き、掲示を読み、指を差した。

　妻がヒントの隠し場所にハンニバルを選ぶしかなかったのは、越してきてからのふたりにいい思い出がほとんどないということで、それがなんともやりきれなかった。

　二十分でハンニバルに到着し、〝金ぴか時代〟に建てられた旧裁判所の前を通りすぎた。壮麗な造りだが、いまは地下にチキンウィングの店が入っているだけだ。さらに倒産した地方銀行や廃業した映画館の立ち並ぶシャッター通りを抜けて、ミシシッピ川へと出た。川岸の駐車場の、蒸気船マーク・トウェイン号の真正面に車をとめた。駐車料はタダだ（駐車場がめずらしくタダだと、その気前のよさにいつも感動してしまう）。白髪の男が描かれた旗が街灯からだらりと下がり、ポスターは熱でめくれあがっている。ドライヤーの熱風なみに暑い日だとはいえ、ハンニバルの町は異様なまでに閑散としていた。キルトやらアンティークやらタフィーやらを売る土産物屋《みやげ》の通りを数ブロック歩くと、そこも売り店舗の貼り紙ばかりが目についた。ベッキー・サッチャーの家は改修のため閉館中だが、改修資金はまだ集まっていない。十ドル払えばトム・ソーヤーの白漆喰の塀に自分の名前を落書きできるようになっているが、利用者はほとんどいない。

空き店舗の正面階段に腰を下ろした。考えてみれば、ぼくはあらゆるものの終焉のただなかにエイミーを連れてきたわけだ。こんな表現は、ニューギニアの部族民やアパラチア地方のガラス職人のことを語るときにこそふさわしいものかもしれないが、ぼくらはまさに、ひとつの生活様式の終わりを経験していた。不況のせいでモールがなくなった。コンピューターのせいでブルーブックの印刷工場もなくなった。カーセッジの町も破綻した。姉妹都市のハンニバルも、より華やかで、にぎやかで、漫画じみた観光地に人気を奪われた。愛するミシシッピ川は、跳びはねながらミシガン湖へと遡上《そじょう》するアジア産のコイによって食いつくされようとしている。そして『アメージング・エイミー』の失敗。ぼくのキャリアの、エイミーのキャリアの終わり。父の人生と母の人生の終わり。結婚の終わり。エイミーの終わり。

幽霊のうめき声のような蒸気船の汽笛が川から響いてきた。シャツの背中が汗でびっしょり濡れている。よいしょと立ちあがり、見学チケットを買った。エイミーを思い浮かべながら、ふたりで歩いたルートをたどった。あの日も暑かった。〝あなたって、頭のいい人よ〟。想像のなかのエイミーは傍らを歩きながら微笑んでいる。胃がむかついた。

妻の面影を道連れに、観光地のメイン・ストリートをぶらぶら歩いた。白髪の老夫婦がハックルベリー・フィン・ハウスを覗いているが、なかへ入ろうとはしない。ブロックの端では、白いカツラに白いスーツでトウェインの扮装をした男がフォード・フォーカスから降りてきて、伸びをすると、人けのまばらな通りを眺め、ピザ屋に入っていった。やがて、マーク・トウェインことサミュエル・クレメンスの父親が勤めていた裁判所の前にたどりついた。下見板張りの建物の正面には、〝J・M・クレメンス治安判事〟と書かれた看板が掲げられている。

〝こっそりキスをしましょ……式を挙げたふたりみたいに〟

今回はずいぶん手加減してくれてるじゃないか、エイミー。ヒントを見つけさせて、ぼくをいい気分にさせようという気かい。この調子なら、記録更新も夢じゃないな。

裁判所のなかに人影はなかった。ぼくは埃の積もった床板に膝をつき、一列目のベンチの裏を覗きこんだ。公共の場所にヒントを残す場合、エイミーはかならずなにかの裏側の、ガムの塊や埃だらけの場所にセロテープで貼りつけるようにしていた。それはうまいやり方だった。誰も裏側など覗きたくはないからだ。一列目のベンチの裏にはなにもなかったが、その後列のベンチから紙が垂れさがっているのが見えた。ぼくは身を乗りだし、テープで貼りつけられた青いエイミーの便箋をひっぺがした。

愛しいあなたへ

見つけたのね！　頭のいい人。今年の宝探しは、わけのわからないわたしの個人的な思い出を無理やりたどらせるのはやめにしたから、少しは解きやすいかもしれないわね。

あなたのお気に入りのマーク・トウェインの言葉を参考にすることにしたの。〝結婚記念日のお祝いなどを発明した人間は、どんな目に遭わせてやるべきか。殺すぐらいでは軽すぎる〟

あなたが毎年言っていたことが、やっとわかったの。この宝探しは、わたしが一年のあいだに考えたことや言ったことを全部覚えてくれているかテストするためのものじゃなくて、ふたりで祝うためのものにすべきだって。いい大人なんだから、それくらい自分で気づけよって言うかもしれないけれど……でも、連れ合いってそのためにいるものでしょ。自分では気づけないところを指摘しあうために。五年もかかってしまったけれど。

だから、マーク・トウェインが育ったこの場所で、あらためてあなたのウィットに感謝しようと思ったの。あなたほど気が利いたことを言える、愉快な人はいないわ。昔よく、わたしの耳に口を寄せて、笑えるセリフを聞かせてくれたわよね。あの感じ、いまでもよく覚えているわ。いまこれを書きながら、あなたの息が耳たぶをくすぐるところを思いだせるぐらい。そうやって妻を笑わせようとしてくれることが、どんなに優しいことか気づいたの。それも絶妙なタイミングで。インズリーと猿まわしの猿状態のご亭主に、赤ちゃんを見に来てって招かれたことがあったじゃない？　お義理でブランチ兼お披露目会に行ってみたら、家のなかは異様なぐらい完璧で、花やらマフィンやらでいっぱいだったわよね。ふたりとも、子どもがいないわたしたちにすごく押しつけがましくて偉そうな態度をとったっけ。でもみっともない赤ちゃんで、よだれやドロドロのニンジンまみれだったわよね。ウンチもついてたかも。フリフリのよだれかけと手編みの靴下だけしか着てなくて。で、わたしがオレンジジュースを飲んでたら、あなたが耳元で「あとでぼくもあの格好をするよ」って言ったでしょ。わたし、ジュースを噴いちゃったわよね。ああいうとき、あなたはわたしを救ってくれたの。笑わせてほしいときにそうしてくれたの。〝オリーブは一個しかないけどね〟。だからもう一度言わせて、あなたってウィットがあるわ。

ねえ、キスして！

暗澹《あんたん》たる気持ちだった。エイミーは、この宝探しでふたたびぼくと向きあおうとしていたのだ。だが手遅れだった。このヒントを書いていた頃、ぼくがなにを考えていたか、エイミーには想像もつかなかっただろう。なぜもっと早くこうしてくれなかったんだ、エイミー。

ぼくらのタイミングはいつもちぐはぐだった。

次のヒントを開き、中身に目を通すと、それをポケットにしまって帰途についた。次の行先はわかったが、そこに行く心の準備ができていなかった。これ以上妻からの賛辞や優しい言葉や仲直りの申し出を受けとるのは耐えられそうにない。エイミーへの気持ちは、あまりにもあっけなく、苦々しさから甘いものへと傾きかけていた。

マーゴの家に行き、ひとりでコーヒーを飲み、テレビのチャンネルを次々に変えながら、いらいらとした落ち着かない気分で二、三時間を過ごした。午後十一時のモール行きの約束まで時間をつぶす必要があった。

七時過ぎに帰宅したマーゴは、疲れを滲ませていた。ひとりで店を切りまわしてきたのだ。テレビにちらりとやった視線で、消したほうがいいと悟った。

「今日はなにをやったの」と言いながら、マーゴは煙草に火を点け、母の古いトランプ用テーブルの前にどさっと腰を下ろした。

「捜索本部に詰めてて……十一時になったらモールに捜索に行くよ」エイミーのヒントの話をする気にはなれなかった。これ以上罪悪感に駆られたくはない。

マーゴはトランプでソリティアをはじめ、非難するように音を立ててカードを並べていった。ぼくはそわそわと歩きまわりはじめた。マーゴは知らん顔をしている。

「気を紛らわしたくてテレビを見てたのさ」

「ええ、わかってるわ」

マーゴはジャックをめくった。

「なにもしないでいるわけにもいかないだろ」居間のなかをうろつきながらぼくは言った。

「あら、もう数時間でモールを捜索に行くんでしょ」とマーゴは言ったが、励ましの言葉をくれるでもない。カードを三枚めくった。

「時間の無駄みたいに言うじゃないか」

「あら。違うわ。だって、たしかめてみて無駄なことなんてないじゃない。連続殺人犯の〝サムの息子〟だって、駐車券が手がかりになって逮捕されたんだし」

その話を持ちだしたのはマーゴで三人目だった。事件が迷宮入りしないための呪文にでもなっているみたいだ。ぼくはマーゴの向かいに腰を下ろした。自分でもわかってる」

「エイミーのこと、たいして心配してなさそうだって言うんだろ。

「どうだか」マーゴはようやく顔を上げた。「あなた、なんかまともじゃないわ」

「大騒ぎする気になれないんだ、エイミーに腹を立ててたことが気になって。近頃はうまくいってなかっただろ。いかにも心配げな顔をするのが後ろめたい気がするんだ。その資格がないというか」

「とにかくまともじゃない、それは否定できないわ。でも、この状況自体がまともじゃないわよね」マーゴは煙草の火を揉み消した。「わたしといるときはいいのよ。ほかの人たちの前では注意して、いい？　みんな口さがないから」

マーゴはソリティアをつづけようとしたが、ぼくは自分に注意を向けていてもらおうと話をつづけた。

「そのうち父さんの様子を見に行ったほうがいい。エイミーのことは話すべきかな」

「やめて。だめよ。エイミーのこととなると、父さん、あなたに輪をかけてまともじゃないから」

「まえから思ってたんだ、エイミーは昔の恋人かなにかに似てるんじゃないかな。その彼女に捨てられでもしたとか。近頃は――」ぼくは手を下に向けてアルツハイマーを表現した。「不愉快な態度をとっちゃいるけど……」

「そう、そのくせ、気を引きたがったりもして。身体は六十八のくせして、中身は十二のアホなガキってやつね」

「女にはわからないかなあ、男なんてみんな、ハートはアホな十二のガキなんだぜ」

「へえ、ちゃちな心臓《ハート》ね」


午後十一時八分、ランドはホテルの自動ドアのすぐ内側に立ち、人待ち顔で暗闇に目を凝らしていた。ヒルサム兄弟がピックアップ・トラックで現れた。スタックスとぼくは荷台に乗りこんだ。ランドも小走りに近づいてきた。カーキ色のゴルフ用ショートパンツと、こぎれいなミドルベリー大学のTシャツといういでたちだ。荷台に飛びのり、ホイールカバーの上に意外なほど器用に腰を落ち着けると、トーク番組の司会でも務めるように、要領よく自己紹介をすませた。

「おれもエイミーのことが心配でね、ランド」スタックスが声を張りあげた。「車は不必要なほどの猛スピードで駐車場を飛びだすと、ハイウェイに入った。「優しくしてもらったんで。まえに、おれがタマ――尻まで汗びっしょりでペンキ塗りをやってたら、〈セブン‐イレブン〉まで行って特大のソーダを買って、梯子《はしご》の上にいるおれのとこまで持ってきてくれてね」

嘘だ。エイミーはスタックスになどこれっぽっちも興味はなく、飲み物を差し入れるどころか、コップに小便を入れてやる気さえなかったはずだ。

「あの子らしいな」とランドが言うのを聞き、底意地の悪いいらだちを覚えずにはいられなかった。ジャーナリスト根性のなせるわざだろう。エイミーが誰からもよき友として愛されていたということにするほうが心情的には好都合かもしれないが、だからといって事実を曲げるのはいただけない。

「へえ、ミドルベリー大か」スタックスは言いながら、ランドのTシャツを指さした。

「めちゃ強いラグビー・チームがある」

「そう、そうなんだよ」とランドは答えて笑顔を取りもどし、ふたりはモールに着くまでのあいだ、夜風に吹かれ、車の音に負けじと声を張りあげながら、一般教養とラグビーがごちゃまぜになった奇妙奇天烈な会話に興じつづけた。

ジョー・ヒルサムはモールの中心店舗だった〈マーヴィンズ百貨店〉の外にピックアップをとめた。ぼくらは車を降り、脚の筋を伸ばし、眠気を払った。蒸し暑い夜で、空には細い月が浮かんでいる。スタックスが着ているTシャツに――アイロニーのつもりとは思えないが――〝屁を瓶に集めて、ガスを節約〟と書かれているのに気づいた。

「さて、いまからここでやろうとしてるのは、正直言って、マジで危ない真似だ」マイキー・ヒルサムが話しはじめた。兄ともどもすっかり肉づきがよくなり、胸板ばかりでなく、どこもかしこもはちきれそうに見える。並んで立ったふたりの体重を足してあわせると、二百キロは超しているだろう。

「まえにもマイキーとここに来たんだ。なんでかはわからないが、見てみたかったんだろうな。ここがどうなったのか。で、あやうくくたばりかけた。だから今夜は、ばっちり準備していくぜ」ジョーはそう言うと、運転台から細長いキャンバス地のバッグを取りだし、ファスナーを開けると、なかからバットを引っぱりだした。半ダースはある。それをもったいぶった様子で配りはじめた。ランドの番が来ると、ジョーはためらった。「ええと、あんたはどうする？」

「もちろん持つとも」とランドが言うと、ほかの連中は笑顔を見せてうなずいた。

〝やるな、親父さん〟と肩でも叩くような親しげな空気が生まれた。

「行こうぜ」とマイキーが言い、外壁伝いに歩きはじめた。「〈スペンサーズ〉の店のそばに入口があって、そこの鍵が壊されてる」

ちょうどそのとき、明かりの消えた〈シュー・ビー・ドゥー・ビー〉のショーウィンドウの前にさしかかった。母はそこの店員として、ぼくの人生の半分を超える年月を過ごした。モールという世にもすてきな場所で働くために母が面接に出かけた日の興奮を、今でもまだ覚えている。ある土曜日、四十歳にして人生初の職を得ようと、母は明るい桃色のパンツスーツを着込んで出かけていき、頬を紅潮させながら笑顔でうちに戻ってきた。モールがどれだけ繁盛していて、そこにどれだけ多種多様な店が入っているのか、ぼくらには見当もつかなかった。母がどの店で働くことになるのかも。母はなんと、九店の求人に応募していた。洋服店にオーディオショップ、フレーバーポップコーンの店にまで。一週間後、母から靴屋の店員に決まったと聞かされたとき、ぼくらはがっかりした。

「臭い足をいっぱい触らされるのよ」とマーゴはけなした。

「興味深い人たちといっぱい会えるのよ」と母はたしなめた。

真っ暗なウィンドウの奥を覗きこんだ。店内は空っぽで、壁際に足型計測器がぽつんとひとつ置き去りにされている。

「母はここで働いていたんですよ」ぼくはランドに呼びかけ、足を止めさせた。

「ここはどういうところだったんだね」

「いいところでしたよ、みんな親切で」

「いや、なにを売っていたんだい」

「ああ、靴ですよ。靴屋です」

「ああなるほど、靴ね！　それはいい。実用的で。一日の終わりに、仕事の成果が実感できるから。今日は五人に靴を売ったな、とね。物書きはそうはいかないよな？」

「ダン、早く来いよ!」スタックスが開いたドアにもたれて待っている。ほかのふたりはすでに店内に消えていた。

モール特有の、エアコンの効いた空間のにおいを想像しながらなかに入った。が、内部に漂っているのは、枯草と土の混じった場違いな戸外のにおいだった。エアマットのなかにでもいるように蒸し暑く、めまいがしそうになる。三人が手にした特大の懐中電灯の明かりが不気味な光景を浮かびあがらせている――大彗星やゾンビに襲われた、人類滅亡後の郊外の姿。白い床にはショッピングカートの車輪がつけた泥の筋がのたくっている。女子トイレの入口にはアライグマが一匹、十セント硬貨のような両目を光らせながら犬用のおやつを食べている。

モール全体がしんと静まり返っていた。マイキーの声と、ぼくたちの足音と、スタックスの酔った笑い声がそこに響きわたる。襲撃が目的で来たとしても、これでは不意打ちにはならないだろう。

モールの中央広場まで来ると、そこは吹き抜けになっていた。暗闇のなか、エスカレーターやエレベーターが交差しながら四階まで延びている。干上がった噴水のそばに全員が集まり、誰かがリーダー役を買ってでるのを待った。

「それじゃ、みんな」とランドが心もとなげに口を切った。「これからどうすればいいのかな。きみたちはここをよく知ってるだろうが、わたしは初めてでね。どうやったら効率的に——」

背後でガタガタという大きな金属音が響いた。防犯シャッターのひとつが上がりはじめている。

「おい、あそこにひとりいるぜ！」スタックスが叫んだ。懐中電灯を向けると、〈クレアズ〉の店の入口からだっぽりとしたレインコートを着た男が飛びだしてきて、全速力で逃げはじめた。

「やつを止めろ！」ジョーが叫び、男を追いはじめた。分厚いテニスシューズがセラミックタイルの床に打ちつけられる音が響く。マイキーもすぐ後ろにつづき、ふたりして男に懐中電灯の光を浴びせながら、どら声で呼びかけた——「おい待てよ、なあ、訊きたいことがあるだけなんだ」男は振りむきもしない。「待てったら、この野郎！」逃げていく男はその呼び声にも答えず、足を速めると、レインコートをマントのようにはためかせ、懐中電灯の光に途切れ途切れに照らされながら、モールの通路を駆けぬけた。それから急にアクロバティックな動きを見せはじめた。ゴミ箱を跳びこし、身をくねらせて噴水の横を通りぬけ、〈ＧＡＰ〉の防犯シャッターの下に滑りこみ、姿を消した。

「くそったれ！」ヒルサム兄弟は、心臓発作でも起こしそうに顔や首や指を紅潮させている。うなり声をあげながら、代わる代わるシャッターを押しあげようとしはじめた。

ぼくも手を貸したが、十五センチ以上はどうしても上がらなかった。床に寝そべり、シャッターの下に身を滑りこませようとしたが、爪先とふくらはぎまでは通るものの、腰のところでつっかえてしまう。

「だめだ、通れない」ぼくはうめいた。「くそ」立ちあがり、店内を照らした。がらんとした店の中央には、誰かが引っぱってきたのか、焚き火でもはじめるまえのように衣裳ラックが積みあげられている。「奥にはゴミ捨てやらトイレやらに行くための通路があって、全部の店が裏側でつながってる。今頃はモールの端まで行ってるはずだ」

「なら、モールの端まで行こう」とランドが答えた。

「出てきやがれ、くそったれども！」ジョーが頭をのけぞらせ、眉間に皺を寄せて叫んだ。その声がモール全体にこだました。ぼくたちはバットを引きずりながら、あてもなく歩きはじめた。ヒルサム兄弟は、危険極まりない紛争地帯を巡視でもするようにシャッターやドアをバットで叩いてまわった。

「こっちが行くまえに出てきたほうが利口だぜ！」とマイクが呼びかけた。「お、これはこれは」ペットショップの入口に、数枚のアーミー・ブランケットが敷かれ、汗まみれの髪の男女が身を寄せあっている。マイキーは眉をこすりながら、荒い息遣いでふたりを見下ろした。映画なら、いらついた兵士が罪もない村人と出くわし、惨劇が起きる場面だ。

「なんの用だ」床の男が訊いた。瘦せ細り、げっそりとやつれた顔は溶けて消えてしまいそうに見える。肩まである髪はもつれ、こちらを見上げる目は悲しみに満ちている。身ぐるみ剝がれたキリストといった風情だ。女のほうは幾分ましで、腕や脚は清潔でふっくらとし、こしのない髪も脂ぎってはいるが、櫛は入れられている。

「おまえ、ブルーブック・ボーイかよ」スタックスが尋ねた。

「ボーイじゃないね、少なくとも」男は腕組みをしてぼそっと言った。

「なんなのよ、失礼じゃない」女がぴしゃりと言った。そして泣きだしそうな表情になり、遠くにあるなにかを見るふりをして顔をそむけた。「もう嫌。こんな扱いばっかり」

「なあ、訊いてるんだぜ」マイキーは男に詰め寄り、靴の裏を蹴った。

「おれはブルーブックじゃない。ツキに見放されてるだけさ」

「へえ、そうかい」

「ここにはいろんな人間がいる。ブルーブックの連中ばかりじゃない。もしやつらを探してるなら……」

「さっさと探しに行きなさいよ」と口をへの字にした女が言った。「わたしたちのことはほっといて」

「連中は〝穴〟でブツを売ってる」と男が言った。ぼくたちがぽかんとしていると、一方を指さした。「〈マーヴィンズ〉さ。突きあたりの。メリーゴーラウンドがあったところの先にある」

「早く消えて」と女が低く言った。

かつてメリーゴーラウンドがあった場所には、ミステリーサークルのような跡だけが残っていた。モールが閉鎖される直前に、エイミーとここまで乗りに来たことがある。大の大人がふたり、上がったり下がったりするウサギに並んで腰かけることになった。あなたが子どもの頃によく行ったモールを見てみたいわ、とエイミーが言ったからだ。ぼくの思い出話を聞きたいと。その頃はまだ、ぼくらの関係はそうひどくもなかった。

防犯シャッターが破られた〈マーヴィンズ〉の入口は、大統領誕生日の祝日セールの朝と同じく、歓迎するように大きく口を開けていた。店内に残っているのは、〝宝石〟やら〝美容〟やら〝寝具〟やらと書かれた案内板と、レジが置かれていた数列のカウンターのみで、いまはその上で一ダースほどの人間が思い思いにドラッグに耽っている。ハワイのティキトーチのように揺らめくキャンプ用のガス式ランプが、その姿を照らしだしている。ぼくらが横を通りかかると、二、三人がうっすらと目を開けたが、ほかの連中はぴくりとも動かなかった。隅のほうでは二十歳そこそこのふたりの若者が、取り憑《つ》かれたようにリンカーンのゲティスバーグ演説を暗唱している。「今、われわれは大きな内戦のさなかにあり……」敷物の上に大の字に寝そべった男は、染みひとつないデニムの半ズボンと白いテニスシューズといういでたちで、まるで息子のティーボールの試合を見に行く途中のように見える。ランドは知り合いかもしれないという顔でその男をしげしげと眺めた。

これほどまでにカーセッジにドラッグが蔓延していたとは知らなかった。つい昨日警察の捜索が入ったところだというのに、麻薬常用者たちはしつこいハエのように舞いもどっている。寝転がったその連中の身体をよけながら歩いていると、電動スクーターに乗った太っちょの女がぼくらを追い払いにやってきた。汗ばんだ顔はにきびに覆われ、歯は猫のように尖っている。

「買わないなら出ていって。見学会じゃないのよ」

スタックスは女の顔を懐中電灯で照らした。

「ちょっと、やめなさいよ」スタックスはそれに従った。

「妻を探してるんだ」とぼくは声をかけた。「エイミー・ダン。木曜から行方不明になっている」

「そのうち見つかるわよ。目が覚めたら、家に戻るでしょ」

「ドラッグのことは心配していない。ここにいる男たちのことが気がかりでね。いろいろ噂を聞いて」

「もういい、メラニー」と声がした。子ども服売り場の端で、ひょろりと背の高い男が裸のマネキンにもたれ、片頬に笑みを浮かべながらこちらを見ている。

メラニーは肩をすくめ、つまらなそうな顔になり、スクーターで走り去った。

男はこちらを見据えたまま子ども服売り場の奥に声をかけた。試着室から四組の足が覗いている。男たちがそこで寝泊まりしているらしい。

「おいロニー！　みんな！　また来やがったぜ！　今度は五人だ」と男は言い、ビールの空き缶をこちらに向けて蹴った。奥では三組の足が動きだし、男たちが立ちあがりはじめた。ひと組だけ動かないのは、眠っているか、ぶっ飛んでいるかだろう。

「ああ、クソ野郎ども、また来たぜ」とマイキーが言い、バットをビリヤードのキューのように構え、マネキンの胸元を突いた。マネキンはぐらついて倒れたが、男はリハーサルでもしてあったかのように余裕しゃくしゃくで腕を離した。「失踪した女性のことで情報が欲しい」

試着室の三人が出てきて、男の傍らに立った。みんながみんな、〝パイ・ベータ・ファイ〟やら〝ファイ・ガンマ・デルタ〟やらの、学生友愛会のTシャツを着ている。毎年夏になると、慈善団体のグッドウィルには大学の卒業生たちの思い出の品がどっさり寄付されるからだ。

男たちは屈強そうな身体つきで、たくましい腕には青い血管が浮きでている。さらにいちばん広い試着室から、長く垂れさがった口ひげを生やし、髪を後ろでくくり、ガンマ・ファイ友愛会のTシャツを着た男が——これがロニーらしい——出てくると、長い鉄パイプを引きずりながら近づいてきた。モールの治安維持部隊が勢ぞろいというわけだ。

「なんの用だ」とロニーが訊いた。

「われわれは、この土地を捧げることはできない。奉献することもできない。聖別することもできない……」若者たちは叫ぶような甲高い声で演説をつづけている。

「おれたちはエイミー・ダンを探してる。ニュースで見ただろう、木曜から行方が知れない」とジョーが言った。「親切で、きれいで、優しい人だ。自宅から拉致された」

「噂は聞いたな。それで？」とロニーが言った。

「ぼくの妻なんだ」

「おまえらがここでやってることは知ってるぜ」ジョーはロニーにだけ向かって言葉をつづけた。ロニーは髪の束を後ろに払い、奥歯を噛みしめた。指はどれも色褪《あ》せた緑のタトゥーに覆われている。「集団レイプの話も聞いてる」

ぼくはランドの様子をうかがった。ランドは床に転がった裸のマネキンをじっと見つめている。

「集団レイプ」ロニーが頭をぐっと反らして言った。「集団レイプがどうしたって」

「おまえらだろ。おまえらブルーブック・ボーイズか。ギャングかなにかみたいだな」ロニーは鼻を鳴らした。

「ブルーブック・ボーイズが――」

「おれらは獣じゃないぜ、まぬけ野郎が。女をさらったりはしない。みんな、おれらを助けない理由が欲しいだけなのさ。〝あんな連中、助けることはない、レイプ魔ばかりなんだから〟ってな。まったく、うんざりだ。会社から給料の残りを受けとりさえすれば、こんな町出てってやるさ。でもびた一文払っちゃもらえない。みんなそうだ。だからここにいるしかないのさ」

「エイミーの失踪についてなにか情報をくれたら、報酬ははずむよ。知り合いは大勢いるだろうから、なにか聞いてないかい」とぼくは言った。

　そしてエイミーの写真を取りだした。ヒルサム兄弟とスタックスは意外そうな表情を浮かべた。もちろん、連中は気晴らしに暴れに来ただけなのだ。ろくに見てはもらえないだろうと思いながら写真を差しだした。だがロニーはそれをしげしげと眺めた。

「なんてこった、彼女か」

「知ってるのかい」

　ロニーは動揺の色を浮かべていた。「銃を買いたいと言ってたぜ」

エイミー・エリオット・ダン
二〇一〇年十月十六日

——日記——

記念日おめでとう、わたし！　ミズーリの住人になってちょうど一カ月、だんだん中西部人らしくなってきていると思う。そう、東海岸のすべてとすっぱり縁を切って三十日、断酒会なら三十日断酒継続チップ（ここならポテトチップかも）をもらえるところだ。覚えたことを書きとめているし、伝統も重んじている。まるでミシシッピのマーガレット・ミードみたい。

最近のニュースはといえば。ニックとわたしはいま、〝鳩時計問題〟（わたしはひそかにそう呼んでいる）のまっただなかにいる。両親愛蔵のその時計は、新しい家のなかではばかみたいに見える。といっても、ニューヨークから持ってきたものはどれもそうだけど。重厚なチェスターフィールドのソファーも、お揃いのオットマンも、びっくりした象みたいな様子で居間に置かれている。大自然のなかにいたのに、麻酔銃で捕獲され、目覚めてみれば、高級品もどきのカーペットやら、合成木材やら、木目のない壁やらに囲まれた見慣れない場所に捕えられていた、みたいに。わたしもまえの家が恋しい。年月によって刻まれた傷や、へこみやでっぱりがたくさんある家が。（このへんで気分を切り換えないと）でも、新しいものもすてき！ いままでとは違うだけ。時計は賛成してくれないだろうけど。鳩時計も新しい空間に順応するのに苦労している。鳩が顔を出すのが十分遅れたり、十七分早かったり、四十一分遅かったり、まるで酔っぱらっているみたい。「クゥッツックゥー」と断末魔のうめきみたいな声で鳴くので、そのたびに興奮したブリーカーが目をらんらんと輝かせ、尻尾をボトルブラシみたいに膨らませてどこからかやってきて、鳩を見上げながらニャーニャー鳴く。

「なあ、お父さんたちはぼくが心底嫌いなんだな」ふたり揃ってその音を聞くたびに、ニックはそう言うけれど、賢明にも捨ててしまおうと言いだすのは我慢している。わたしだって、始末してしまいたいと思う。わたしのほうが（無職だし）一日中家にいて、いつまたその変な鳴き声が聞こえるかとびくついているのだから。映画館で、後ろの席にときどき奇声をあげる妙な客がいるときみたいに、その声がするたびにほっとしたり（やっと来た！）、むかっとしたり（また来た！）しないといけないのだから。

新居披露《ハウスウォーミング》パーティーのときにも、時計を見てみんな大騒ぎだった（「まあ、あれ見て、アンティーク時計よ！」）。パーティーはニックのお母さんのモーリーンに開くように言われたものだ。いえ、開くように、とは言われていない。モーリーンは強要したりはしない。最初からそういうものだと思いこんでいるだけだ。引っ越してきた翌日、モーリーンは歓迎のスクランブルエッグとトイレットペーパーの大袋（せっかくのスクランブルエッグが台無しだ）を抱えて戸口に現れ、当然のようにパーティーのことを切りだした。「それで、ハウスウォーミング・パーティーはいつにするの？　わたしは誰を招待しておいたらいいかしら？　ハウスウォーミングの代わりに、お酒の持ち寄りパーティーかなにか、楽しそうなものにしてみるとか？　でも、昔ながらのハウスウォーミングがやっぱりいいわね」

そしてあっというまに日程が決まり、今日その日がやってきた。ダン家の家族と友人たちは、十月の霧雨に濡れた傘の水気を払い、モーリーンが今朝持ってきてくれた玄関マットで入念に靴を拭った。マットにはこう書かれている――〝ここを入ればみな友達〟。〈コストコ〉で買ったものだ。ミシシッピ川沿岸の住人になって四週間、買い溜めのことも学んだ。共和党支持者なら〈サムズ・クラブ〉で、民主党支持者なら〈コストコ〉で買い物をする。でもどちらにしろ、買い溜めすることに変わりはない。マンハッタンの住人と違って、ここではどの家にも、スイートピクルスを二十四瓶も貯蔵しておけるスペースがあるからだ。それにマンハッタンの住人と違って、二十四瓶もスイートピクルスを使い切るあてもあるし（瓶から出しただけのピクルスとスパニッシュ・オリーブを山盛りにした回転トレーがないと、パーティーははじまらない。それとソルトリック・カクテルも）。

一部始終を書いておこう。やってきた人たちは袖や髪から雨のにおいをさせていて、家のなかにまで戸外のにおいが漂っていた。モーリーンの友人の年配女性たちは、食洗機で洗えるプラスティックの容器にあれこれ料理を詰めて持ってきた。容器はあとで返してね、と念を押された。何度も何度も。いまではわたしも、そういう容器は洗ってからそれぞれの家に返しに行かないといけないとわかっているけれど、来たばかりの頃は、ジップロックを使いまわすというそのルールを知らなかった。だから残らずプラスティックのリサイクルに出してしまい、新しいものを買ってきた。モーリーンの親友のヴィッキーは返ってきた容器が店で買った新品に変わっていることにすぐさま気づき、わたしが勘違いしていたことを知ると、驚いて目を丸くした。「そう、ニューヨークではそうするのね」

パーティーの話に戻ろう。年配の女性たちは、モーリーンが大昔のＰＴＡや、読書会や、モールの〈シュー・ビー・ドゥー・ビー〉の店で知りあった友人たちだった。モーリーンはその店で、週に四十時間も、中年女性の足に実用的なブロックヒールの靴を履かせつづけてきた（だから見ただけで足のサイズが当てられる――「レディースサイズの8、細身！」――モーリーンお得意の宴会芸だ）。モーリーンの友人はみんなニックが大好きで、ニックがどんなに優しかったか、口々に話して聞かせてくれた。

〝エイミーの友達候補〟らしきもう少し若めの女の人たちも来ていたけれど、全員がブリーチしたブロンドの髪をウェッジカットにしていて、全員がミュールを履いていた。モーリーンの友人の娘ばかりで、みんなニックが大好きで、ニックがどんなに優しかったか、口々に話して聞かせてくれた。ほとんどがモールの閉鎖で失業中か、そうでなければご主人がモールの閉鎖で失業中だからか、みんな〝安くてお手軽な〟レシピばかり教えてくれた。どれもだいたい、缶のスープと、バターと、スナック菓子を使ったキャセロール料理だった。

男の人たちは感じがよくて、もの静かで、輪になってすわってスポーツの話をしながら、わたしに愛想よく微笑んでくれた。

みんないい人たちばかり。ほんとうに、みんな精一杯よくしてくれた。モーリーンは近隣三州の癌患者の誰よりも気丈に振る舞い、ちょっぴり危険なめずらしいペットを披露するような調子でわたしを友人たちに紹介した。「これがニックの奥さんのエイミーよ。生まれも育ちもニューヨーク・シティなの」するとと気のいい丸ぽちゃの友人たちは、急にひきつり病にでもなったみたいになった。両手を握りあわせて、何度も「ニューヨーク・シティ！」と繰り返し、「それはすごいわね」だとか、反応に困ってしまう感想を口にした。でなければ、軽く両腕を広げて左右に揺れながら、甲高い声で「ニューヨーク、ニューヨーク」と歌ったり。靴屋の同僚だったバーブは、南部訛りで「ヌーヨーク・シーティ！　ロープ持ってこい」と言い、わたしがきょとんとしていると、「ほら、あの昔のサルサのコマーシャルよ！」と付け足した。それでもピンと来ずにいると、頬を赤らめてわたしの腕をつかみ、「本気で吊るしゃしないわよ」と言った。

　最後にはみんな決まって、くすくすと笑いながら、ニューヨークには行ったことがないと打ち明けた。でなければ、一度行ったけれど、あまり気に入らなかったと。わたしは返事に困って、「気に入ると思うわ」か「万人向けじゃないから」か「ふーん」ばかり言っていた。

「愛想よくしてくれよ、エイミー」キッチンで飲み物を補充していると、ニックがわたしに耳打ちした（中西部人は二リットルボトルのソーダが大好きだ。かならず二リットルと決まっていて、それをかならず赤い大きなプラスティックのソロカップに注ぐ）。

「してるじゃない」わたしは情けない声で言った。ほんとうに傷ついた。なぜって、そこにいる誰に聞いても、わたしは愛想よくしていると答えてくれたはずだから。

ときどき、ニックはわたしのありのままの姿を見てくれていないような気がする。引っ越してきてから、わたしは女子会にもチャリティ・ウォークにも参加し、お父さんのためにキャセロール料理も作り、慈善くじを売る手伝いもしている。ニックとマーゴが念願のバーを手に入れられるように、財産の残りもはたいた。その小切手を、〝乾杯！〟と書いてあるビールジョッキの形のカードに挟んで渡しさえしたのに、ニックはひとことそっけなくありがとうと言っただけだった。これからどうしたらいいんだろう。がんばってはみるけれど。

ソーダ水を運びながら、わたしはいっそうにこやかに笑い、いかにも感じのいい上機嫌な様子で、みんなになにか足りないものはないかと尋ね、持ち寄られたフルーツサラダやら、カニのディップやら、ピクルスの薄切りをクリームチーズで巻いてさらにサラミで巻いたものやらを褒めた。

ニックのお父さんのビルはマーゴと一緒にやってきた。黙って戸口に立ったふたりは、〈アメリカン・ゴシック〉の絵の中西部人みたいに見えた。ビルは引き締まった身体つきで、いまもハンサムだけれど、額のところに小さな絆創膏を貼っていた。バレッタで髪をまとめたマーゴは、むすっとした顔で、ビルと目を合わせようとしなかった。

「ニック」ビルは手を振って言い、部屋のなかに入ってくると、わたしを見て顔をしかめた。後から入ってきたマーゴはニックの腕をつかみ、ドアの陰へと引っぱっていくと小声で言った。「父さんの頭がいまどんな具合なのか、見当もつかないのよ。今日は調子がよくないのか、それとも機嫌が悪いだけなのか。さっぱりわからない」

「わかった、わかった。だいじょうぶ、ぼくが見張っておくから」

マーゴはしかめっ面のまま肩をすくめた。

「ほんとだって、マーゴ。ビールでも飲んで、休んだらいい。これから一時間は、父さんの心配はしなくていいよ」

これがわたしだったら、神経質すぎるって嫌味を言うだろうに。

年配の女性たちは、わたしを取りかこんで、ニックとあなたがどんなにすてきなカップルか、モーリーンからずっと聞いていたけれど、ほんとうにお似合いのふたりね、みたいなことを口々に言いだした。

そういう好意あふれる決まり文句のほうが、結婚前に聞かされた忠告よりはましだった――「結婚に必要なのは妥協と努力よ。それから努力と会話と妥協。そしてさらなる努力」。この門をくぐる者は一切の希望を捨てよ、ということだ。

ニューヨークでの婚約披露パーティーは最悪だった。招待客はみんなワインと憤懣《ふんまん》で顔を真っ赤にしていた。どの夫婦も、パーティー会場のクラブハウスに来る途中に喧嘩してきたみたいだった。あるいは、昔の喧嘩を思いだしたか。ビンクスのように。八十八歳のビンクス・モリアーティは、うちの母の親友のお母さんで、バーカウンターの前でわたしをつかまえ、緊急救命室にでもいるように声を張りあげた。「エイミー！　話があるの！」節くれだった指にずらりとはめた高価な指輪を順繰りにひねりながら、わたしの腕を撫で（やわらかくて温かくて手触りのいい若い肌を冷たい指でまさぐる、老人特有の触り方で）、六十三歳で亡くなった夫がいかに〝アレを下着のなかにしまっておけなかったか〟を語ってきかせた。そのあいだじゅう、〝もうお迎えも近いから、こういうことを話したって平気ね〟みたいなにやにや笑いを浮かべ、白く濁った目でわたしを見ていた。「とにかくもう、アレをしまっておけなくてね」としきりに言いながら、ひんやりとした手でわたしの腕をつかんだ。「でもね、誰よりもわたしのことを愛していたのよ。わたしにはわかるの。あなたもわかるでしょ」話の教訓――ビンクスのご亭主は不貞な浮気者だったが、それでも、結婚には妥協が必要だ。

わたしは急いで逃げだして、笑みを振りまきながらお客のあいだを歩きまわりはじめた。誰もが皺だらけでたるんだ顔をし、中年特有のやつれたような失意の表情を浮かべていた。みんなたいてい酔っぱらい、ファンク・ミュージックに合わせて若かりし頃に覚えたダンスのステップを披露したりしていて、ますますみっともなかった。

新鮮な空気を吸おうと、両開きのガラス扉のところまで行きかけたとき、腕をつかまれた。ニックのお母さんのモーリーンだった。大きな黒い目をレーザーのように光らせ、パグを思わせる顔に真剣そうな表情を浮かべていた。ゴートチーズとクラッカーを口に押しこみながら、モーリーンはもごもご言った。「一生誰かと添い遂げるのは、たやすいことじゃないわ。すばらしいことではあるし、あなたたちがそうなってくれればうれしいけれど、男と女のことだから、後悔する日も来ると思うの。数日で後悔が消えればまだましね。何カ月もつづくこともあるから」わたしはショックを受けたような顔をしていたんだろう。正直、ショックだった。だからか、モーリーンはあわてて言葉をつづけた。「でも、また幸せなときもやってくるわ。あなたたちならきっとね。幸せなことがいっぱいあるはずよ。だから許してね、変なことを言ってしまって。離婚した年寄り女の戯言《たわごと》だと思ってちょうだいね。嫌だわ、ワインを飲みすぎちゃったみたい」そう言って、わたしに手を振ると、失望した様子の夫婦連れのあいだを縫うように去っていった。

「ここはおまえのいる場所じゃない」ふいにビルがわたしに向かって言った。「なんだってここにいる？　ここにいちゃいかん」

「あの、エイミーよ」わたしは言いながら、ビルを正気にさせようと腕に触れた。もともと、ビルはわたしを気に入ってくれていた。なにも話しかけてくれなくても、めずらしい鳥でも眺めるような目でわたしを見るので、好かれているのはわかった。でもいまは、漫画に出てくる喧嘩っ早い若い水夫みたいに胸を突きだし、こちらを睨みつけていた。数歩離れたところにいたマーゴは料理の皿を置き、ハエでも打とうとするようにそっと近づいてきた。

「なんでおまえがうちにいるんだ」ビルは口元をゆがめながら言った。「ずうずうしい女だな」

「ニック?」マーゴがあわてたように小声で背後に呼びかけた。

「任せてくれ」現れたニックは言った。「なあ、父さん、ぼくの妻のエイミーじゃないか。覚えてるだろ、エイミーのことは。町に戻ってきたから、これからはもっと会えるよ。ここがぼくらの新居なんだ」

ニックはわたしを睨みつけた。わたしがビルを招こうと言い張ったからだ。

「言ったはずだ、ニック」ビルはわたしの顔に人差し指を突きつけた。場はしんと静まり返り、男性が何人か、別の部屋からそろそろと入ってきて、両手をぴくりとさせながら、いつでも飛びだせるように身構えていた。「こいつはここにいちゃいけない。この女、なんでも思いどおりにできると思ってやがる」

モーリーンがさっとやってきて、元夫に腕をまわした。いついかなるときも、モーリーンは雄々しく危機に立ち向かう。「いてもいいに決まってるでしょ、ビル。自分の家だもの。エイミーはあなたの息子の奥さんでしょ。ね、思いだして」

「こいつをここから叩きだせ、わかったか、モーリーン」モーリーンの言葉には耳も貸さず、ビルはまたわたしに詰め寄ろうとした。「バカ女。このバカ女が」

それがわたしのことなのか、モーリーンのことなのかはわからなかった。でも、ビルはわたしを見て口を尖らせた。「ここにいちゃいけない」

「出ていくわ」わたしは言って、踵《きびす》を返すと、玄関から雨の降る戸外へと飛びだした。アルツハイマーの患者が言うことだから、と軽く受けとめようとした。近所を一周しながら、ニックが家のなかに連れもどしに来てくれるのを待っていた。そぼ降る雨がわたしを濡らした。ニックは追ってきてくれると思ったのに。家の前に戻ると、閉じたドアだけが待っていた。

ニック・ダン
四日後

午前五時、ランドとぼくは人けのないエイミー捜索本部にすわり、コーヒーを飲みながら、ロニーの事情聴取が終わるのを待っていた。壁のポスターからエイミーがこちらを見つめている。悲しげな顔に見えた。

「あの子がなにかにおびえていたんなら、なぜきみになにも言わなかったんだろう」とランドが言った。「なぜきみに黙っていたんだろう」

ロニーによれば、エイミーはよりによってバレンタインデーにモールまで銃を買いに来たらしい。少しまごついたような、落ち着かない様子だったという。「ばかなことをしているのはわかっているんだけど……銃が必要なの」そしてひどくおびえていた。誰かのことを警戒している、と言ったという。それ以上のことは語らなかったが、どんな銃がいいのかと尋ねたところ、「とっさに相手の動きを止められるようなもの」と答えた。出直してくるように言うと、エイミーは二、三日後にまたやってきたが、銃はまだ用意できていなかった（「それが本業ってわけじゃないんでな」）。できていればよかったのに、とロニーは言った。エイミーのことはいまもよく覚えていて、ここ数カ月のあいだ、ときどき思いだしていたという。バレンタインデーに銃を買いに来たおびえた顔のブロンド美人はどうしているだろう、と。

「いったい誰のことを恐れていたんだ？」とランドが訊いた。

「もう一度デジーのことを聞かせてくれませんか、ランド。会ったことは？」

「二、三度、家に来たことがあるよ」ランドは眉根を寄せて記憶をたぐった。「ハンサムな若者で、エイミーにかしずいていたね。お姫様のような扱いで。だが、わたしはどうも気に入らなくてね。若いふたりの、エイミーにとっては初めての恋だったが、ふたりがうまくいっているときから、わたしは好きになれなかった。無礼なやつでね。理解しがたいほどに。独占欲が強くて、いつもエイミーの肩を抱いていた。わたしや妻にはひどい態度だったよ。たいていは、恋人の両親には気に入られようとするもんだがね」

「ぼくはそうでした」

「そう、気に入ったとも！」ランドはにっこりした。「きみは適度に緊張していて、それがじつに好もしかったんだ。デジーはとにかく感じが悪くてね」

「デジーの家は、ここから一時間と離れていない」

「たしかに。それから、ヒラリー・ハンディのほうだがね」ランドは瞼を揉みながら言った。「性差別するわけじゃないんだが、ヒラリーのほうがデジーに輪をかけて不気味だったよ。モールにいたロニーは、エイミーが恐れていた相手が男だったとは言っていないしね」

「ええ、誰かを恐れていたと言っただけでしたね。それに、近所の住民のノエル・ホーソーンもいる。エイミーの親友だと警察に話したらしいですが、そんなはずはない。友人ですらなかったはずです。亭主の話じゃヒステリー状態らしい。エイミーの写真を見て泣いているとか。それを聞いたときは、ネットで見つけたものだと思ったんですが、それがもし、自分で撮ったエイミーの写真だったとしたら？　エイミーのストーカーだったとしたら？」

「わたしも昨日話しかけられたんだが、少し忙しくてね。『アメージング・エイミー』の一節を口にしていたな。『アメージング・エイミーと親友の戦い』の、〝親友とは、自分をいちばんよく知っていてくれる相手〟だったかな」

「なんだかヒラリーみたいですね。いい大人なのに」

午前七時過ぎ、ハイウェイ沿いの〈アイホップ〉の店でボニーとギルピンと待ちあわせ、捜索の顚末《てんまつ》を報告した。ばかげた話だ、本来なら警察がやるべき仕事だったのだ。ぼくらばかりが手がかりを見つけているという状況もまともではない。地元警察の手に負えないならば、ＦＢＩに捜査を要請すべきなのだ。

　琥珀色の瞳のぽっちゃりとしたウェイトレスが注文をとりに来て、コーヒーを注ぎながらぼくに気づいたらしく、そばをうろついて聞き耳を立てていたが、ギルピンに追い払われた。が、まるでハエのようにしつこく舞いもどってくる。飲み物のお代わりやら、食器のセッティングやら、驚異的な早さで運ばれてくる料理やらで、話の腰は折られっぱなしだった。「そんなことはできない……ああ、コーヒーはもう結構だ……信じられないが……ああ、ライ麦パンでいいよ……」

　ぼくらが話を終えるより先に、ボニーが口を挟んだ。「おふたりとも、なにかしたいと思うのはよくわかります。でも、昨夜みたいなことは危険すぎるわ。こういうことは警察に任せてもらわないと」

「でも、任せてられないじゃないか。銃の情報だって、昨晩ぼくたちがモールに行かなければ、つかめないままだったんだ。事情聴取でロニーはなんて言ってたんです？」

「聞かせてもらったのと同じ内容だね」とギルピンが答えた。「エイミーは銃を買いたがっていて、おびえていたと」

「たいして重要じゃないと思っていそうですね。ロニーが嘘をついていると？」

「そうは思わないわ。わざわざ警察に目をつけられようとする理由がないから。彼、奥さんのことがずいぶん気になっているみたい。彼女の身に起きたことに……なんと言うか、とても動揺している感じで。細かい点までよく覚えているのよ。ニック、その日エイミーは緑のスカーフを巻いていたらしいの。防寒用のスカーフじゃなく、ファッションとして巻くようなやつを」ボニーはそう言って指をひらひらさせた。ファッションなど、子どもじみた、くだらないものだと思っているらしい。「エメラルドグリーンよ。見た覚えはある？」

ぼくはうなずいた。「青いジーンズに合わせてよく巻いている」

「それから、上着にピンを挿してたって。ゴールドで、筆記体のAの形をした」

「ええ」

ボニーは〝これで確実ね〟というように肩をすくめた。

「エイミーのことが気になるあまり、彼が……誘拐した可能性は？」ぼくは訊いた。

「アリバイがあるの。鉄壁の」ボニーは言いながら、鋭い目でぼくを見た。「じつは、わたしたちのほうは、別の線をあたりはじめてるの」

「そう、もっと……個人的なね」ギルピンは言い添えながら、パンケーキの上のイチゴとホイップクリームを胡散《うさん》臭げに眺めた。そしてフォークで皿の端にそれをかき落としはじめた。

「もっと個人的なというと、ようやくデジー・コリングスとヒラリー・ハンディに話を聞くわけですね。それとも、ぼくのほうが行きますか」実際、今日行くとメアリーベスに約束してある。

「もちろん、こちらでやるわ」まるで、まともな食事をしろと母親に小言を言われ、それを受け流す娘のような口調だった。「手がかりになるかどうかは疑問だけど、話は聞いてみる」

「ああ、そいつはいい、ちゃんと仕事をしてくれてどうも。それと、ノエル・ホーソーンのほうは？　うちの近くにいる人間があやしいなら、ノエルはすぐ近所に住んでいますよ。少しエイミーに執着しすぎのようだし」

「ああ、彼女からも電話をもらっているから、話を聞いてみるつもりさ」ギルピンはうなずいた。「今日にでも」

「わかりました。ほかにはなにを？」

「ニック、じつはもう少し話を聞かせてほしいの。あなたによく考えてもらいたくて。連れ合いっていうのは、意識はしてなくてもいろんなことを知っているものだから。喧嘩のことを思いだしてみてくれないかしら。ご近所のミセス、ええと、テヴラーが、エイミー失踪の前夜に、あなたたちが派手に言いあうのを聞いたって言ってるんだけど」

　ランドがぐいっと頭を上げてぼくを見た。

ジャン・テヴラー、ぼくと目を合わせようとしなくなった信心深い老婦人。

「つまりね、それはもしかして——おつらいと思いますけど、ミスター・エリオット——エイミーがなんらかの薬物を服用していたせいだということはありえないかしら」邪気のなさげな目でボニーが訊いた。「つまり、エイミーはこの町にいる厄介な連中と実際に関わりがあったかもしれないということ。麻薬のディーラーはほかにいくらでもいるから。深みにはまってしまって、それで銃が必要になったのかもしれない。なにか理由でもないかぎり、護身のために銃が必要なのに、それを夫に言わないなんて、おかしいでしょ。それからニック、喧嘩があった午後十一時頃——それがエイミーの声を誰かが聞いた最後なんだけど——」

「ぼく以外の誰かが」

「あなた以外の誰かが。その時刻から、あなたがバーに着いた正午までのあいだ、どこにいたのかもっとよく考えてみてほしいの。町なかを歩いていたり、車でビーチに行ったり、ボート乗り場をうろついていたなら、誰かが見てるはずよ。たとえば、犬の散歩中の人だとかが。あなたが思いだしてくれれば、とても……」

「助かるよ」とギルピンが話を引きとり、フォークでイチゴを突きさした。

ふたりとも、愛想のいい顔でじっとぼくを見つめている。「ものすごく助かるんだ、ニック」ギルピンはいっそう愛想よく繰り返した。喧嘩のことを訊かれたのは初めてで、それが警察の耳に入っていることも知らされていなかった。ふたりはそれをわざわざランドの前で持ちだしておきながら、毛ほども疑っていないようなふりをしている。

「わかりました」とぼくは答えた。

「よければ教えてほしいんだけど、喧嘩の原因はなんだったの」

「ミセス・テヴラーはなんて？」

「あなたがここにいるんだから、彼女の言葉は必要ないでしょ」ボニーは言って、コーヒーにクリームを注いだ。

「ほんとにくだらない喧嘩ですよ。だから言わなかったんです。夫婦にはよくある嚙みつき合いというか」

ランドはさっぱりわからないという顔でぼくを見た。嚙みつき合い？　いったいなんのことだ？

「夕食のことでちょっとね」嘘だ。「記念日の夕食をどうするかって話で。ほら、エイミーはこういうことにかけてはしきたりを重んじるので――」

「ロブスターか！」ランドが口を挟み、刑事たちのほうを見た。「エイミーは毎年ニックのためにロブスターを料理するんだよ」

「ええ。でもこの町では、生簀《いけす》で泳いでいるロブスターを買える店などないので、エイミーにはそれが不満で。ぼくは〈ヒューストンズ〉に予約を入れたんですが――」

「予約は入れていなかったんじゃないのかね」ランドは眉をひそめた。

「ああ、そうでした、すみません。混乱してしまって。予約を入れようと思っていただけでした。でもほんとうは、ロブスターを空輸で取り寄せるべきだった」

刑事たちは揃ってぴくりと眉を上げた。なんて豪勢な。

「費用はたいしたことないんですよ。とにかく、喧嘩がこじれて、思ってもみなかった怒鳴り合いになってしまったんですが」ぼくはパンケーキをひと口食べた。喉に熱いものがつっかえるのを感じた。「一時間後には、笑って話していましたよ」

「へえ」とだけボニーが言った。

「ところで、宝探しの進み具合はどうだい」とギルピンが尋ねた。

ぼくは立ちあがり、金を置くと、立ち去ろうとした。防戦一方でいるわけにはいかない。「さっぱりですよ。これだけいろいろあると、頭が働かなくて」

「そうか。まあ、宝探しは関係なさそうだしな。数カ月もまえからおびえていたとなると。だが、逐一教えてくれよ、いいかい」

足を引きずるように暑い戸外へと出た。ランドとぼくが車に乗りこむと、ボニーが声をかけてきた。「ねえニック、エイミーはいまも2のまま?」

ぼくは眉をひそめてボニーを見た。

「サイズ２？」とボニーは繰り返した。

「ええ、たぶん、そうです」とぼくは言った。「うん。そうだ」

ボニーはふーんという顔をして、車に乗りこんだ。

「いまのはどういうことだろう」ランドが訊いた。

「あのふたり、なにを考えてるのやら」

ホテルまで車を走らせるあいだ、ふたりともほとんど口をきかなかった。ランドは車窓を過ぎていく無数のファストフード店をぼんやりと眺め、ぼくは自分のついた嘘――いくつもの嘘――のことを考えていた。〈デイズ・イン〉の駐車場をぐるりと一周して、ようやく駐車スペースが見つかった。給与計算代行業の会議はずいぶんと盛況のようだ。

「なあ、おかしなもんだな。生粋のニューヨークっ子のくせに、わたしはえらく世間知らずだったよ」ランドがドアの取っ手をいじりながら言った。「エイミーときみから、のどかなミシシッピ川沿いの町に引っ越すと聞いたとき、想像したのは……緑だとか、農場だとか、リンゴの木だとか、古びた赤壁の大きな家畜小屋だったんだ。正直言って、ここはかなり醜悪なところだね」ランドは笑った。「この町にある美しいものが、なにひとつとして思いつかないんだ。娘のほかにはね」

ランドは車を降りると足早にホテルへと歩きだし、ぼくはそれを追おうとはしなかった。ランドに二、三分遅れて捜索本部に入ると、部屋の後ろの人けのないテーブルまで行って腰を下ろした。ヒントが消えてしまうまえに宝探しを最後まで終えて、エイミーがなにを用意していたのか突きとめなければ。二、三時間作業に参加してから、第三のヒントを解きにかかることにした。そのまえに一本電話をかけた。

「はい？」いらだったような声が出た。背後で赤ん坊が泣いている。受話器の向こうから、顔にかかった髪を息で吹き払う音が聞こえた。

「もしもし、ええと、ヒラリー・ハンディさん？」

電話は切れた。ぼくはかけなおした。

「もしもし？」

「ああ、どうも。切れちゃったみたいで」

「この番号は〝かけてはいけない〟リストに載せといてちょうだい――」

「ヒラリー、セールスじゃないんです。エイミー・ダン――エイミー・エリオットのことで話がしたくて」

沈黙。赤ん坊がまた声をあげた。笑い声にも怒り声にも変わりそうな、あやうい泣き声だ。

「エイミーがどうかしたの」

「テレビで見たかどうかわかりませんが、失踪中なんです。七月五日のことで、拉致された可能性があります」
「まあ。それは大変ね」
「ぼくは夫のニック・ダンです。いまエイミーの古い友人に電話してまわっていると
ころで」
「それで？」
「彼女と連絡をとったりはしていませんか。ここ最近」
ヒラリーは受話器に向かって深々と三回息を吐いた。「なんなのよ、あのハイスク
ールの一件のこと？」遠くのほうで甘えたような子どもの呼び声がした。「ママあ、
来てよお」
「ちょっと待ってね、ジャック」ヒラリーは背後の空間に向かって返事をした。それ
から興奮した声で話しだした。「そうなの？　それで電話してきたの？　二十年もま
えのことなのに。もっとまえだわ」
「ええ、そうですよね。ですが、尋ねないわけにはいかなくて。でないと、ぼくがと
んだ役立たずになる」
「まったく、かんべんしてよ。いまは三人の子持ちなのよ。エイミーとはハイスクー
ル以来、話もしてないわ。もうこりごりなの。通りで出くわしたら、まわれ右して逃
げだすわよ」赤ん坊が大声をあげた。「もう切らなきゃ」

「ヒラリー、ほんの少しだけでも――」

電話が切れたとたん、今度はプリペイドの携帯電話が震えだした。ほうっておいた。どこかしまっておける場所を見つけなくては。

すぐそばに女性がいるのに気づいたが、目を伏せたまま、立ち去ってくれるのを待った。

「まだお昼にもなってないのに、丸一日働いたみたいな顔をしてるじゃない、かわいそうに」

ショーナ・ケリー。バブルガムを嚙んだティーンエイジャーのように、髪を高々とポニーテールに結っている。グロスを塗った唇を気遣わしげにすぼめている。「フリートパイはいかが？」胸の下のところには、水滴のついたサランラップがかけられたキャセロール鍋を捧げもっている。ショーナはそのセリフを、一九八〇年代のミュージック・ビデオのロックスターのように口にした――わたしのパイはいかが？

「朝食をしっかり食べたから。でも、ありがとう。ご親切に」

ショーナは立ち去るどころか、腰を下ろした。ターコイズ色のテニススカートから伸びた脚には、てかてか光るほどローションが擦りこまれている。そして染みひとつないトレトンのスニーカーの先でぼくをつっついた。「ちゃんと寝てるの、スウィーティー？」

「どうにかこうにか」

「寝ないとだめよ、ニック。げっそりしてたら、みんな心配するわ」

「少しだけ家に帰って、二、三時間でも寝てみようかな」

「そのほうがいいわ。ほんとに」

ふいに、ショーナの気遣いがありがたく感じられた。マザコン気質が頭をもたげてくる。危険だ。叩きつぶせ、ニック。

ショーナが去るのを待った。早く去ってくれないと、まわりの目が集まりはじめている。

「よければ、いますぐ車で家まで送るわよ。あなたにはお昼寝が必要だわ」

ショーナは腕を伸ばしてぼくの膝に触れた。立ち去るべきなのに気づきもしない。今度は怒りが込みあげる。キャセロールを置いてさっさと失せろ、しつこい尻軽女め。父親譲りの気質の出番だ。こちらも始末が悪い。

「メアリーベスの様子を見てきてくれないかな」ぼくはそっけなく言い、コピー機のそばでせっせとエイミーの写真をコピーしている義母を指さした。

「わかったわ」それでもぐずぐずしているので、露骨に無視することにした。「じゃ、あっちへ行くわね。パイ、気に入ってくれるといいんだけど」

つれなくされて傷ついたらしく、ショーナは視線を逸らせたまま背を向けると、ゆっくりと立ち去った。ふと気がとがめ、愛想よく謝ろうかと考えた。が、追うんじゃない、と自分に言い聞かせた。

「なにか進展は？」ショーナがいままでいた場所に、今度はノエル・ホーソーンがやってきた。ショーナより年下だが、老けて見える。でっぷりとした身体に、左右に開いた張りのない乳房。しかめっ面。

「いまのところはまだ」

「うまくやっているようね」

返答に困り、頭を上げてノエルを見た。

「わたしのことは知ってる？」

「もちろん。ノエル・ホーソーンだね」

「わたしは、エイミーのいちばんの親友なの」

警察に念を押さなければ。ノエルの正体は、ふたつのうちのどちらかだ。失踪女性の友人という立場を楽しもうとする嘘つきの目立ちたがり屋か、あるいはいかれ女か。エイミーと親しくなりたくてたまらないストーカーで、それをエイミーに拒まれたので……

「エイミーのことでなにか情報があるのかい、ノエル？」

「もちろんあるわよ、ニック。親友だったんだから」

数秒のあいだ、睨み合いがつづいた。

「教えてもらえるかい」

「警察には連絡先を伝えてあるわ。いつまで待たされるのやら」

「すごく助けになるよ、ノエル。連絡するよう、警察には念を押しておくから」

ノエルは色鮮やかな印象派絵画のように両の頬を燃え立たせた。

そして立ち去った。敵意がふつふつと湧きあがった。女はいかれてる。限定詞はなし――〝何人かの〟女でも、〝大勢の〟女でもない。女はいかれてる。


すっかり日が暮れてから、空き家になった父の家へと車を走らせた。エイミーのヒントは助手席に置いてある。

ここにわたしを連れてきたこと、気がとがめてる？
たしかに、少し落ち着かないわ
でも、選択肢はあまりないもの
決めたの、ここをふたりの場所にしようと
この小さな茶色い家に、ふたりの愛を注ぎましょう
優しさ《グッドウイル》が欲しいの、すてきなあなた！

今回はこれまでのものより曖昧だが、答えはわかったと思う。エイミーはようやくぼくの故郷に連れてこられたことを許し、カーセッジを受け入れようとしていたのだろう。〝ここにわたしを連れてきたこと、気がとがめてる?……(でも)ここをふたりの場所にしようと〟。小さな茶色い家とは、ぼくの父の家のことだ。実際は青いのだが、これも内輪のジョークのひとつだった。以前は、ふたりで内輪のジョークを言いあうのがなにより楽しかった。本音を打ち明けあったり、情熱的に愛しあったり、夜明けまで話しこんだりするよりも、ずっとエイミーとの絆《きずな》を感じたからだ。〝小さな茶色い家〟というのは父についての話で、これまでエイミーにしか聞かせたことはない。両親の離婚後、父と滅多に会わなくなったぼくは、父のことを物語の主人公だと考えることにした。本物の父親ではなく――もしそうなら、ぼくを愛してくれ、そばにいてくれたはずだ――ミスター・ブラウンという謎めいた正義のヒーローで、合衆国のために非常に重要な任務にあたっていて、カーセッジの町で行動しやすいように(ごくごく)たまにぼくを隠れ蓑《みの》に利用しているのだと。子どもっておかしいよな、という話をしただけだったのだが、それを聞いたエイミーは涙を浮かべた。いまはわたしが家族よ、ダメ親父が十人いたってかなわないぐらいたくさん愛をあげるわ、と言った。いまはわたしたちふたりがダン夫妻なのよ、と。それからぼくに耳打ちした。

「きみに頼みたい任務があるんだが……」

グッドウィルのことを持ちだしたのも、仲直りのつもりだろう。父がアルツハイマーで完全に正気を失ったあと、家を売ることになり、エイミーとふたりで家財の整理に行ったことがある。グッドウィルに寄付するものを選りわけていくのだが、当然ながら、エイミーはせっせとものを箱に詰め、封をして、脇に押しやっていき、一方ぼくのほうは、父の持ち物を仕分けしながら、手を止めてばかりだった。ぼくにとってはすべてが手がかりだった。ほかのものよりコーヒーの染みが濃いマグカップは、きっと父のお気に入りだったのだろう。プレゼントだろうか？　誰からの？　あるいは自分で買ったのだろうか？　買い物など女々しい行為だと思いながらそれを買う父の姿が浮かんだ。それだけでなく、クロゼットからは箱に入ったままのぴかぴかの靴が五足も出てきた。父は少しずつ呆けていく孤独な自分ではなく、もっと社交的な自分を思い描きながら、それも買い求めたのだろうか。〈シュー・ビー・ドゥー・ビー〉に行って、いつものように気のいい母の助けを借りたのだろうか。もちろん、こういった想像をエイミーに話しはしなかったから、例によって怠けているようにしか見えなかったにちがいない。

「ほら、箱よ。グッドウィル用の」壁際にすわりこんで靴を見つめているぼくに、エイミーが声をかけてきた。「靴を箱に詰めちゃって。わかった？」虚を突かれたぼくはつい声を荒らげ、エイミーも言い返し、そこからは……いつもの展開だった。

エイミーのために言っておくべきだろうが、なにか打ち明けたいことはないか、本気でこうしたいのか、と事前に二度も尋ねられていた。そういうふうに些細なことを言わずに黙っているのがぼくの癖になっている。そのほうが好都合だからだ。本音を言うと、女のように細かいことをごちゃごちゃ説明しなくても、エイミーが気持ちを察してくれないかと期待していたのだ。〝自分をわかって〟ゲームをやりたがるという点にかけては、ぼくもエイミーを責められた義理ではない。そのこともいままで黙っていたわけだが。

言わずにいるという嘘が、ぼくは大の得意だ。

午後十時をまわった頃、父の家の前に車をとめた。こざっぱりとした小さな家で、初めてのマイホームにうってつけといったところだ（あるいは終《つい》の棲家《すみか》か）。寝室がふたつに、バスルームがふたつ、ダイニングルームと、古びてはいるがこぎれいなキッチン。前庭に立てられた売り物件の看板が錆《さび》ついている。もう一年になるが、さっぱり売れる気配がない。

かび臭い家のなかに入ると、熱気が押し寄せた。三度目の不法侵入のあと導入した格安の警報装置が、爆発までのカウントダウンのように鳴りはじめた。暗証番号を入力した。暗証番号の決め方のルールにまるっきり反して付けた番号なので、エイミーはそれに激怒していた。ぼくの誕生日だ――八一五七七。

〝番号が間違っています〟。もう一度入力した。〝番号が間違っています〟。汗の粒が背中を伝い落ちた。エイミーからは番号を変えるわよ、とまえからうるさく言われていた。たやすく想像できる番号をつけるのはよくないからということだったが、ほんとうの理由はわかっていた。結婚記念日ではなく、ぼくの誕生日だからだ。そんなところにまでぼくが〝ふたり〟ではなく〝自分〟を選んだからだ。エイミーに抱いていたほの甘いノスタルジーはふっ飛んだ。パニックになりながらもう一度番号を押したが、警報装置はブー、ブー、ブーとカウントダウンをつづけ、やがて侵入者を知らせる大音量のサイレンへと変わった。

ウォーーーン！　ウォーーーン！　ウォーーーン！

本来なら、携帯電話が鳴り、「ぼくです、失敗してしまって」と言えば警報を解除できるはずだった。だが電話は鳴らなかった。警報の音で魚雷を積んだ潜水艦の映画を思いだしながら、丸々一分待った。閉め切られた家にこもった七月の熱気が頭上で揺らめいている。シャツの背中はもうずぶ濡れだ。エイミーのやつ。警報装置に警備会社の番号がないかと探したが、見あたらない。椅子を引っぱってきて装置に叩きつけはじめた。それが壁から外れ、コードからぶらさがったとき、電話がようやく鳴った。電話口の女は、不機嫌な声でエイミーの最初のペットの名前を訊いてきた。

ウォーーーン！　ウォーーーン！　ウォーーーン！

独善的で、いらだたしげで、徹底的に無神経なその口調はどうにも最悪だった。質問の内容も最悪だった。答えがわからず、ぼくはかっとなった。エイミーのトリビア・クイズは、解いても解いてもはてしなく待ちかまえていて、ぼくを打ちのめそうとする。

「いいか、ぼくはニック・ダン本人で、ここはぼくの父の家で、この契約もぼくの名義になってるんだ」ぼくは声を荒らげた。「妻の最初のペットの名前なんぞ、知ったことか」

ウォーーーン！　ウォーーーン！　ウォーーーン！

「そういう話し方はなさらないでください」

「いいか、父の家にものを取りに来ただけだから、このまま帰るからな、わかったか」

「警察に通報することになりますよ」

「とにかく、このいまいましい警報を切ってくれないか。頭がおかしくなる」

ウォーーーン！　ウォーーーン！　ウォーーーン！

「警報は切りましたが」

「切れてない」

「とにかく、そういう話し方はやめてください」

クソ女め。

「ならこれでいいか？　くそったれ、くそったれ、くそったれ！」

電話を切った瞬間、エイミーの猫の名前を思いだした。最初に飼った猫。スチュアート。

かけなおすと、今度は別のまともなオペレーターが出てきて、アラームを解除してくれ、警察にも連絡してくれた。ありがたい。自分で説明できるような気分ではなかった。

薄っぺらい安物のカーペットにすわり、乱れた鼓動を感じながら、深呼吸をした。やがて肩のこわばりが解け、食いしばった顎が緩み、拳から力が抜け、動悸が鎮まったところで腰を上げた。一瞬、エイミーへの腹いせにそのまま帰ろうかと考えた。が、立ちあがると同時に、キッチンのカウンターに青い封筒が離縁状のように置かれているのが目に入った。

深々と息を吸い、それを吐きだして、気持ちを切り換えると、封筒を開いた。なかからはハートのついた手紙が出てきた。

愛しいあなたへ

わたしたちお互いに、改めないといけない点があるわね。わたしは、完璧主義なところとか、ときどき（というのは認識が甘い？）独善的になるところ。あなたは？　自分がよそよそしくて、打ち解けなくて、優しさや思いやりに欠けているんじゃないか、とあなたが気にしているのはわかってる。でも、お父さんの家にいるいま、あなたに伝えたいの。そんなことはないわ。あなたはお父さんとは違う。いい人だし、優しい人だし、親切な人よ。いままで、あなたがわたしの心を読んでくれないとか、望みどおりのタイミングで望みどおりのことをしてくれないとか、そんなことであなたを責めてきたわね。それはあなたが息をしている本物の男だということなのに、それを責めた。あなたの選択を信頼する代わりに、あれこれ命令をしたわ。でも信じるべきだったのよね、どんなにふたりがうまくいかなくても、あなたはいつもわたしを愛してくれていて、幸せを願ってくれているということを。女にとってはそれで十分よね。わたしがこれまで間違った指摘をしてしまって、それをあなたが信じてしまっているんじゃないかと心配なの。だからここで言わせて、あなたは温かい人よ。わたしの太陽よ。

エイミーが計画どおりいまここにいたら、昔のように擦り寄ってきて首元に顔を埋め、キスをし、笑みを浮かべて、「ほんとよ。わたしの太陽なの」と言っただろう。喉の詰まりを覚えながら、最後に父の家を見まわすと、ドアを閉めて熱気を後にした。車に乗りこんでから、〝第四のヒント〟と書かれた封筒を開いた。宝探しもそろそろ大詰めに近づいている。

想像してみて、わたしはすごく悪い女の子
お仕置きされなきゃいけないの。お仕置きって、あのことよ
そこは五周年のプレゼントにぴったりの場所
ややこしくってごめんなさい！
天気のいいお昼に、ここですてきな時間を過ごしたわね
それからカクテルを飲みに行って、浮かれ騒いだっけ
だから、甘いため息をついて、走っていって
ドアを開けたら、とっておきのサプライズが待ってるわ

胃が締めつけられた。今度のはさっぱり意味がわからない。もう一度読んだ。見当もつかない。エイミーは手加減をやめたらしい。結局、最後まで宝探しを終えるのは無理だったのだ。

やりきれない思いが押し寄せた。最低な一日だった。ボニーはぼくを疑い、ノエルはいかれていて、ショーナはむくれ、ヒラリーは憤慨し、警備会社のオペレーターはクソ女で、妻はぼくを悩ませる。胸くそ悪い一日を終わりにする時間だ。こんなとき、一緒にいて煩《わずら》わしくない女はひとりしかいない。

＊

狼狽し、口をへの字に結び、父の家の熱気でよれよれになった姿をひと目見ると、マーゴはぼくをソファーにすわらせ、夜食を作るわと言った。五分後、古びたトレーテーブルに食事をのせて、しずしずとぼくの前まで運んできた。ダン家の定番メニュー、グリルドチーズサンドにバーベキュー味のポテトチップス、そしてプラスティックのコップ入りの……

「クールエイドはやめて、ビールにした。クールエイドじゃあまりに退行的だから」

「ユニークな心遣いありがとう、マーゴ」

「明日はそっちが作ってよ」

「缶詰のスープでよければ」

マーゴはぼくの隣に腰を下ろし、チップスを一枚つまみ食いしてから、さりげなくこう訊いた。「刑事たちにエイミーのサイズが2だったかって訊かれたんだけど、なんでかな」

「まったく、やつら、まだそんなことにこだわってるのか」

「不安にならない？　だって、服かなにかを見つけたのかも」

「だったらぼくに確認を求めるさ。だろ？」

マーゴは困惑したような顔で少しのあいだ思案した。「それもそうね」そのままもの思わしげな顔をしていたが、ぼくの視線に気づくと、笑顔を作った。「野球の試合の録画があるけど、見る？　疲れてない？」

「だいじょうぶだ」気分は最悪で、胃はむかつき、頭はミシミシいっている。解けなかったヒントのせいだろうが、ふいになにか見過ごしていることがあるような気がした。なにかとんでもない失敗をやらかし、それが悲惨な結果を招きそうに思えた。秘密の牢獄に押しこめられた良心が、奥から手を伸ばして心の表面を引っかいているのだろうか。

マーゴは録画番組を再生し、十分ほどのあいだ、ビールをすすりながら言葉少なに試合の話だけをした。グリルドチーズサンドが苦手なので、瓶からピーナッツバターをすくい、クラッカーに塗って食べている。コマーシャルがはじまると、手を止めて言った。「わたしにおチンチンがついてたら、ピーナッツバターとファックしたい」そしてクラッカーのかけらをわざとぼくのほうへまき散らした。

「おまえにそんなものがついてたら、ありとあらゆる面倒が起きるな」

マーゴは無得点の回を早送りした。カージナルスが五点差でリードされている。次のコマーシャルに入ったとき、マーゴはまた手を止めて言った。「そういえば今日、携帯のプラン変更の電話をしたんだけど、保留音がライオネル・リッチーの曲だったのよ。いまどきライオネル・リッチーなんて聴く？〈ペニー・ラバー〉は好きだけど、別の曲だったし。それはともかく、電話に出た女の人が、カスタマーサービスの担当者はみんなバトンルージュの人間だって言ってた。訛りがないから不思議に思ったけど、その彼女はニューオーリンズ育ちで、あまり知られてないけど、ニューオーリンズ出身者――ってどう呼ぶの、ニューオーリンジアン？――にはそんなに訛りがないんだって。それからパッケージプランの話になって、パッケージAが……」

マーゴとぼくは昔、母からヒントを得てあるゲームを考案した。母にはとんでもなくつまらない話を延々と聞かせる癖があり、マーゴは母がじつはそうやってぼくらをからかっていたんだと信じていた。というわけでもう十年ほども、ふたりの会話がふと途切れるたびに、どちらかが唐突に電気製品の修理やらクーポン券やらの話をはじめるという遊びをつづけている。ただし強いのはマーゴのほうだ。いつまでもノンストップでしゃべりつづけ、それがあまりに長ったらしく、本気でうっとうしく感じられだした頃、ひょいとまた面白おかしい話に戻る。

マーゴは絶好調で冷蔵庫のランプのことをしゃべりつづけている。ふいに猛烈な感謝の気持ちが込みあげ、マーゴのほうに身体を伸ばして頬にキスをした。

「なんで？」

「いや、ありがとう」涙があふれてきた。顔をそむけて目をしばたたかせていると、マーゴがまたしゃべりだした。「それで単四電池が必要だったんだけど、それって9V型電池とは違ってて、だから9V型のを買ったレシートを探して返品しなくちゃいけなくて……」

　試合が終わった。カージナルスの負け。それを見届けると、マーゴはテレビを消音モードにした。「話がしたい、それとももっと気晴らしが必要？　どっちでもいいわよ」

「もう休んでいいよ、マーゴ。こっちはごろごろしてるから。寝ようかな。そうしたほうがいいな」

「アンビエン服《の》む？」マーゴは手っ取り早い方法がいちばんだと信じている。リラクゼーション・テープも、クジラの鳴き声も無駄だ。一錠服んだら、すとんと意識を失える。

「いいよ」

「気が変わったら、薬棚に入ってるから。寝つけないようなら……」マーゴはほんの数秒そこにとどまっていたが、いかにもマーゴらしく、眠そうでもないのに、廊下を歩いていき、自室に入った。ひとりにするのがいちばんの思いやりだとわかっているのだ。

そんなふうに、そっとしておくべきときを心得ている人間は多くない。たいていの人間は話好きだが、ぼくは口数が多いほうではない。心のなかのモノローグが口を突いて出ることはあまりない。〝今日は彼女、きれいだな〟と思ったとしても、なぜかそれを口に出す気にはなれない。母はおしゃべりで、マーゴもよくしゃべる。ぼくは子どもの頃から聞き役だった。というわけで、ソファーに腰を落ち着け、ひとり静かに退廃的な時間を楽しむことにした。マーゴの雑誌をめくり、テレビのチャンネルをせわしなく変え、やがて昔のモノクロのドラマを見はじめた。美人の主婦がフェドーラ帽の警官ふたりに向かって、夫はフレズノに行っていて留守だと話していた。警官は意味ありげに目と目を見交わし、うなずいた。ギルピンとボニーを思いだし、胃のむかつきを覚えた。

ポケットのなかで、プリペイドの携帯電話からスロットマシンの大当たりの音が鳴りはじめた。メールの着信音だ。

外にいるからドアを開けて

エイミー・エリオット・ダン
二〇一一年四月二十八日

——日記——

「あきらめずにがんばりつづけるのよ」とモーリーンはよく言う。それがまるで実用的な人生の戦略であるかのように、ひとつひとつの言葉を強調しながら、確信に満ちてそう口にするのを聞くと、平凡な決まり文句は言葉の羅列ではなくてリアルなものに思えてくる。なにか貴重なものに。ほんとだ、あきらめずにがんばろう、と思えてくる。

そういう中西部気質はいいものだと思う。みんな、なにごとにおいても大袈裟に騒ぎ立てたりしない。死ぬときでさえ。モーリーンはあきらめずに癌と闘いつづけ、やがて力尽きて亡くなるのだろう。

だからわたしも〝頭を低くしてやり過ごし〟ながら〝逆境を乗り切る〟ことができるようにがんばっている。モーリーンが言うような深い意味で。頭を低くして、なすべき仕事を果たしている。診察や化学療法に出かけるモーリーンを車で送ったり。ニックのお父さんの部屋の花瓶の水を換えたり。お父さんによくしてくれるように、ホームの職員にクッキーを差し入れたり。

立ち向かおうとしている逆境はかなり深刻だ。原因のほとんどはニック。病気の両親のそばで暮らすために、わたしを故郷から引き離してここに連れてきたのに、わたしにも両親にもすっかり興味をなくしてしまったみたいに見える。

ニックはお父さんをすっかり死んだものとみなしている。名前さえ呼ぼうとしない。コンフォート・ヒルから電話があるたびに、ニックはそれがお父さんの訃報ならいいと思っている。お母さんのことにしても、たった一回化学療法に付き添っただけで、自分には無理だと断言した。病院も、病人も、なかなか過ぎない時間も、糖蜜のようにのろのろと落ちる点滴も、なにもかもが大嫌いだと言った。耐えられないと。そんなふうに投げだすんじゃなく、しゃんとして〝やるべきことをやる〟ようにと説得したら、きみがやればいいと言った。だからこうしてやっている。モーリーンは、もちろん息子の罪をかぶろうとした。ある日、なかなか終わらない点滴を待つあいだ、わたしのコンピューターでロマンティック・コメディを見ながらおしゃべりに耽っていたときのことだ。元気なヒロインがソファーにつまずく場面まできたとき、モーリーンはわたしのほうを向いてこう言った。「ニックはこういうことを嫌がっているけれど、あまり責めないでやってね。わたしが甘やかしたからなのよ。だって、あの顔なんだもの！　そのせいで、苦しいことを避けるようになってしまって。でもわたしはいいのよ、エイミー。ほんとうに」

「よくないわ」

「あの子に愛を証明してもらわなくてもいいの」わたしの手を撫でながら、モーリーンは言った。「愛されてるのはわかってるから」

モーリーンの無条件の愛はすばらしいと思う。ほんとうに。だからニックのコンピューターで見つけたものの話はしないつもりだ。それは回想録の企画書で、マンハッタンの雑誌ライターが故郷のミズーリに戻り、病身の両親の世話をする、という内容だった。ニックはへんてこなものをたくさんコンピューターに保存していて、たまについつい覗き見してしまう。夫が考えていることを知るためのヒントになるかと思って。最近の検索履歴はこういった感じだった――ノワール映画に、昔働いていた雑誌社のウェブサイト、そしてミシシッピ川についての情報。この町からメキシコ湾まで流れていけるかどうか。きっと、ハック・フィンみたいにいかだでミシシッピ川を下って、それを記事にするつもりなのだろう。いつもネタを探しているから。

そうやって覗き見しているときに、企画書も見つけた。

『ふたつの生活――終わりとはじまりの回想』、X世代にあたる〝大人《マン》になれない男《・ボーイ》〟たち向けの本らしかった。ちょうど年老いた両親の介護にともなうストレスやプレッシャーを感じはじめた世代ということだ。おもな内容は——

・かつては遠い存在だった病める父を、著者が理解するようになるまで。
・気楽な若者だった著者が、家長となることを余儀なくされ、間近に迫った愛する母の死と向きあうまで。
・何不自由のない生活から遠ざけられたマンハッタン育ちの妻の怒り。ちなみに、妻はベストセラーである『アメージング・エイミー』シリーズのモデルである。

結局、企画書は完成しなかった。たぶん、かつては遠い存在だった父を理解できそうにもないことに、自分でも気づいたからだろう。〝家長〟の義務だって丸ごと投げだしているし、わたしは新しい生活に怒ってもいないし。ちょっとした不満はあるけれど、本に書き立てられるほど激怒してなどいない。ニックからは、中西部人の堅実な気質がいかにすばらしいものか、ずいぶん聞かされてきた。ストイックで、謙虚で、気取りがない、と。でも、そういう人たちが回想録のいい題材になるとは思えない。表紙のコピーはこうなりそう——〝人々はおおむね立派に生き、そして死んだ〟。

でも、やっぱりあの〝マンハッタン育ちの妻の怒り〟の部分は気にかかる。たしかに……わたしも依怙地《いこじ》になっているところはあるのかもしれない。いつでも優しいモーリーンのことを思うと、ニックとわたしは結婚すべきじゃなかったのかも、と不安になる。夫の世話とか家事に熱中できる女の人といたほうが幸せなんじゃないかと。そういうスキルを見下しているわけじゃない。自分も身に着けられればと思う。ニックのお気に入りの歯磨きペーストとか、首まわりのサイズなんかをぱっと言えるようになれればと思うし、夫の幸せこそが自分の幸せ、みたいな無条件の愛を与えられる女になりたい。

ニックと一緒になったばかりの頃はそうだった。でも長続きはしなかった。もっと献身的にならないと。ひとりっ子だからな、とニックはいつも言う。

でも努力はしている。あきらめずにがんばっている。ニックはといえば、少年時代に戻ったみたいに町をほっつきまわっている。人気者でいられたなじみの場所に戻れてうれしそうだ。体重を五キロ落として、髪型も変えて、新しいジーンズを買って、一段とすてきになった。でもそんな姿を見られるのは、あわただしく帰宅したり外出したりするときの、ほんの一瞬だ。わたしも一緒に行くと言うと、決まって、楽しくないさ、と答える。用無しになった両親を見捨てたみたいに、新しい生活に合わないからと、わたしのことも切り捨てようとしているみたいだ。わたしの居心地がいいように気を使ってくれるべきなのに、そうしてくれない。自分の楽しみばかり優先して。

もうやめよう。〝物事の明るい面〟を見なくては。文字どおり。暗くて陰気な考えからニックを引っぱりだして、明るい日の光を当ててあげないと。昔のように、彼をもっと褒めるようにしよう。ニックは褒め言葉を喜ぶから。でも、わたしにもそうしてくれればいいのに。わたしの頭は〝ニックニックニックニックニック!〟とニックのことでいっぱいだ。彼の頭のなかでは、わたしの名前なんて、一日に一度かせいぜい二度、ガラスをはじいたみたいに小さくチリンと鳴るだけで、すぐに忘れられてしまうのだろう。わたしが彼を思うのと同じぐらい、彼もわたしのことを思ってくれたらいいのに。

そう望むのはいけないこと?　それさえもうわからない。

ニック・ダン

四日後

彼女は街灯のオレンジの光のなかに立っていた。薄っぺらいサンドレスを身にまとい、髪は湿り気を帯びて波打っている。アンディ。ぼくを抱きしめようと腕を広げ、玄関に駆けこんできた。ぼくは「待った、待った、待った！」と小声で言い、抱きつかれる直前にドアを閉めた。アンディはぼくの胸に頬を押しつけ、ぼくはむきだしの背中に手をまわし、目を閉じた。安堵と恐怖の入り交じった落ち着かない気分になった。かゆみがようやくおさまったと思ったら、皮膚を掻き壊してしまったのに気づいたときのように。

ぼくには愛人がいる。こうやって愛人の存在を明かしたいま、もうぼくを好きではなくなったことだろうと思う。いままでだって好きでいてくれたかどうかはわからないが。ぼくには、きれいで若い愛人がいる。名前はアンディ。

わかっている。悪いことだ。

「もう、なんで電話くれなかったの？」頰を押しつけたままアンディが言った。

「わかってるよ、スイートハート、わかってる。想像もできないと思うけど、悪夢だったんだ。なんでここにいるとわかったんだい？」

アンディはしがみついてきた。「家は明かりが消えてたから、マーゴのうちかと思って」

こちらの行動パターンも居場所もお見通しというわけだ。付きあってもうだいぶになる。ぼくには、きれいでとびきり若い愛人がいて、そう、付きあってもうだいぶになる。

「心配したのよ、ニック。パニックだった。マディの家にいたんだけど、たまたまテレビがついていて、そしたらいきなりあなたに似た男の人が出てきて、奥さんが失踪したって話しだすじゃない。それから気づいたの、あなただって。どんなにびっくりしたかわかる？　なのに連絡もくれないなんて」

「電話したろ」

「〝なにもしゃべるな、じっとしてろ、会って話すまでなにもしゃべるな〟、あんなの命令よ。連絡をくれたうちに入らない」

「なかなかひとりになれないんだ。四六時中まわりに人がいるから。エイミーの両親やら、マーゴやら、警察やら」ぼくはアンディの髪に顔を埋めた。

「エイミー、急に消えちゃったの？」

「そうなんだ」ぼくはアンディから身を離すと、ソファーに腰を下ろした。アンディも横にすわり、脚を押しつけ、腕をこすりつけてくる。「誰かに連れ去られた」

「ニック、だいじょうぶ？」

　アンディのチョコレート色の髪が顎や鎖骨や胸に垂れかかり、そのひと房が呼吸の波に合わせて揺れている。

「いや、あまり」シーッという仕草をしてから、廊下を指さした。「妹がいるんだ」

　並んですわったまま、ふたりとも沈黙した。テレビには古い刑事ドラマが映り、フェドーラ帽の男たちが逮捕劇を演じている。アンディの手がぼくの手にもぐりこんできた。映画を見ながらのんびり夜を過ごそうとする呑気なカップルのようにもたれかかり、ぼくの顔を自分のほうに向けさせると、キスをした。

「アンディ、だめだ」ぼくは声をひそめて言った。

「だって、あなたが欲しいの」そう言ってまたキスをすると、アンディはぼくの膝にまたがった。コットンのサンドレスが膝までまくれあがり、ビーチサンダルが床に落ちた。「ニック、ほんとに心配したのよ。あなたに触れてほしいの。ずっとそればっかり考えてた。怖いのよ」

　アンディは触れ合いを好む。別に〝セックスがすべて〟を婉曲に表現しているわけではない。ハグやタッチが大好きで、しょっちゅうぼくの髪を搔きあげたり、親しみを込めて背中を撫でたりする。触れることで安心し、気持ちがなごむのだ。それに、そう、セックスも好きだ。

アンディはサンドレスの胸元をはだけ、ぼくの手を乳房に導いた。犬のように忠実な欲望が頭をもたげてくる。

〝ファックしたい〟と口に出しそうになった。〝あなたは温かい人よ〟と耳元で妻の声がした。ぼくは身体を離した。疲労のあまり、部屋が揺れているように感じる。

「ニック?」アンディの下唇はぼくの唾で濡れている。「どうしたの、問題でもあるの。エイミーのこと?」

アンディは元から子どもっぽかった。まだ二十三だから、ほんの子どもなのも当然だ。だがいまは異様なほどに子どもっぽく見える。あまりに能天気で、危険なほどに子どもっぽい。破滅を招きかねないほどに。アンディの口から妻の名前が出ると、いつもぎくりとさせられる。そういうことはたびたびあった。アンディは深夜のメロドラマのヒロインかなにかのようにエイミーを話題にするのが好きだった。敵意を抱いたりはせず、物語の登場人物だとでも思っているようだった。夫婦の暮らしやエイミーの人となりのことをしきりに知りたがった。「ニューヨークではどんなことしてたの? たとえば週末とかは?」オペラに行ったことを話したときなど、あんぐり口を開けていた。「オペラに行ったの？　彼女、どんな服だった？　ロングドレス？　ケープとかファーは？　アクセサリーと髪は？」ほかにも、エイミーの友達ってどんな人なのとか、夫婦でどんな話をするのとか、エイミーって実際はどんな人なのとか、本のなかのあの子みたいに完璧なのとか。エイミー——それはアンディのお気に入りのおとぎ話だった。

「妹が向こうの部屋にいるんだ。ここにいるのはまずいよ。いや、いてほしいけど、ほんとに来ちゃまずかったんだ。ことの成り行きがはっきりするまでは」

〝あなたは頭のいい人、あなたはウィットのある人、あなたは温かい人。ねえ、キスして！〟

膝の上のアンディは胸をはだけたままで、エアコンの風にさらされた乳首が硬くなっている。

「ね、いま肝心なのは、わたしたちがだいじょうぶだって確認することよ。それだけでいいの」温かく悩ましい身体を押しつけてくる。「それだけでいいの。お願い、ニック、わたし怖いの。わかってるわ、いまは話したくないんでしょ。それでもいい。でも……一緒にいてほしいの」

その瞬間、アンディにキスしたいと思った。初めてキスしたときのように——顔が近づき、歯と歯がぶつかりあい、髪がぼくの腕をくすぐり、舌と舌が濃密に絡みあったあの瞬間、ぼくはキスのことだけを考えていた。その心地よさ以外のことを考えるのは危険だったから。いまアンディを寝室に連れこみたい衝動を抑えているのも、それが間違ったことだからではなくて――間違いならすでにいくつも重ねている――相当に危険なことだからでしかない。

それにエイミーのこともある。そう、この五年のあいだ、この耳で聞きつづけてきたエイミーの声。妻の声。だがいま聞こえるのは、非難ではなく甘い声だった。あのたった三通の妻の手紙で、こんなにもだらしなく感傷的になってしまうのが癪だった。感傷的になる資格もない。

アンディに擦り寄られながら、この家は警察に監視されているのだろうか、そのうちドアがノックされやしないか、と考えた。ぼくには、とびきりきれいで、とびきり若い愛人がいる。

母はいつもぼくらにこう言っていた。なにかしようとするとき、それが悪いことかどうか知りたかったら、新聞沙汰になって世間に知れわたるところを想像してみなさい、と。

〝元雑誌記者のニック・ダンは、いまも二〇一〇年の解雇の傷が癒えぬまま、ノースカーセッジ短期大学でジャーナリズム論の講師として教鞭をとりはじめた。だがいい年をした既婚者であるにもかかわらず、その地位を利用し、年若い多感な学生との情熱的な情事に溺れるようになる〟

ありきたりな男。ライターにとっての最悪の恐怖だ。

さらにありきたりな話を並べて、楽しんでもらうとしようか。最初は軽い気持ちだった。誰も傷つけるつもりはなかった。気づけば深みにはまっていた。でもただの浮気じゃなかった。自尊心を満足させるためでもなかった。ぼくはアンディを愛している。本気で。

担当している講座――〝雑誌ライターになる方法〟――には、能力のまちまちな十四名の学生が出席していた。全員女の子だ。女性と呼ぶべきなのだろうが、女の子のほうが事実に則していると言えるだろう。全員が雑誌ライター志望。インクの染みだらけの新聞部員ではなく、キラキラの女子大生だった。誰もが映画を見て、カフェラテと携帯電話を手にマンハッタンを駆けまわり、タクシーに手を上げている最中にデザイナー製ハイヒールのかかとをみごとに折ってしまい、そこをキュートな無造作ヘアのすてきな男性に抱きとめられ、その彼がソウルメイトになる、などという夢を思い描いていた。自分がいかに愚かで浅はかな科目選択をしてしまったか、誰ひとりとして気づいていなかった。警告してやるために、クビになった話を聞かせるつもりだった。別に悲劇の主人公を気取りたかったわけじゃない。ごく淡々と、冗談交じりに、たいした話じゃないさ、という感じで語る心づもりだった。小説を書く時間ができたしね、と。

ところが、第一回目の講義で、尊敬のまなざしの学生たちから質問攻めにされたぼくは、すっかり気をよくしてあさましい下種《げす》男になりさがり、真実を打ち明けることができなかった。二回目の大量解雇の日、編集長のオフィスに呼ばれ、いくつものブースが並んだ通路を暗澹たる思いで歩いたことを。周囲の視線が集まるなか、刑場に向かう死刑囚のように歩きながら、ひょっとすると別の用件かもしれない、と一縷《いちる》の望みを抱いていたことも。これまで以上に社のために活躍してほしいと言われるだけかもしれない、きっとそうだ、一致団結してがんばろうと激励の言葉をかけられるだけさ、とぼくは願っていた。が、そうではなかった。上司はいかにも憔悴した顔で眼鏡の奥の瞼を揉みながらこう言った。「残念だが、来てもらった理由はわかってるね」

輝かしい成功者の気分を味わいたいばかりに、ぼくは解雇のことを学生たちに話さなかった。病気の肉親の介護が必要になって帰郷したと語った。嘘じゃない、そう、ぜんぜん嘘じゃないし、このほうがずっとかっこいい、と自分に言い聞かせていた。そのときぼくの正面一メートルほどのところにすわっていたのが、かわいいそばかす顔のアンディだった。ウェーブのかかったチョコレート色の髪、やや離れぎみのブルーの瞳、わずかに開いたふっくらとした唇、途方もなく豊かな本物の胸、ほっそりと長い脚と腕。上品で貴族的な妻とは大違いの、まるでセックス人形みたいな娘だった。

熱気とラベンダーの香りを振りまきながら、ノートパソコンにメモを取りつつ、ハスキーな声で質問をしてきた。「取材対象の信頼を得て、話を聞きだすにはどうすればいいんですか」そのときぼくはこう思った。いったい、この娘はどこから湧いてでたんだ？　ジョークかなにかか？

なぜ、と疑問に思うだろう。ぼくはエイミーを裏切ったことはなかった。バーで女に声をかけられ、いかにも親しげに触れてこられたら、さっさと退散するような男だった。浮気男じゃなかった。浮気男には感心しない（しなかった？）。不誠実で、罰当たりで、卑《いや》しい、腐ったやつらだ。誘惑に屈したことなど一度もなかった。でもそれは幸せだった頃の話だ。そんな単純なことが理由だと認めるのは癪だが、それまでずっと幸せだったのに、そうではなくなり、そこにアンディが現れて、講義のあとも教室に居残り、近頃のエイミーはさっぱり興味を示してくれなくなったぼくのことについてあれこれ尋ねてくれたのだ。自分が職を失った大ばか野郎でも、便座を下ろすのを忘れるとんまでも、なにひとつまともにできないダメ男でもなく、価値ある男になった気がした。

ある日、アンディはリンゴを持ってきてくれた。レッド・デリシャス（ふたりの情事の回想録を書くなら、タイトルはこれにしよう）。レポートに目を通してくれないかと頼まれた。セントルイスのクラブのストリッパーの人物素描とのことだったが、

《ペントハウス・フォーラム》の記事かと思うような内容で、ぼくがそれを読んでいるあいだ、アンディはリンゴを食べはじめ、唇に汁をくっつけたまま背後から覗きこんできた。なんてこった、この娘は誘惑してるらしい、とぼくは思った。年を食った《卒業》のベンジャミン・ブラドックさながら、ばかみたいに狼狽した。

ぼくは陥落した。いつしかアンディのことを逃げ場のように、降って湧いた幸運のように思いはじめた。別の選択肢のように。家に帰れば、エイミーがソファーの上で身を丸くし、無言で壁を眺めながら、だんまり比べでもするようにぼくの言葉を待ちかまえていた。今日はなにを言えばエイミーを喜ばせられるのか、延々と試されている気分になった。アンディならそんなことはしない、まるで相手のことをよく知っているかのようにぼくは思うようになった。アンディならこの冗談にウケてくれる、アンディならこの話を気に入ってくれる。気がよくて、かわいくて、巨乳で、気取りがなくて、陽気な、同じ町で育った同じアイルランド系の娘アンディ。講義中は最前列にすわり、ものやわらかで興味深げな顔でぼくを見ていてくれた。

アンディのことを思っても、ぼくの胃は痛まなかった。妻のことを考えるときは違った。居心地の悪い我が家に帰るのは気が重くてならなかった。

やがて、ことが起こるのを夢想するようになった。アンディに触れたくてたまらなくなった。そう、実際そんなふうに、一九八〇年代の駄作シングル曲の歌詞みたいな気持ちだった。アンディに触れたいだけでなく、触れ合いそのものに飢えていた。妻には拒否されていたから。家にいるエイミーは、魚のようにするりとぼくの脇をかすめてキッチンや階段へと消えた。ふたりでテレビを見るときも口をきかず、救命ボートにでも乗っているみたいにソファーにクッションをふたつ置いて離れてすわった。ベッドに入ると背を向け、毛布やシーツで仕切りを作った。ある晩、目を覚ましたぼくは、眠っているエイミーの肩紐を少しだけずらし、むきだしの肩に頬と手のひらを押しつけた。情けない思いでいっぱいになり、それきり寝つけなかった。ベッドを抜けだすと、シャワーのなかでマスターベーションをした。思い浮かべていたのは、昔のエイミーがよく見せてくれた色っぽい目つきだった。のぼりかけた月のようにとろんとしたそのまなざしを注がれると、見つめられていると実感することができたのに。ことを終えると、ぼくはバスタブのなかにうずくまり、水飛沫を浴びながら排水口を眺めた。ペニスは岸に打ち寄せられた小動物のようなみじめな姿で、左の太腿の上に垂れさがっていた。打ちひしがれたぼくは、バスタブの底で涙をこらえた。

そしてそれは起きた。四月初旬の、季節外れの吹雪の日だった。今年の四月ではなく、去年の四月だ。その夜はマーゴが母に付き添っていたので、ぼくはバーでひとり働いていた。その頃は交代で店を休み、家で母と一緒にくだらないテレビ番組を見るようにしていた。病気の進行は早く、翌年まではもたないだろうと言われていた。

その晩のぼくは悪くない気分だった。母とマーゴは家でアネット・ファニセロ主演の海辺が舞台の映画を見ながら快適に過ごしていて、店のほうも大繁盛だった。客たちはみな一日の終わりを楽しんでいるように見えた。かわいい娘たちが冴えない若者たちに愛想よくしていた。誰もがわけもなく知らない相手に酒を奢っていた。浮かれ気分だった。やがて夜も更け、閉店の時刻になり、みんな帰っていった。入口の鍵をかけようとした瞬間、アンディがドアをぱっと開けて飛びこんできて、ぼくとぶつかりそうになった。息からはかすかに甘いビールのにおいがして、髪は薪のような香りがした。ややこしいだろうから、ここで少し話を止めて、それまでひとつの場所にしか登場していなかった人間が、別の設定のなかにうまくおさまるまで待つことにしよう。〈ザ・バー〉にいるアンディ。オーケー。アンディは女海賊のような笑い声をあげ、ぼくを店の奥に押しこんだ。

「いままで、信じられないぐらい最低なデートをしてたの。一杯付きあってもらえません?」茶色い髪に雪の欠片が降りつもり、かわいらしいそばかすが燃えたち、頬は往復ビンタを張られたみたいに真っ赤に染まっていた。声もまたすてきで、話しはじめは子ガモのようにやたらとキュートなくせに、語尾はこの上なくセクシーだった。

「お願い、ニック、最悪なデートの後味を消しちゃいたいの」

ふたりで笑いあいながら、女性と一緒にいて笑い声を聞くだけでこんなにほっとするなんて、と思ったことを覚えている。アンディはジーンズとVネックのカシミアのセーターというでたちだった。ドレスよりもジーンズのほうが似合うタイプだ。顔も身体も、気取ったところがなくて、それがじつにいい。ぼくはカウンターの奥に戻り、アンディはスツールに腰を下ろして、ぼくの背後に並んだ酒瓶をしげしげと眺めた。

「なににしますか、お嬢さん」

「なにかびっくりするようなの」

「ガオーッ」そう言ったぼくの口はキスするような形になった。

「飲み物でびっくりさせてよ」アンディが前かがみになると、カウンターに押しつけられた胸が持ちあがり、谷間が露わになった。細い金鎖のペンダントを下げていて、それがセーターの胸元でゆらりと揺れた。気をつけろ、とぼくは思った。ペンダントの先にあるものを想像して鼻息を荒くしたりするな。

「どんな味がお好みかな」

「あなたが選んでくれるなら、なんでも好き」

そのひとことにぼくは参った。そのシンプルさに。ぼくのすることが女性を喜ばせられる。それもたやすく。あなたが選んでくれるなら、なんでも好き。心がふわりと軽くなるのを感じた。そのとき、自分がもうエイミーを愛していないことに気づいた。
ぼくはもう妻を愛していない。タンブラーをふたつ取るために振り返りながら、そう考えた。ほんの少しも。愛情は最後の一滴まで尽きてしまった。ぼくはお気に入りのカクテルを作った。クリスマス・モーニング。材料はホットコーヒーと冷たいペパーミント・シュナップス。ぼくも一杯付きあい、アンディがぶるっと身を震わせ、はじけるように笑うのを見て、お代わりを注いだ。ふたりで一時間ほど飲むあいだ、ぼくは〝妻〟という言葉を三回口にした。アンディを見ながら、服を脱がせるところを想像せずにはいられなかったからだ。いちおう警告はした。ぼくには妻がいる。それでかまわなければ、好きにしてくれ。

向かいにすわったアンディは、頬杖をついて、にこやかにぼくを見上げていた。

「送ってくれる？」まえにアンディは、ダウンタウン近くに家があるので、そのうち店に寄って挨拶したいと言ったことがあった。店のすぐそばだとも。ぼくの心は決まっていた。心のなかではすでに幾度も、アンディの住む平凡なレンガ造りのアパートメントまでの数ブロックを歩いていた。だからそのとき、あわただしく店を出てアンディを送っていきながら、それが常軌を逸した行動には感じられなかった。〝どうかしてるぞ、こんなことしちゃいけないぞ〟という警鐘は鳴らなかった。

降りしきる雪のなかを歩く途中、風にほどけたアンディの赤いニットのストールを一重、二重と巻きなおし、三重めにしっかり巻けたと思った瞬間、ふたりの顔が近づいた。アンディの頬はそり遊びでもしてきたようにピンクに染まっていた。百晩に一度しか起こらないようなことがその晩は重なった。ふたりの会話と、酒と、吹雪と、それからスカーフと。

ぼくらは同時に相手に抱きつき、ぼくがアンディを木に押しつけると、細い枝から雪の塊がどさっと落ちた。その予期せぬ滑稽《こっけい》な一瞬によって、相手に触れたいという欲望はなおさらかき立てられた。ぼくはどこもかしこもいっぺんに触ろうと、片手をアンディのセーターにもぐりこませ、もう片方の手を腿のあいだに這わせた。アンディは抗《あらが》わなかった。

そして歯をがちがち鳴らしながら身を離した。「うちに来て」

ぼくはためらった。

「うちに来て」とアンディは繰り返した。「一緒にいたいの」

最初のセックスは、さほどよくはなかった。ふたりのリズムはちぐはぐで、動きはぎこちなく、もう長いこと女のそこに入っていなかったぼくはあっけなく先に達し、ペニスがなかでしぼみはじめる三十秒のあいだもそのまま動きつづけ、アンディが満足するのをなんとか見届けてから、ぐったりと脱力した。

そんなわけで、悪くはなかったものの、期待外れで中途半端な結果に終わった。女の子が処女を捨てるときもそんな感じなのだろう——この程度のものだったの？　でもアンディに腕をまわされ、想像していたとおりのやわらかさを感じるのは心地よかった。ぴちぴちの肌。若いな、とぼくは不埒《ふらち》にも思い、いつもベッドに座って不機嫌そうにローションを擦りこんでいるエイミーの姿を思い浮かべた。

アンディのバスルームを借り、用を足し、鏡に映った自分の顔を眺めながら、ぼくはつぶやいた——おまえは浮気をした。男としてのごくごく基本的なテストに落第した。おまえは善人じゃない。それが気にならないことに気づき、ぼくは思った。おまえは少しも善人じゃない。

嫌な話だが、そのセックスがとてつもなくよかったなら、ぼくの過《あやま》ちはそれ一度きりで終わっていたかもしれない。でもたとえほどほどの結果だったとしても浮気をしたことに変わりはなく、そんなふうに中途半端なもののために自分の貞節を汚したと考えるわけにはいかなかった。だから次があるのはわかっていた。二度としないと誓いはしなかった。そして二度目はすばらしく、三度目はもう最高だった。アンディが万事においてエイミーとは対照的なのがじきにわかった。ぼくと笑いあい、ぼくを笑わせてくれ、すぐに突っかかってきたり、非難したりはしなかった。睨みつけたりも。気楽なたちだった。なにもかもがじつに気楽だった。ぼくは思った。愛とは、よりよき男になろうとさせるもの——たしかにそうだ。でも愛とは、本物の愛とは、ありのままの自分でいることを許してくれるものでもあるはずだ、と。

エイミーに打ち明けようとは思った。いつかはそうするつもりだった。だが、言いだせないままに数カ月が過ぎていった。そしてまた数カ月が。なによりも、怖かったからだ。話し合いをして、自分の心の裡《うち》を説明することになるのに耐えられなかった。ふたりが口を挟んでくるのは目に見えていた。でも正直なところ、それだけではなく、ランドとメアリーベスも交えて離婚の協議をするところなど想像もできなかった。ふたりがきわめて現実的な考えが頭にあったこともたしかだ。ぼくは醜悪なまでに現実的（利己的？）になることができる。離婚を切りださなかったのは、〈ザ・バー〉の購入資金をエイミーに出してもらっているからでもあった。店は基本的にエイミーのものだから、引き渡しを迫られるだろう。二年の努力がまた無駄になったと知ったマーゴが、気丈に振る舞おうとする姿を見るのはしのびなかった。だからそんなふうに恥知らずな状況をだらだらとつづけたまま、そのうちエイミーのほうから離婚を切りだしてくれれば悪者にならずにすむだろう、と考えていた。

責めを負わずに面倒から逃れようとするのは卑劣な行為だ。自分が卑劣になればなるほど、ぼくはアンディに執着した。話が新聞沙汰になって周囲に知られることになっても、アンディだけはぼくがそれほど悪者ではないとわかっていてくれるだろうから。そしてひたすら、エイミーは離婚を切りだすさ、いまみたいな生活をつづけたがるはずがない、と考えていた。だが春が過ぎ、夏が来て、さらに秋、冬と季節は移ろい、ぼくはいつしか浮気男として四季を過ごしていた。かわいらしくせっついてくる愛人がいる浮気男。なにか手を打つ必要があるのは明白だった。

「ねえ、愛してるわ、ニック」こうしてアンディが妹のソファーにすわっているのがシュールに感じられる。「なにがあっても。ほかにはなにも言ってあげられなくて。なんだか……」アンディはそう言って両手を上げた。「ばかみたい」

「そんなことないさ。ぼくもなんて言っていいかわからない。なにも言えないよ」

「なにがあっても愛してるって言ってよ」

いまはもう、その言葉を口にするわけにはいかない。これまで一度か二度、もの恋しさにアンディの首に顔を埋めてそうつぶやいたことがあった。だが問題は言葉ばかりじゃない。いまさらながら、ふたりの衝動的で軽率な情事が残した痕跡に十分配慮してこなかったことに気づいた。アンディのアパートメントに監視カメラがあれば、ぼくの姿が映っているはずだ。ふたりのあいだの連絡用にはプリペイドの携帯電話を買ったが、送ったボイスメールやテキストメールはアンディの携帯電話にしっかり保存されている。〝虜《とりこ》〟と〝おまんこ〟で脚韻を踏んだ卑猥なバレンタインのメッセージも送った。それがでかでかと新聞に載るのが目に見えるようだった。それに二十三歳のアンディのことだ、ぼくの言葉や声や写真をいくつもの電子機器に保存しているのは間違いない。いつかの晩、嫉妬と独占欲と好奇心に駆られ、アンディの携帯電話に保存された写真を覗いてみたことがある。ひとりかふたりいたらしい元彼たちがベッドで誇らしげに笑みを浮かべている写真がどっさり見つかった。自分もそのうちそこに仲間入りするんだろうと思い——そうなりたいとさえ思った——それがダウンロードされて一瞬のうちに百万もの人間にばらまかれる可能性があるとはわかっていても、なぜか懸念はしなかった。

「いまはほんとうにまずい状況なんだ、アンディ。我慢してくれ」

アンディは身を離した。「なにがあっても愛してるって言えないの？」

「愛してるさ、アンディ。ほんとに」ぼくはアンディの目を見つめた。いま愛していると言うのは危険だが、言わずにいるのも危険だ。

「じゃあ、して」アンディは囁いた。ベルトを外しにかかる。

「いまは十分に用心しないと。警察にふたりのことが知れたらほんとうにまずいんだ。まずいどころじゃない」

「それが心配なの？」

「妻が失踪して、夫には秘密の……恋人がいる。な、まずすぎるだろ。きっと疑われる」

「なんだか安っぽく聞こえるわ」アンディの胸ははだけたままだ。

「ほかの連中には、ぼくらのことはわからないさ、アンディ。安っぽい関係だと思われるだろう」

「やだ、なんか出来の悪いノワール映画みたい」

ぼくは微笑んだ。アンディにノワール映画を見せたのはぼくだ。ボガートものも、《大いなる眠り》も、《深夜の告白》も、古典は残らず。ふたりの関係でとくに気に入っているのは、こうやってアンディにものを教えてやれることだった。

「警察に言ったらどう？　そのほうが――」

「だめだ。アンディ、変な気を起こすな。やめてくれ」

「でもきっとばれるわ――」

「どうやって？　どうやってばれるんだ。誰かにふたりのことを話したのかい」

アンディは顔をこわばらせた。かわいそうなことをした。こんな夜になるなんて思ってもいなかっただろう。ぼくに会うのがうれしくてたまらず、情熱的に再会を喜び、肌を重ねあわせて安心したいと願っていただろうに、ぼくのほうは自分の身を案じてばかりいる。

「なあ、ごめんよ、ただたしかめておきたくて」

「名前は言ってないわ」

「どういう意味だい、名前はって」

「だからね」ようやく胸を隠しながらアンディは言った。「友達とか母には、付きあってる人がいるとは言ってある。でも名前は教えてない」

「どういうやつだとかも話してないよな」いやに焦った口調になった。崩れかけた天井を支えようとするような気分だ。「これはふたりだけの秘密だ、アンディ。ぼくときみとの。きみが協力してくれるなら、愛してくれてるなら、ふたり以外に漏れることはない。そしたら警察にばれることもない」

アンディはぼくの顎を指でなぞった。「じゃあもし――エイミーが見つからなかったら？」

「なにがあってもふたりは一緒だろ、アンディ。でも用心しないと。でなきゃ、最悪の場合、刑務所送りになるかもしれない」

「誰かと駆け落ちしたのかも」アンディはぼくの肩に頰を擦り寄せた。「だったら――」

アンディが乙女じみた頭を働かせて、エイミーの失踪をスキャンダラスで空疎《くうそ》なロマンスに仕立てあげているのがわかった。筋書きにそぐわない現実はそっくり無視しているにちがいない。

「駆け落ちじゃない。事態はもっと深刻なんだ」ぼくはアンディの顎に指をかけ、こちらを向かせた。「いいかい、アンディ。ほんとうに深刻に受けとめてほしいんだ」

「もちろんそうしてるわ。でも、もっとしょっちゅうあなたと話したいの。会いたいの。怖いのよ、ニック」

「いまはおとなしく様子を見ないと」そう言って、アンディの両肩をぎゅっと握り、強引に目を合わせた。「妻が失踪中なんだ、アンディ」

「でもあなた、ちっとも――」

なにを言おうとしたのかはわかったが――「あなた、ちっとも奥さんを愛してないじゃない」――アンディは賢明にも言いとどまった。

そしてぼくを抱きしめた。「ねえ、喧嘩はやめましょ。エイミーが心配なのはわかるし、不安なのもわかるわ。わたしも同じよ。想像もできないぐらいのストレスを感じてるのもわかってる。だからいままで以上に目立たないように気をつけるわ。でも、わたしもつらいの。声が聞きたいの。一日に一度でいい。都合のいいときに電話して、数秒でもいいから声を聞かせて。一日一回。毎日欠かさず。じゃないとおかしくなっちゃう。おかしくなっちゃうわ」

アンディはにっこりとして、囁いた。「ねえ、キスして」

ぼくはそっとキスをした。

「愛してる」とアンディが言い、ぼくはその首筋に唇を寄せると小声で返事をした。

明滅するテレビの光のなか、ふたりとも黙ってすわっていた。

ぼくは瞼を閉じた。「ねえ、キスして」それは誰の声だっただろう。


午前五時過ぎ、ぼくはがばっと身を起こした。マーゴが起きだして、廊下を通り、バスタブに湯を張る物音が聞こえてきた。アンディを揺りおこし――「五時だ、五時だ」――愛を誓い、電話をすると約束しながら、一夜限りのみだらな行為の相手のようにせかせかと戸口へ追い立てた。

「忘れないで、毎日電話して」アンディは小声で言った。

バスルームのドアが開く音がした。

「するよ」そう言いながら、アンディを外に送りだし、急いでドアを閉じた。

振り返ると、居間にマーゴが立っていた。仰天したように口をあんぐりと開けているが、それ以外の部分は怒りに燃えていた。手を腰にあて、眉毛を逆立てている。

「ニック。なんてばかなの」

エイミー・エリオット・ダン
二〇一一年七月二十一日

――日記――

わたし、なんてばかなんだろう。ときどき自分を見て、こう思うことがある――ニックがわたしを滑稽で、軽薄で、甘ったれだと思うのも無理はないわ、お母さんと比べたら。モーリーンはもう長くない。なのに、とびきりの笑顔とぶかぶかの刺繍入りのスウェットシャツで具合の悪さを隠し、調子はどうかと尋ねられるたびに、「ええ、だいじょうぶよ、あなたはどう?」と答えている。死期は近いけれど、まだ運命に屈してはいない。昨日の朝も電話してきて、友人たちと出かけるから一緒に来ない、とわたしを誘った。調子がいいのでなるべく外出したいのだという。わたしは二つ返事で誘いに応じた。とくに面白そうなことをしに行くわけじゃないのはわかっていたけれど。トランプのピノクルか、ブリッジか、でなければ教会で支援物資の仕分けでもするんだろう。

「十五分で迎えに行くわ、半袖を着ておいてね」とモーリーンは言った。掃除。きっと掃除だ。なにかの力仕事とか。半袖シャツを着て、きっかり十五分後に現れたモーリーンを戸口で出迎えた。髪の抜けた頭をニットキャップで隠し、友人ふたりと笑いあっていた。三人お揃いのTシャツには、アップリケやら鈴やらリボンやらがたくさんついていて、胸にはエアブラシで〝ザ・プラズママズ〟と書かれていた。

ドゥーワップのコーラスグループでもはじめたのかしら、と思った。でも、ローズの古い古いクライスラー——ベンチシートで、女性向けの煙草のにおいが染みついた、おばあさんっぽい車——に乗りこんでにぎやかに向かった先は、献血《プラズマ・ドネーション》センターだった。

「月曜日と木曜日に行ってるのよ」ローズがバックミラーでわたしを見ながら言った。「そう」とわたしは答えた。ほかにどう答えようがある？　「あら、献血曜日ね、すてき」とか？

「週に二回まで献血できるのよ」Tシャツの鈴を鳴らしながらモーリーンが言った。「初回は二十ドル、二回目は三十ドルもらえるの。それでみんな今日はご機嫌なのよ」

「楽しいわよ」とヴィッキーも言った。「すわっておしゃべりをするの。美容院みたいに」

モーリーンはわたしの腕を握り、静かに言った。「わたしはもうできないから、あなたに代わってもらおうと思って。お小遣いにもなるし。女にも少しは自分のお金があったほうがいいものね」

わたしは込みあげた怒りを呑みこんだ。わたしにはお小遣いどころじゃない財産があったのに、あなたの息子にあげたんじゃない。

駐車場には、きつすぎるデニムジャケットを着た貧相な男が野良犬のようにうろついていた。でも建物内はきれいだった。明るくて、松のようなにおいがして、壁には鳩やら靄《もや》やらが描かれた布教ポスターが貼ってあった。でもわたしには無理だった。針も。血も。どっちも苦手だ。ほかには恐怖症なんてないけれど、このふたつだけはどうしてもだめで、紙で手を切っただけで気絶してしまう。擦りむくのも、切り傷ができるのも、ピアスを開けるのも、とにかく肌に傷がつくのがだめなのだ。モーリーンの化学療法のときにも、針を刺すところはとても見ていられない。

「あら、ケイリーズ！」なかに入るとモーリーンが声をあげ、看護服らしきものを着た太っちょの黒人女性が返事をした。「あら、モーリーン！　調子はどう？」

「ええ、だいじょうぶ、元気よ、あなたはどう？」

「いつからここに通っているの？」とわたしは尋ねた。

「ずいぶんまえから。ケイリーズは人気者なのよ。針を刺すのがほんとうにうまいの。

ありがたかったわ、わたしの血管はすぐ逃げるから」モーリーンは青筋の浮いた腕を見せた。最初に会ったときのモーリーンは太っていたけれど、いまは変わってしまった。太っているほうがよかったのに。「ほら、指で押さえてみて」

わたしは奥へ案内してくれないかとケイリーズを振り返った。

「ほら、触って」

指先で触ると、血管が動くのがわかった。身体がかっと熱くなった。

「それで、こちらは新人さんね」そばにやってきたケイリーズが言った。「モーリーンたら、あなたの自慢話ばっかりするのよ。それじゃ、書類に記入して――」

「ごめんなさい、無理なの。針も血も苦手で。ひどい恐怖症なんです」

そういえば、朝からなにも食べていなかった。めまいがして、頭を支えているのがつらかった。

「ここはなにもかも清潔だし、安心していいのよ」とケイリーズが言った。

「いいえ、そうじゃないの、ほんとうに。献血はしたことがなくて。年に一度の、コレステロールかなにかの血液検査でさえ耐えられなくて、お医者さんに叱られるんです」

しかたなく、ふたりで待つことにした。ヴィッキーとローズは二時間も献血用の機械につながれていた。捕獲されたみたいだった。週に二回までしか献血できないように、紫の光を当てると浮かびあがる印を指につけられていた。

「ジェームズ・ボンドみたいでしょ」とヴィッキーが言い、みんな笑った。モーリーンはボンドのテーマ曲（らしきもの）をハミングし、ローズは指を銃の形にした。

「そこのおばあちゃんたち、いいかげんにそれやめてくれない？」四つ離れた席にいる白髪の女性が声をかけてきた。手前のリクライニングシートには、腕に青緑のタトゥーを入れ、無精ひげを生やした、いかにも献血の常連らしく見える脂ぎった三人の男が横たわっていた。女性は身体を起こして、つながれていないほうの手で中指を立ててみせた。

「メアリー！　来るのは明日じゃなかったの」

「そうなんだけど、失業手当が出るのが一週間先なのに、シリアルがひと箱とクリームコーンが一缶しかなくなっちゃって」

飢え死にの危機が愉快なことだというみたいに、みんな笑った。ときどき、そうやって絶望的な現実から目を逸らしてばかりいるこの町がたまらなくなる。気分が悪くなってきた。採血の音と、身体から機械へと長いチューブを通って吸いあげられる血液。なんだか人間が家畜みたいだった。どこを向いても、本来はそんなところにあるはずのない血が目に入った。ほとんど紫に近い、濃くて暗い色。

トイレに行って顔を洗おうと立ちあがった。二歩歩いたところで耳がきーんとなり、視界がピンホールのように狭まり、鼓動と脈が高まるのを感じた。わたしは崩れ落ちながら、「ああ、ごめんなさい」と言った。

帰り道のことはほとんど覚えていない。モーリーンはわたしをベッドに寝かしつけ、リンゴジュースとスープを枕元に運んできてくれた。ニックにも連絡をとろうとしたけれど、店にはいないとマーゴが言い、携帯電話もつながらなかった。

ニックは消えてしまった。

「子どもの頃もこんなふうだったのよ、ほっつき歩いてばかりで」とモーリーンが言った。「いちばんのお仕置きは、部屋に閉じこめることだったの」そして冷たいタオルをわたしの額にのせてくれた。息からはアスピリンのつんとするにおいがした。「しっかり休むのよ。あの子がつかまったら、帰るように言っておくから」

ニックが帰ってきたとき、わたしは眠っていた。シャワーの音で目が覚めて、時計を見たら午後十一時四分だった。結局店には顔を出したのだろう。仕事のあとはいつもシャワーを浴びて、ビールと塩辛いポップコーンのにおいを落としたがるから（彼の言い分では）。

ニックがベッドにもぐりこんできたので、目を開けて寝返りを打ったら、わたしが起きているのに戸惑ったような顔をした。

「何時間も電話してたのに」

「携帯が電池切れでさ。気絶したんだって?」

「電池切れだったんじゃないの」

言葉に詰まったニックを見て、嘘をつこうとしているのがわかった。最悪な気分。嘘をつかれるのをただ待ちかまえるだけなんて。ニックには古風なところがあって、束縛が嫌いで、自分のことを話すのも得意じゃない。一週間もまえから友達とポーカーの約束をしているのに、それを一時間前まで教えてくれない。「なあ、今晩仲間とポーカーやるつもりなんだけど、かまわないよな」とこともなげに言う。別の予定を立てていたら、わたしが悪者にされてしまう。夫のポーカーに文句を言うような妻にはなりたくない。ヘアカーラーを巻いて、麵棒を手にしたガミガミ女にはなりたくない。だから落胆を押し殺して、いいわと言う。ニックも意地悪でやっているわけじゃないのだと思う。育てられ方のせいだ。お父さんは勝手放題で、お母さんはそれをただ我慢した。そして結局離婚した。

ニックが嘘をつきはじめた。とても聞いていられない。

ニック・ダン
五日後

ぼくはドアにもたれ、妹を見つめた。できればアンディの残り香を、もうしばらくひとりで楽しんでいたかった。本人が去ったあとでその面影を思い浮かべていたかった。アンディはいつもバタースコッチの味がして、ラベンダーの香りがする。ラベンダーのシャンプー、ラベンダーのローション。ラベンダーは幸運を呼ぶのよ、とまえに言っていた。いまこそ呼んでほしい。

「あの子、何歳？」仁王立ちのままマーゴが訊いた。

「真っ先に知りたいのはそれか」

「何歳なの」

「二十三」

「二十三。すてき」

「マーゴ、頼むから――」

「ニック。自分がどんなに愚かかわかってないの。愚かでとんまよ」とんま、という子どもじみた言葉を、マーゴは十歳のぼくを相手にするように投げつけた。

「理想的な状況とはいえないさ」ぼくは小声で認めた。

「理想的な状況！　あなた……浮気してるのよ、ニック。ねえ、どうしちゃったの。あなたはずっといい人間だったのに。それか、わたしがずっと騙されてたの？」

「いや」ぼくは床に目を落とした。子どもの頃、母にソファーにすわらされ、あなたはそんなことをする子じゃないでしょ、と叱られるたびに、その同じ場所を眺めていたものだ。

「それで？　あなたは奥さんを裏切ってる、それは否定できないでしょ。まったく、父さんだって浮気はしなかったのに。あなたったら――奥さんが失踪中なのよ。エイミーが消えちゃったのよ。なのに、こんなときに小娘と――」

「マーゴ、急に歴史を修正して、エイミーの味方につく気かい。嫌ってたくせに。最初から。なのに、ことが起きてからこっち、まるで――」

「まるで、いなくなった奥さんに同情してるみたい？　そのとおりよ、ニック。心配してるわ。ほんとに。こないだ、あなたが妙だって言ったの覚えてる？　あなたの行動、まともじゃないわよ」

マーゴは親指の爪を嚙みながら、部屋のなかを行ったり来たりしはじめた。「警察に知られたらどうなるか。心配で死にそうよ、ニック。こんなに心配になったのは初めて。まだばれてないのが不思議なくらいよ。通話記録だってチェックされてるはずなのに」

「プリペイド携帯を使ってる」

マーゴは立ちどまった。「もっと悪いわよ。それじゃなんだか……用心してる感じ」

「浮気なんだから、用心はする。それは認めるよ」

マーゴは参ったというようにソファーに倒れこむと、新たな現実を受けとめはじめた。正直なところ、マーゴに知られてほっとした。

「いつから？」

「一年とちょっと」ぼくは床から視線を引きはがし、まっすぐマーゴを見た。

「一年以上も？　なのにずっと黙ってたわけ」

「止められるだろうと思って。怒ってやめさせようとするだろうって。でもやめたくなかった。エイミーとは——」

「一年以上も。ちっとも気づかなかった。八千回も酒飲み話をしたってのに、信用して打ち明けてくれなかったのね。そんなことができるって知らなかった。完璧に内緒にするなんて」

「この件だけさ」

どう信じろっていうの、というようにマーゴは肩をすくめた。「で、愛してるわけ?」そんなことありえないと決めつけるように、冗談めかしてそう言った。

「ああ。ほんとにそう思ってる。愛してた。愛してる」

「あのね、しょっちゅう会ってまともにデートしたり、一緒に暮らしたりしたら、きっとあの子もあなたに文句を言いだすわよ。気に入らない点をあげつらうわよ。ああしろこうしろって、面倒なことを命令するわよ。腹も立てるわ」

「十歳じゃないんだぜ、マーゴ。ぼくだって男と女のことは知ってる」

どうだか、というようにマーゴはまた肩をすくめた。「弁護士を雇わなきゃ。腕利きで、マスコミ対応もうまい人を。どこかのケーブルテレビの番組が嗅ぎまわってるらしいから。マスコミがあなたのことを極悪な浮気亭主に仕立てあげないようにしないと。そうなったら終わりよ」

「マーゴ、ちょっと深刻に考えすぎじゃないか」ぼくも同意見だが、マーゴの口からはっきりそう聞かされるのは耐えがたかった。だから否定せずにはいられなかった。

「深刻なのよ、ニック。電話であたってみるわ」

「どうぞお好きに、それで気がすむなら」

マーゴは二本の指でぼくのみぞおちを突いた。「そういう態度はやめなさいよ、ランス。〝まったく、女ってのはすぐ大騒ぎして〟みたいな顔は。最悪だから。あなた、ほんとにまずい状況なのよ。目を覚まして、ちょっとは自分でもなんとかしなさいよ」
　突かれた場所がシャツの下でじんじんするのを感じていると、マーゴは背を向け、ありがたいことに部屋に戻っていった。ぼくは茫然とソファーに沈みこんだ。そして立ちあがらねばと自分に言い聞かせながら身を横たえた。

　夢にはエイミーが出てきた。キッチンの床に這いつくばり、裏口に逃げようとしていたが、流れる血に視力を奪われ、遅々として進めずにいた。美しい頭はいびつに歪み、右側が陥没していた。束ねた長い髪から血を滴らせながら、苦しげにぼくの名を呼んでいた。
　目が覚めたとき、家に戻らなければと思った。その場所を――犯行現場を――見なければならない。まっすぐ向きあわなければならない。

　暑さのせいで人影は見あたらなかった。自宅の周囲は、エイミーが失踪した日と変わらずひっそりと静まり返っていた。玄関を入ると深く息を吸いこんだ。ごく新しい家なのに、なぜか幽霊屋敷のように感じられた。それもヴィクトリア時代の小説みたいなロマンティックなものではなく、ただただ薄気味の悪い、荒れ果てた家のように思えた。築三年にして、すでにいわくつきの家となったわけだ。鑑識作業の痕跡がいたるところに残っている。どこもかしこも汚れ、べたつき、染みがついている。ソファーに腰を下ろすと、誰か知らない人間のにおいがした。スパイシーなアフターシェーブ・ローションのにおい。暑さを我慢して窓を開け、空気を入れた。ブリーカーが階段を下りてきたので、抱きあげて撫でると、ゴロゴロと喉を鳴らした。警官か誰かがボウルにたっぷりエサを補充してくれていた。家中をひっくり返されたあとではあるが、ありがたい計らいだ。階段の最下段にそっとブリーカーを降ろし、寝室に上がり、シャツのボタンを外した。ベッドに身を投げ、枕に顔を埋めた。青い枕カバーは結婚記念日のあの朝、ぼんやりと眺めていたもののままだ。

電話が鳴った。マーゴだ。受話器を取った。

「《エレン・アボット・ライブ》で、正午の特別番組をやるみたいよ。エイミーを取りあげるって。あなたのことも。まずいことになりそうよ。そっちに行ったほうがいい？」

「いや、ひとりで見るよ、ありがとう」

ふたりとも口ごもった。相手が謝るのを待っている。

「わかった、あとで話しましょ」

《エレン・アボット・ライブ》は、女性の失踪や殺人事件を扱うケーブルテレビの報道番組で、被害者の人権擁護に熱心な怒れる元検察官、エレン・アボットが司会を務めている。番組がはじまり、髪をセットして唇をグロスで光らせたエレンが現れ、カメラを睨みつけた。「今日はショッキングな事件をお伝えします。『アメージング・エイミー』シリーズのモデルでもある、美しい若い女性についてです。失踪中です。家は荒らされていました。夫はランス・ニコラス・ダン、ライターの職を解雇され、現在は妻の財産で買ったバーを経営しています。どんなに妻を心配していることかって？　こちらの写真をご覧ください。エイミー・エリオット・ダンが、七月五日に失踪した際に撮影されたものです。奇しくもその日は結婚五周年の記念日でした」

記者会見の際のまぬけな笑みを浮かべたぼくの写真が映しだされた。次の一枚では、車から降りながら手を振り、美人コンテストのクイーンばりの笑顔を振りまいていた(メアリーベスに手を振り返していただけだし、笑ったのは、手を振るときのたんなる癖だ)。

極めつけは、携帯電話で撮られた例のフリートパイ女、ショーナ・ケリーとのツーショットだった。頬を寄せあい、歯を見せて笑っていた。それからショーナ・ケリー本人が画面に登場した。彫りの深い日焼けした顔にまじめくさった表情を浮かべたショーナを、エレンが全米に紹介した。全身から汗が噴きだした。

エレン――それで、ランス・ニコラス・ダンはどんな様子だったか話してくださる、ショーナ？　エイミーの捜索の際に会ったということですが、ランス・ニコラス・ダンは……どんなでした？

ショーナ――とても冷静で、愛想がよかったわ。

エレン――ちょっと待って。冷静で愛想がよかったですって？　奥さんが失踪中なのに、冷静で愛想よくいられるなんて、いったいどんな人間なのかしら。

異様な写真がまた画面に映しだされた。ふたりともいっそう楽しげな顔を浮かべている。

ショーナ――正直言って、少し馴れ馴れしかったわ……

なんでもっと優しくしておかなかったんだ、ニック。あのむかつくパイだって、食べてやればよかったんだ。

エレン――馴れ馴れしい？　奥さんが行方不明なのに、ランス・ダンは……あの、ごめんなさいね、ショーナ、でもこの写真は……胸くそ悪いとしか言えないわ。

とても潔白な男には見えない……

番組の後半はエレン・アボットの独壇場で、ぼくのアリバイが不十分だという点を執拗に攻撃した。さすがは敵意をかき立てるプロだ。「なぜランス・ニコラス・ダンには正午までのアリバイがないのでしょうか。あの朝、彼はどこにいたのでしょうか」テキサスの保安官のようなアクセントでそうまくしたてた。番組ゲストたちもあやしいと口を揃えた。

マーゴに電話すると、こう言われた。「まあ、それでも一週間は目をつけられずにいたわけよ」それからふたりで悪態をついた。ショーナのやつ、いかれたくそったれの淫乱女。

「今日は、なにかすごく役に立ちそうなことをやんなさいよ。積極的に。これからは注目を浴びることになるんだから」

「じっとしてたくても、してられないさ」

セントルイスに向かう車中で、爆発しそうになりながら、脳内で番組内容をリプレイし、質問に片っ端から答えてエレンをやりこめた。〝いいか、エレン・アボット、このクソ女、今日はエイミーのストーカーをとっちめに行ってきたんだ。デジー・コリングス。絞りあげて白状させてやったのさ〟。すっかりヒーロー気取りだった。威勢のいいテーマ曲でもあれば、それも流していただろう。労働者階級出身の好青年のこのぼくが、甘やかされた金持ちのお坊ちゃんをやっつける。マスコミは飛びつくに決まっている。偏執的なストーカーのほうが、ありふれた妻殺しよりもネタとしておいしい。少なくとも、エリオット夫妻は喜んでくれるだろう。メアリーベスに電話をしたが、留守電になっていた。とにかく進もう。

家のそばまでたどりついてみると、デジーについての認識を〝金持ち〟から〝むかつくほどの富豪〟に変更せざるをえなかった。ラデューにあるその豪邸は、五百万ドルは下らなさそうに思えた。白いレンガに黒塗りの雨戸、ガス灯、おまけにツタ。対決に備えてスーツにネクタイを締めてきていたが、こういう場所に来るなら、四百ドルのスーツよりもジーンズのほうがまだしもみじめったらしくなかった、とチャイムを鳴らしながら気づいた。家の奥から近づいてくるドレスシューズの足音が聞こえ、玄関扉は冷蔵庫のドアのように引きはがされるような音を立てて開いた。冷気があふれだしてきた。

デジーはぼくの憧れそのものの容姿をしていた。じつにハンサムで、じつに上品そうだった。目か、それとも顎の感じがそう見せるのだろうか。深くくぼんだアーモンド形の、テディベアのような瞳、両の頬にはえくぼがある。ふたりが並んでいると、間違いなくデジーのほうが善玉だと思われるだろう。

「ああ」デジーはぼくの顔を見つめながら言った。「ニックだね。ニック・ダン。いや、エイミーのこと、お気の毒に。さあ、入ってくれ」

通されたのは、インテリアデザイナーの手になると思《おぼ》しき、男性的で荘重なしつらえの居間だった。すわり心地の悪そうな黒っぽい革張りの椅子がそここに置かれている。デジーはひときわ背もたれの固そうな安楽椅子を勧めた。とっさにくつろいだ様子を装おうとしたが、どう座ってみても、小言を食らう生徒のようなしゃちほこばった体勢にしかならなかった。

デジーはぼくが押しかけてきた理由を尋ねなかった。すぐにぼくだとわかった理由も説明しなかった。もっとも近頃では、誰かからしげしげ見られたり、ひそひそ話をされたりすることはめずらしくもなくなっている。

「飲み物でも？」先に片づけてしまおう、というようにてのひらを合わせ、デジーが訊いた。

「いや、けっこう」

デジーはぼくの向かいに腰を下ろした。服は紺とクリームの二色で一分の隙もなくコーディネートされている。靴紐にさえアイロンがかけられているように見える。だがそれがよく似合っている。こちらが期待していたような、ただの気取り屋には見えない。有名な詩を引用でき、希少なスコッチを注文し、アンティークの宝石を贈って女を喜ばせることもできる、まさに紳士そのものといった印象だった。女の欲しているものを苦もなく察することができそうな男。向かいあっていると、自分のみすぼらしいスーツと粗野な物腰がやけに気になった。フットボールの話題を振って、屁でもひってやりたくなった。どうにも苦手なタイプだ。

「エイミーのことだが。なにか進展は?」とデジーが尋ねた。

なんとなく誰かに似ている気がする。俳優だろうか。

「いや、あまり」

「自宅から……連れ去られたとか。そうなのかい」

「そう、我が家から」

そのとき思いだした。こいつは捜索初日にひとりで現れ、エイミーの写真をちらちら見ていた男だ。

「捜索本部で見かけたよ。最初の日に」

「そうかい」デジーは平然と答えた。「いま言おうとしていたところさ。きみに会って、励ましたくてね」

「そいつはまた、はるばると」

「きみこそ」デジーは笑みを浮かべた。「ぼくはエイミーのことがとても好きでね。

知らせを聞いて、居てもたってもいられなかったんだ。こんなことを言うのはなんだが、ニュースを見たとき、やっぱりと思ったね」

「やっぱり？」

「やっぱり、誰かが彼女を我が物にしようとしたんだろう、とね」暖炉のそばで語らうような深みのある声でデジーは言った。「彼女には昔からそういうところがあった。我が物にしたいと思わせるようななにかが。ずっとそうだった。よく言うだろう、男が手に入れたがり、女がなりたがるような女。エイミーはまさにそれだったね」

デジーはスラックスの上で大きな手を組みあわせた。ズボンではない、スラックスだ。こちらを怒らせようと挑発しているのだろうか。ここは慎重に行かねばならない。手強い取材に臨む際の鉄則だ――ここぞというときまで攻撃は仕掛けるな。相手が墓穴を掘るのを待て。

「ずいぶんエイミーと親しかったらしいね」とぼくは訊いた。

「容姿にだけ惹かれていたわけじゃない」デジーは片膝に手をつき、視線をさまよわせた。「このことはずいぶん考えてきたんだがね。なんといっても、初恋だから。たびたび思い返してきた。ぼくはどうも物思いに耽るたちでね。考えすぎてしまう」そう言って、控えめな笑みを浮かべた。えくぼが現れる。「つまりね、こちらに好意や興味を抱いているときのエイミーは、じつに温かい態度で接してくれ、励ましてくれ、愛で包みこんでくれるだろう？　温かい風呂のように」

　ぼくは眉を吊りあげた。

「こんなこと言ってすまないが。そういうときは、自分がたいした人間に思える。生まれて初めて完璧な人間になったように思える。だが、そのうちエイミーは相手の欠点を見つけだし、結局は月並みで不完全な男でしかないと見抜いてしまう。彼女にとってこちらは現実世界でのお利口なアンディ役なわけだが、アメージング・エイミーにふさわしいお利口なアンディなど実際には存在しない。だから彼女の興味は薄れ、そうなるとこちらは自分がつまらない人間に思えてきて、バスルームの床に裸で突っ立っているみたいに寒々とした思いを味わうことになる。バスタブに戻りたいとしきりに願いながらね」

　その感じはわかる。ぼくもそのバスルームの床に何年も立ってきたのだから。だが、その感覚を別の男と共有していると思うとどうにも不快だった。

「ぼくの言う意味、わかるだろう」デジーは言うと、ウインクでもしそうににやりとぼくを見た。

　どうかしている。人の妻を風呂に喩《たと》えて、おまけにそこに入りたいだと。しかも失踪中だというのに。

　デジーの背後には光沢のある細長いサイドテーブルがあり、銀の写真立てがいくつか並べられていた。中央には、白いテニスウェアを着たハイスクール時代のデジーとエイミーの特大サイズの写真が配されている。ふたりともいかにも裕福そうで、垢《あか》ぬけていて、まるでヒッチコック映画に出てきそうに見える。十代のデジーが寄宿舎のエイミーの部屋に忍びこみ、服を床に脱ぎすて、冷たいシーツに身を横たえ、睡眠薬のカプセルを服みくだして発見されるのを待っているところを思い浮かべた。それもひとつの復讐や怒りの表現ではあるが、我が家で起きた事件とは性質が違う。警察が熱心に調べないわけだ。デジーはぼくの視線を追った。

「ああ、いや、これは大目に見てくれないか」デジーは笑みを浮かべた。「こんなに完璧な写真、捨てられると思うかい」

「ここ二十年のことは知りもしない相手なのに？」言葉が口を突いて出た。思わず攻撃的な口調になった。

「エイミーのことなら知ってる」デジーが語気を強めた。そして深呼吸をひとつした。

「知っていた。よくよく知っていたよ。手がかりはなにもないのかい。ひとつ訊きたいんだが、エイミーの父親は……来ているのかな」

「もちろん」

「それで……事件が発生したときは、ニューヨークにいたのはたしかなのかい」

「ああ、ニューヨークにいた。それがなにか？」

ちょっと気になっただけさ、というふうにデジーは肩をすくめた。互いに先に目を逸らせまいとしながら、三十秒ほど無言で向きあっていた。瞬きさえしなかった。

「じつは、なにか知らないかと思って来たんだ」

エイミーを拉致するデジーの姿をもう一度思い浮かべようとした。ひょっとして、この近くの湖畔に別荘でも所有しているのではないだろうか。この手の人種ならいかにも持っていそうだ。優雅で上品なこの男が、豪奢な地下の遊戯室にエイミーを監禁している、というのはありそうな図だろうか。レモンイエローや珊瑚色が使われた、一九六〇年代のクラブハウス風の色鮮やかな部屋。そのなかでエイミーが絨毯の上を行ったり来たりし、埃をかぶったソファーで寝ているというのはどうだろう。ボニーとギルピンがいま一緒なら、「エイミーのことなら知ってる」という、先ほどの図々しいデジーの口調を聞かせることができたのだが。

「ぼくが？」デジーは笑った。ゆとりのある笑い方だった。まさにぴったりの表現だ。

「ぼくは役には立てないな。きみの言うとおり、彼女のことは知らないし」

「いま知ってると言ったばかりだろ」

「きみほどには知らないよ」

「ハイスクール時代、エイミーのストーカーだったそうだな」

「ストーカー？　彼女は恋人だったんだよ」

「振られてからもつきまとったんだろ」

「たしかに、未練たらしくはあったかもしれない。でも常軌を逸したようなことはしていない」

「エイミーの部屋で自殺を図るのは？」

デジーは険しい目つきでぐっと頭をもたげた。返答しようと口を開きかけたが、両手に目を落とした。「なんの話かわからないね、ニック」

「あんたが妻のストーカーだったって話さ。ハイスクール時代に。いまも」

「なにを言いだすかと思えば」デジーはまた笑った。「いや参った、てっきり懸賞金の寄付でも頼みに来たのかと思ったんだが。それなら喜んで出させてもらうがね。さっきも言ったが、ぼくはずっとエイミーの幸せを願っているんだ。愛してるか？　それはない。いまの彼女をよく知っているとはいえないから。たまに手紙のやりとりをするぐらいで。でもきみがここに来るとは興味深いな。いったいどういうつもりなんだい。テレビで見たきみも、それに、こうしてここにいるきみも、悲しみと心配でいっぱいの夫には見えない。いやに……落ち着きはらっていて。ちなみに、警察にはもう話を聞かれたよ。きみの差し金じゃないのかい。それとも彼女の両親かな。聞いてないとは妙な話だな。夫には逐一知らせるはずだろうに。疑っているんでないかぎり」

胃が締めつけられた。「ここに来たのは、あんたがどんな顔でエイミーのことを話すのか、この目でたしかめたかったからだ。どうも気になる。あんた、どことなく……まともじゃない」

「あるいはきみがね」デジーは平然と答えた。

「ねえ、スイートハート?」屋敷の奥から声が聞こえ、高級そうな靴の音が居間のほうへ近づいてきた。「あの本、なんといったかしら——」

現れた女性は、エイミーをぼやけさせたような、エイミーを湯気で曇った鏡に映したような容貌をしていた。肌の色はそっくりで、顔立ちも非常によく似通っているが、年まわりは四半世紀ほど上で、そのぶん肌にも顔の各パーツにも薄布のようにわずかなたるみができている。それでもまだ美しく、上品に年を重ねようと心がけているのがわかる。身体はまるで折り紙でできているようで、肘は鋭く尖り、洋服ハンガーのような鎖骨をしている。チャイナブルーの細身のドレスを身にまとったその姿は、エイミーと同じように、同じ室内にいるとついそちらに目をやってしまうような存在感をたたえている。ぼくのほうを向くと、どこか貪欲そうな笑みを浮かべた。

「ようこそ、ジャクリーン・コリングスよ」

「母さん、こちらはエイミーのご主人のニックだよ」とデジーが言った。

「エイミー」ジャクリーンはまた微笑んだ。井戸の底から聞こえてくるような、奇妙に響く深い声をしている。「事件のことは気にしていたのよ。とてもね」そう言って、冷ややかに息子のほうを向いた。「あのすてきなエイミー・エリオットのことは、忘れようにも忘れられないものね」

「いまはエイミー・ダンです」

「そうだったわね。いろいろと大変でしょうね、ニック」そう言うと、しげしげとぼくを眺めた。「ごめんなさい、つい……エイミーがあなたみたいな……いかにもアメリカ人っぽい男性と結婚するなんて、想像もしていなかったわ」ひとりごとのような口調になり、「まあ、顎に割れ目まであるのね」

「息子さんがなにかご存じかと思って来てみたんです。昔からよく妻に手紙をくれていたそうなので」

「まあ、手紙！」ジャクリーンは腹立たしげに笑った。「なんて興味深い時間の使い方なのかしら」

「エイミーはきみにも手紙を見せていたのかい」とデジーが尋ねた。「意外だな」

「いや」ぼくはデジーに向きなおって言った。「毎回、封も切らずに捨てていたよ」

「全部？　毎回？　たしかかい」デジーは笑みを保ったまま言った。

「いっぺん、ゴミ箱から拾ってなかを読んだことがあってね」ぼくはジャクリーンのほうを向いた。「どんな内容なのかあらためようと思って」

「まあすてき」ジャクリーンはうっとりと言った。「わたしも夫にそんなことをしてもらいたいわ」

「エイミーとぼくは文通をつづけていてね」とデジーが言った。母親と同じく、自分の話を相手が聞きたがっていることを信じて疑わない口調だった。「それがふたりのやり方だったんだ。メールは……安っぽく思えてね。誰もメールなど保存したりしないだろう。どうにも人間味に欠けるせいだろうね。先が思いやられるよ。いつも思うんだが、偉大な恋文は——シモーヌ・ド・ボーヴォワールからサルトルに宛てたものや、サミュエル・クレメンスから妻のオリヴィアへ宛てたもののようなのは——もはや生まれなくなるんじゃないかと——」

「わたしの手紙もみんな保存してある？」ジャクリーンが尋ねた。暖炉の上に筋張った長い腕をもたせかけ、こちらを見下ろしている。

「もちろん」

ジャクリーンはぼくのほうを向いて、優雅に肩をすくめた。「訊いてみただけ」

寒気を覚え、暖炉のほうへ身を乗りだそうとして、いまが七月なのを思いだした。

「そんなふうに変わらぬ気持ちを持ちつづけられるというのが不思議だね。なにせ、エイミーは返事を書かなかったんだろ」

それを聞いたデジーの目が光った。内緒で仕掛けられた花火に気づいた人間のように、「ほう」とひとことだけ言った。

「わたしが不思議なのはね、ニック、デジーと奥さんとの関係の有無を、あなたがわざわざここまで聞きに来たことよ。エイミーとはうまくいってなかったのかしら？　とにかくこれだけは言えるわ。デジーは何十年もエイミーとはまともに連絡をとりあってないの。何十年も」

「はっきりさせたかっただけですよ、ジャクリーン。この目で見ないと納得がいかないこともある」

ジャクリーンは戸口のほうへ歩きだした。こちらを振り返ると、くいっと首を動かして帰れという仕草をした。

「勇ましいわね、ニック。なんでも自分でやるのね。ウッドデッキも自分で設置したのかしら？」ジャクリーンは自分の言葉に笑うと、扉を開けた。そのうなじを見ながら、なぜ真珠を着けていないのだろう、と不思議に思った。この手の女はたいてい、じゃらじゃらと幾重にも真珠のネックレスを巻いているものだ。だがその身体からは女のにおいが、なぜか卑猥なヴァギナのにおいがした。

「お会いできて興味深かったわ、ニック。エイミーが無事に戻ることを祈りましょう。それまでに、もしもデジーに用があったら」

ジャクリーンは分厚いなめらかな紙の名刺をぼくの手に握らせた。「弁護士に電話してちょうだい」

エイミー・エリオット・ダン
二〇一一年八月十七日

——日記——

なんだか夢見る十代の女の子みたいだけれど、このところ、ニックの態度を記録するようにしている。わたしに対する態度を。自分の頭がおかしいんじゃないと確認するために。ニックの愛が戻ったと思えた日には、カレンダーにハートを書きこんで、そうでない日は黒く塗りつぶしている。この一年、ほとんどずっと真っ黒だった。

でもいまは？　ハートが九日間。立てつづけに。きっとニックは、わたしがどれだけ愛していて、どれだけ不幸せだったか、気づいてくれたんだろう。心変わりしてくれたんだろう。〝心変わり〟がこんなにすてきな言いまわしだったなんて。

ここでクイズです——一年間ずっと冷淡だった夫の愛が、急に戻ってきたみたい。あなたならどうする？

（a）どれだけつらかったか訴えつづけ、さらに謝らせる。
（b）反省させるために、もう少しだけ冷たくしてみる。
（c）態度が変わった理由を詮索せず、打ち明けてくれるまで待つ。それまでは、彼が安らぎと愛を感じられるように、精一杯優しくする。それこそ結婚をうまくいかせる秘訣。
（d）なにかあったのかと問いつめる。自分の不安を鎮めるために、洗いざらい白状させる。

正解――c

せっかくの華やかな八月なのに、これ以上黒い四角には耐えられないと思っていた。でもいまはハートの連続で、ニックはまえみたいに優しく、愛情たっぷりで、わたしを笑わせてくれる。ニューヨークのお気に入りの店からとっておきのチョコレートを取り寄せてくれたし、ふざけた詩まで添えてくれた。五行戯詩を。

彼女の故郷はマンハッタン
ベッドのシーツはみなサテン

夫が足を滑らせて
ふたりの身体が絡まって
そこから先はイケナイジカン

この詩みたいに、ふたりのセックスライフがお気楽な感じだったら、もっと楽しいのに。でも先週のあれは……ファック？　交わり？　〝性行為〟よりはロマンティックだけど、〝愛を交わす〟ほど甘ったるくはない感じ。ニックは仕事から帰ってきて、わたしの唇にキスをして、わたしがちゃんとそこにいるように触れてくれた。もう泣きそうだった。ずっと寂しかったから。夫から唇にキスされるのが、こんなに贅沢なことだったなんて。

ほかにはなにがあったっけ？　子どもの頃よく行った池まで泳ぎに連れていってくれた。幼いニックがそこらじゅうを駆けまわるところが目に浮かんだ。日焼け止めを嫌がるものだから（いまもそうだけど）顔も肩も真っ赤になっていて、そんなニックをモーリーンが追いかけて、あちこちにローションを擦りこんでいるところも。

念願かなって、少年時代の思い出の場所めぐりにも連れていってもらった。川べりに立ったとき、風で髪がくしゃくしゃになったわたしにニックがキスをしてくれた（「この世でいちばん見ていたいものは、きみとこの川なんだ」と耳元で囁いてくれた)。クラブハウスごっこをしたという公園の小さなかわいい砦《とりで》のなかでもキスをした(「ずっとここに恋人を連れてきたかったんだ。完璧な恋人を。それがかなったよ」と耳元で囁いてくれた)。モールが閉鎖される二日前には、メリーゴーラウンドのウサギに並んで乗って、まわりに響きわたるぐらいの大声で笑いあった。

お気に入りのアイスクリーム屋でサンデーも食べさせてくれた。朝のうちに行ったから、ほかには誰もいなくて、あたりには甘い香りがまとわりつくように漂っていた。ニックはわたしにキスをして、昔何度もここでデートに失敗したんだと打ち明けてくれた。ハイスクール時代の自分に、いつか理想の女性を連れてここに来ることを教えてやりたいよ、と言ってくれた。アイスクリームを食べすぎて、家までふらつきながら帰って、ベッドに倒れこんだ。ニックがわたしのおなかを撫でてくれて、ふたりでそのままお昼寝をした。

もちろん、心配性のわたしは問いかけている——なにが目的なの、と。ニックの変身はあまりにも唐突で仰々しくて、まるで……まるでなにかを狙っているみたい。それとも、なにかをやってしまって、それがばれたときのために優しくしているとか。不安になる。先週、ふたりの生活や結婚関連の書類を詰めこんである分厚いファイルボックス(幸せな頃にわたしが精一杯きれいな筆記体で書いた〝ダン夫妻!〟という文字が目印)をニックが引っかきまわしているところを見かけた。店を第二抵当に入れたいとか、生命保険を担保に借金したいとか、三十年は寝かせておくはずの株式を売りたいと言われたりしたらどうしよう。問題がないかどうかたしかめたかっただけさ、とニックは言っていたけれど、あわてていた。バブルガムアイスを食べている最中に、ニックがわたしを見てこう言ったりしたら、心が張りさけてしまうだろう――「なあ、第二抵当ってのはさ……」。

書いてしまって、すっきりしたかった。読み返してみると、ばかげていることがわかる。心配性で、臆病で、疑い深いわたし。

そういう自分の短所のせいで、結婚を台無しにしたくはない。夫はわたしを愛してる。愛してくれていて、元に戻ってくれて、だからこんなに優しくしてくれるのだ。それだけだ。

こう考えることにしよう――わたしの人生が、やっと帰ってきてくれた。

ニック・ダン
五日後

デジーの屋敷を出て、熱気渦巻く車内にすわって窓を下ろすと、電話をチェックした。ギルピンからのメッセージが一件――「やあニック。今日は時間を作ってもらう必要がある。二、三報告があるのと、訊きたいこともあってね。きみの家で午後四時に会おう、いいね。それじゃ……どうも」。

命令されたのはこれが初めてだった。〝できれば〟でも〝もしよければ〟でも〝さしつかえなければ〟でもない。〝必要がある〟に〝会おう〟……

時計に目をやった。午後三時。遅れないほうがいい。

夏の航空ショーが三日後に迫っていた。編隊を組んだジェット機やプロペラ機がミシシッピ川上空で曲技飛行を披露し、蒸気船をすれすれにかすめて飛んで、観光客たちの歯を震わせる。ギルピンとボニーが到着したときには、予行演習の真っ最中だった。事件当日以降、三人が居間で顔を合わせるのはこれが初めてだった。

我が家は飛行ルートの真下にあり、工事現場のドリルと雪崩《なだれ》を足して二で割ったような騒音に包まれていた。三人とも、轟音の合間に無理やり会話を挿入しなければならなかった。ボニーはいつにもまして鳥じみて見え、巣材を探すカササギさながら、両脚を交互にさすりつつ、しきりに首をまわして、家具や部屋の隅に視線を注いではキラリと目を光らせていた。ギルピンはその横で唇を噛み、かかとで床を鳴らしていた。部屋そのものが落ち着かなく感じられた。午後の日差しが宙に舞う細かな埃を照らしだしている。ジェット機が空をつんざくような爆音をあげながら家の真上を通過した。

「それじゃ、一、二、三いいかしら」静寂が戻ると、ボニーが口を開いた。ふたりは急に長居を決めたように腰を下ろした。「確認事項と報告事項がいくつかあるの。どれも形式的なものだけど。まえと同じように、弁護士を呼びたければ――」

だがドラマや映画で見るかぎり、弁護士を呼ぶのはやましいことのある人間と決まっている。心を痛め、妻を案じる、誠実で潔白な夫なら呼ばない。

「いやけっこう、どうも。じつは知らせたいことがあって。ハイスクール時代にエイミーと付きあっていた元ストーカーのことで」

「デジー――ええと、コリンズだね」ギルピンが答えた。

「コリングス。事情聴取はすんでいて、それでもなぜか関心が薄いようなので、今日会いに行ってきたんです。あやしい点がないかたしかめようと思って。どうも妙だった。やつを調べるべきだと思いますよ。本格的に。セントルイスに越してきたのも――」

「きみたちがこっちに来る三年前のことだそうだ」

「へえ、でもセントルイスにはいるわけだ。車ですぐのところに。エイミーが銃を買おうとしたのは、やつにおびえて――」

「デジーは問題ないわ、ニック。いい人よ。そうじゃない？　じつは、あなたと似てる気がするの。大事に大事にされた末っ子っぽいところが」

「ぼくは双子だ。末っ子じゃない。実際、三分先に生まれてきたんだ」

ボニーがぼくを怒らせようと挑発していることは明らかだが、そうとわかっていても、末っ子と皮肉られると、腹に血が押し寄せるような怒りをこらえることができなかった。

「とにかく」とギルピンが口を挟んだ。「デジーも母親も、彼はエイミーのストーカーなんかじゃなかったと断言しているし、たまに手紙を書くぐらいで、長いことまともに連絡をとりあっていなかったと言っている」

「妻に訊いたらそうは言わないでしょう。やつは何年も――何十年も――まえからエイミーに手紙を送っていたし、捜索本部にも現れたんだ。知ってました？　捜索の初日にこっちに来ていた。捜査に首を突っこむやつには目を光らせておくって話だったはずじゃ――」

「デジー・コリングスは容疑者じゃないわ」ボニーは重ねて言った。

その宣告はこたえた。《エレン・アボット・ライブ》に感化されたんだろう、と責め立てたかったが、番組のことを持ちだすのは得策ではない。

「オーケー、なら、情報提供の電話をかけてきた不審者たちはどうなんだ」ぼくはダイニングテーブルの前まで行き、無造作に置かれた人名と電話番号のリストをひっつかんだ。そして名前を読みあげていった。「捜査に首を突っこんできた連中――デヴィッド・サムソン、マーフィー・クラーク――こいつらは元彼だ――トミー・オハラ、トミー・オハラ、トミー・オハラ――こいつは三回も――ティト・プエンテ――これはただのいたずらだろうな」

「誰かに電話をかけてみた？」ボニーが訊いた。

「いや。それはそっちの仕事でしょう。ぼくには要注意人物といかれたやつらの区別はつかない。ティト・プエンテなんて偽名を使ってくるまぬけに電話してる暇なんかないんだ」

「情報提供の電話はあまり重要視してないのよ、ニック。きりがないから。あなたの昔の彼女からもわんさとかかってきてるわ。挨拶したいからとか。あなたの様子が気になるからとか。人っておかしなものよね」

「そろそろ質問をはじめようか」とギルピンが促した。

「そうね。それじゃ、奥さんが失踪した日の朝のあなたの居場所のことからはじめさせてもらっていいかしら」ボニーはふいに恐縮したような慇懃な口調になった。〝良い警官〟役を演じているのだろう。わかっている。あるいは実際にぼくの味方なのか。刑事が味方してくれることだって、なくはないはずだ。だろう？

「だから、ビーチにいました」

「誰かに見られてないか、まだ思いだせない？　この件をさっさとリストから外せたら、すごく助かるんだけど」ボニーは気遣うような顔で口をつぐんだ。沈黙するだけでなく、まるでタコが墨を吐くように、思うままに場の空気を操っている。

「ほんとうなんだ、ぼくも思いだしたいと思ってるんです。でも無理だ。誰も思いあたらない」

ボニーは気遣わしげな笑みを作った。「ちなみに、二、三の人にあなたがビーチにいたはずだと言ってみたら、おかしなことに、みんな……そう、驚いていたわ。あなたはそんなことしそうにないって言ってた。ビーチ好きとは思えないって」

ぼくは肩をすくめた。「そりゃ、ビーチに行って日がな一日寝そべっているかといえば、そういうわけじゃない。でも朝コーヒーを飲みに行くぐらいはしますよ」

「そうよ、それでわかるかも」ボニーがぱっと声を明るくした。「あの朝、どこでコーヒーを買ったの？」そう言って、同意を求めるようにギルピンのほうを向いた。

「それがわかれば、少しは空白の時間帯をせばめられるかもしれないわ」

「うちで作ったので」

「そう」ボニーは顔を曇らせた。「それは妙ね。だって、ここにはコーヒーがないでしょ。家中どこにも。変わってるなと思ったもの。カフェイン中毒だと、そういうことについ目が行っちゃうのよね」

いかにもたまたま気づいたような口ぶりだ。〝彼女はおまわりのボニー……彼女の罠は見え見えで、いんちきなのがばればれさ……〟。

「冷蔵庫にあった飲み残しのカップを温めなおしたんですよ」たいした話じゃないだろ、というようにまた肩をすくめてみせた。

「へえ。かなり長いこと入ってたんじゃない。ゴミ箱にはコーヒーの容器なんてなかったから」

「ほんの二、三日。十分飲めますよ」

笑みを浮かべて見つめあった。腹の探りあい。ゲーム開始だ。そんなくだらない言葉を実際に頭に浮かべた。ゲーム開始。それでも、ある意味ではありがたかった。これでようやく次の段階に進める。

　ボニーは膝に手を当て、ギルピンのほうにうなずいてみせた。ギルピンはなおも唇を嚙みつづけていたが、やがて片づけられた居間に置かれたオットマンやサイドテーブルを順に指さしていった。「いいかなニック、ちょっとした問題があるんだ。われわれは家宅侵入の現場を何十箇所も見てきたんだが――」

「何十箇所も、何十箇所も、何十箇所もね」とボニーが口を挟んだ。

「たくさんの現場をね。居間のこのあたりの様子を覚えているかね。オットマンはひっくり返り、テーブルは横倒しで、花瓶が床に落ちていた」ギルピンは一枚の現場写真を無造作に目の前に置いた。「このあたり一面は、争った跡のように見えるだろう」

　頭が膨張し、ぺしゃんと元に戻ったように感じた。落ち着くんだ。「見える？」

「妙なんだ。見た瞬間に思ったんだがね、正直、どれも細工されたものに思えるんだ。なにより、この場所にだけかたまっているのがおかしい。なぜこの部屋だけが荒らされているんだろう。不思議でね」もう一枚、大写しの写真が差しだされた。「それと、この本の山を見てくれ。これはサイドテーブルの前に落ちるはずだろ。このテーブルの上に並んでいたんだよな」

　ぼくはうなずいた。

「だから、サイドテーブルが倒されたとき、倒れた方向を考えると、ほとんどの本はテーブルの前に落ちなきゃおかしい。なのに後ろに落ちているんだ。まるで誰かがテーブルを倒すまえに本を払い落としたみたいに」

ぼくは無言で写真を見下ろした。

「こっちも見てくれ。これがじつに興味深いんだ」ギルピンは話をつづけ、暖炉の上に並んだ三台の華奢なアンティークの写真立てを指さした。激しく足を踏みならすと、写真立ては残らず前に倒れた。「なぜかこいつらだけが立ったままだったんだ」

ギルピンはその様子をとらえた写真を見せた。〈ヒューストンズ〉のディナーの件での失言には気づかれたものの、ふたりともたいした刑事ではあるまいとたかをくくっていた。映画によく出てくる、物知らずの田舎者で、愛想ばかりよく、「あんたが言うなら信じるよ、兄弟」と町の人間を信用しきっているような刑事だろうと。そうはいかなかった。

「なにを言わせたいんです」ぼくはもごもごと言った。「まったくもって――どう考えればいいのかさっぱりわからない。ぼくはとにかく妻に戻ってほしいだけだ」

「わたしたちも同じよ、ニック。でも、まだあるの。このオットマンのことだけど、完全に逆さまになっていたでしょ」ボニーはずんぐりとしたオットマンをぽんと叩き、三センチほどの長さしかない四本の脚を指さした。「ほら、脚が短いから重心が低いでしょ。クッションがほとんど床につきそうなぐらい。ちょっとひっくり返してみて」ぼくは躊躇《ちゅうちょ》した。「ほら、やってみて」ボニーが急かした。

押してみたが、倒れずに絨毯の上を滑るばかりだった。ぼくはうなずいた。たしかに重心が低い。

「もっと真剣に、なんならひざまずいて、それを逆さにしてみてよ」ボニーが指図した。

ぼくはひざまずくと、押す場所をだんだん低くしていき、最後にはオットマンの底に手を入れてひっくり返した。だがそれでも片側に傾いて起きあがってしまい、元の向きに戻ってしまう。しかたなく、丸ごと持ちあげ、逆さに向けて置いた。

「ね、変でしょ」そう言いながら、ボニーはたいして不思議そうでもない。

「ニック、奥さんが失踪した日、掃除はしたかい」ギルピンが訊いた。

「いえ」

「そうか、じつは鑑識がルミノール検査をやったんだがね、言いづらいんだが、キッチンの床から反応が出た。かなりの量の出血があったようだ」

「エイミーと同じB型のRh＋でね」ボニーが割って入った。「ちっちゃな切り傷どころじゃない、本格的な出血なのよ」

「そんなまさか」みぞおちに熱い塊が込みあげた。「でも――」

「ああ、だから仮説を立てるなら、奥さんはこの居間から逃れ、入口に置かれたテーブルの小物類を落っことすことなくキッチンのなかまでたどりついてそこで倒れ、大量に出血した、ということになる」

「そして誰かがそれを念入りに拭きとった」ボニーがぼくを見据えたまま言った。

「ちょっと待ってくれ。なんだって血を隠しておいて、居間のほうをわざと荒らす必要が――」

「それはこちらで調べるから、心配しないで、ニック」ボニーが静かに言った。

「納得できない、ぼくにはさっぱり――」

「すわりましょう」ボニーはダイニングの椅子を指さした。「なにか食べる？ サンドイッチでもどう？」

ぼくは首を振った。ボニーは二種類の女の役を交互に演じている。きつい女と、世話好きの甘い女とを。どちらが効果的か見極めようとしている。

「結婚生活はどう、ニック。ほら、五年っていえば、七年目の浮気もそう先の話じゃないし」

「結婚生活はうまくいってました」ぼくは言いなおした。「いってます。完璧じゃないが、順調ですよ」

嘘ばっかり、というようにボニーは鼻に皺を寄せた。

「駆け落ちでもしたとか？」期待するような声になった。「現場を偽装して、逃げたってことですか？ 出奔《しゅっぽん》ってやつだと？」

ボニーはその可能性がない理由を挙げていった。「携帯を使っていないし、クレジットカードやATMのカードも使ってないわ。ここ数週間にまとまった金額を引きだしてもいないし」

「それに血のこともある」ギルピンが言い添えた。「これも言いにくいんだが、出血の量が半端じゃない。あれはかなりの……いや、わたしなら自分でやるのは無理だね。かなり深い傷のはずだから。奥さんは神経が太いほうかね？」

「ええ、それは」エイミーは極度の血液恐怖症だが、それは優秀な刑事たちが嗅ぎつけるまで言う必要はない。

「だが、どうにも考えにくいね。そんなに深い傷まで作ったなら、なぜそれを拭きとる必要がある？」

「だからお願い、正直に言って、ニック」ボニーは床を見つめているぼくと目を合わせようとしゃがみこんだ。「最近、夫婦仲はどうだったの。わたしたちはあなたの味方だけど、真実を知る必要があるの。隠し事をするのがなによりまずいのよ」

「たまに衝突するぐらいは」最後の夜、寝室にいたときのエイミーの姿を思い浮かべた。顔には怒ると現れる蜂の巣のような赤い斑点が浮いていた。意地の悪い、手厳しい言葉をぼくにぶつけ、ぼくは黙って聞きながら、それを受けとめようとしていた。エイミーの言葉はどれも、内容的には真実だったから。

「衝突ってどんな」とボニーが訊いた。

「これといった理由はなくて、ちょっとしたいざこざ程度のことですよ。エイミーはたまに爆発することがあるので。些細な不満を溜めこんで、ドカーン！　となるが、でもそのあとはけろっとしたものでね。喧嘩したままベッドに入ることはなかった」

「水曜の夜も？」とボニーが訊いた。

「ええ」嘘だ。

「喧嘩の原因は、おもにお金のこと？」

「原因なんて思いだせないな。つまらないことばかりですよ」

「失踪の前夜はなにが原因だったんだい」ギルピンはとてつもなく鮮やかな王手をかけたかのように、横目でにやりとしてみせた。

「まえにも話したとおり、ロブスターのことです」

「ほかには？　ロブスターのことだけで一時間もわめきたてやしないだろう」

　ブリーカーが階段の途中まで下りてきて、手すりの隙間からこちらをうかがった。

「ごく日常的な内容ですよ。夫婦にはつきものの。猫のトイレとか」とぼくは言った。

「猫のトイレの掃除をどっちがやるか」

「猫のトイレのことで怒鳴り合いにまでなったってこと？」

「その、どういうルールにするか、って話ですよ。ぼくは一日何時間も働いているが、エイミーは家にいる。それに、基本的な家事はできたほうが彼女にもいいと思って。

簡単な掃除ぐらいは」

　ギルピンは昼寝から起こされた病人のようにぴくりと身を震わせた。「きみは古いタイプなんだな。いつも女房に言うんだ、〝アイロンのかけ方なんぞ知るか、皿洗いもできん。料理も無理だ。だからな、スイートハート、おれは悪いやつらをつかまえるから、たまに洗濯機に服を放りこむぐらいはやってくれよ〟とね。ロンダ、結婚してたとき、うちで家事はやってたのかい」

　ボニーは見るからに嫌そうな顔をした。「ばかね、わたしも悪いやつらをつかまえてるのよ」

　ギルピンはぼくに目をむいてみせた。「誰かさんはアレの最中のようだな」と冗談さえ言いそうだ。やけに話を引っぱろうとしている。

　ギルピンはキツネを思わせる顎を揉んだ。「つまり、きみは主婦が欲しかったというわけだ」よくわかる、というような口ぶりだ。

「ぼくは――ぼくはエイミーの好きなようにやればいいと思っていた。とくにこだわってはいないですよ」ボニーにそう訴えた。ボニーの見せる同情のほうがまだしも本物らしく見える（いや、そんなことはない、と自分に言い聞かせた）。「エイミーはこの町でどう暮らすか決めかねていたんです。仕事も見つからず、店にも興味がなかったから。〝いいじゃないか、家にいたいなら、それはそれで〟とぼくは言ってました。

でも家にいればいるで、不満だったようで。ぼくにそれをなんとかしてほしがっていた。ぼくには彼女の幸せに責任がある、というふうに」

ボニーは水面のように無表情のまま黙っていた。

「それにほら、ヒーロー役だとか白馬の王子役ってのは、しばらくは楽しいですが、ずっとつづけられるもんじゃない。ぼくには彼女を幸せにすることはできなかった。自分でそうなろうとしないから。だから、少しは実用的な用事を任せてみればいいかと思って——」

「猫のトイレとか」とボニーが言った。

「そう、猫のトイレの掃除とか、買い物とか、配管工を呼んで大嫌いな水漏れを直してもらうとか」

「ワーオ、たいした幸せプランね。げんなりだわ」

「いや、ぼくが言いたいのは、なにかしろ、ってことなんだ。なんでもいいからやってくれよと。現状を最大限に活かして。ただすわって、ぼくがなにもかもお膳立てするのを待っているだけじゃなく」気づけば声を張りあげ、むきになって自分の正しさを主張するような口調になっていたが、それでやけにすっきりした。猫のトイレという嘘から話をはじめたが、最後には意外にも本音を激白することになった。犯罪者たちがついしゃべりすぎる理由がふと理解できた。罵《ののし》ることもなく、こちらの側に立って（いや、立っているふりをして）言い分を聞いてくれる他人に打ち明け話をするのは、じつに快感だからだ。

「ところで、ミズーリに戻ったのは、エイミーの反対を押し切る形だったの？」

「反対を押し切る？　いや。やるべきことをやったんです。ぼくは失業中で、エイミーも同じで、母が病気になった。エイミーのためにだって、同じことをしますよ」

「立派なお言葉ね」ボニーがぼそっと言った。それがエイミーにそっくりだった。絶妙にひそめた声で痛烈な言葉を言い返すので、聞こえた気はするのだが、確信は持てない。それで求められているとおりに「なんて言ったんだい」と聞き返すと、答えは決まって「なにも」なのだった。ぼくは無言でボニーを睨みつけ、こう考えた。これも作戦の一部で、不満たらたらの不機嫌な女に対して、ぼくがどう反応するかを見ているのかもしれない。つとめて笑みを浮かべたが、ボニーはますます不快げな顔になった。

「それで、エイミーが働こうが働くまいが、問題じゃないぐらいに金銭的な余裕はあるわけかい」ギルピンが尋ねた。

「近頃は金の問題があるにはありましたね。結婚当初は、エイミーはとてつもなく裕福だったんですが」

「ああ、『アメージング・エイミー』シリーズのおかげね」とボニーが言った。

「そう、両親が八〇年代から九〇年代に巨万の富を築いたので。でもシリーズももう寿命だということで、出版社から切られてしまって。それでなにもかもうまくいかなくなった。ぼくらから金を借りて、なんとか借金を返済できたぐらいで」

「あなたの奥さんから、よね」

「ええ、まあ。それから店を買うのにエイミーの信託財産の残りをはたいてもらい、それ以降はぼくが家計を支えてるってわけです」

「つまり、結婚したときのエイミーは非常に裕福だったわけだ」とギルピンが言った。ぼくはうなずいた。内心、感動的なストーリーを組み立てていた——妻の両親が見る影もなく没落していくあいだも、変わらず妻に寄り添いつづけた夫。

「じゃあ、優雅な暮らしだったわけだね」

「ええ、最高にすばらしかったですね」

「その奥さんがいまは文無しも同然で、きみは結婚当初とは大違いの生活を強いられているわけだ。期待外れの」

どうやら完全に的外れなストーリーを思い描いていたらしい。

「というのも、じつは、きみの経済状態を調べてみたんだがね、ニック、いささかまずい状況のようだから」ギルピンは非難ではなく心配しているんだという顔で切りだした。

「店はそこそこうまくいってますよ。商売をはじめて黒字が出せるようになるまで、

三、四年はかかるもんですしね」
「気になったのは、クレジットカードのことなのよ。二十一万二千ドルの借金があるでしょ。正直、たまげたわよ」とボニーは言いながら、請求書の束をぼくに向かって振った。

両親はクレジットカードを極度に警戒していた。特別な理由があるときしか使わず、毎月かならず支払いをすませていた。〝払えないものは買わない〟がダン家のモットーだった。

「そんなはずは……少なくともぼくは知らないし、エイミーだって……ちょっと見せてもらえます？」口ごもりながらそう言ったとき、爆撃機が地上をかすめ、窓ガラスを震わせた。暖炉の上の植物からきれいな紫色の葉が五枚、ぽろりと落ちた。脳を揺さぶる轟音に十秒ほど沈黙を強いられているあいだ、三人ともはらはらと落ちつづける葉を眺めていた。

「ここで激しい争いがあったことになってるってのに、花びらひとつ落ちていなかったのはどういうことだろうな」ギルピンが気に入らなげな声でつぶやいた。

ボニーから請求書を受けとると、そこにはぼくの名前ばかりが何通りもの表記で書かれていた。ニック・ダン、ランス・ダン、ランス・N・ダン、ランス・ニコラス・ダン。十二種類のカードのもので、請求額は六十二ドル七十八セントから四万五千六百二ドル三十三セントのものまであり、どれも支払いが滞っていて、上部には剣呑な字体で〝直ちに支払いを〟という簡潔な脅し文句が印刷されている。

「なんなんだ！　こんなの、なりすましかなにかだ！　ぼくが買ったんじゃない。だいいち、これなんか見てください、ぼくはゴルフはやらない」何者かによって、ゴルフクラブのセットが七千ドルで購入されている。「みんなに訊いてくれればいい、ぼくがゴルフなんてやるわけがない」なるべく謙虚に言ってみた。でもうまくはいかず、刑事たちの気を引くことはできなかった。

「ノエル・ホーソーンのことだけど。あなたが調べてみろって言ってたエイミーの友人の」

「ちょっと待った、請求書の話が終わってない。こんなの身に覚えがない。冗談じゃなく、頼むから、ちゃんとたしかめてください」

「たしかめるわ、心配しないで」ボニーが無表情に言った。「それで、ノエル・ホーソーンのことだけど」

「ああ。エイミーのことで悲嘆に暮れて、そこらじゅうで大騒ぎしているもんだから、調べてみてほしいと言ったんですよ」

　ボニーは眉を吊りあげた。「それが気に入らないわけ」

「いや、まえにも言ったように、嘆き悲しみ方が少々尋常じゃないので。わざとらしいというか、大袈裟というか。注目されたがっているのか。少々危ない感じで」

「ノエルから聞いたんだけど、奥さんは結婚生活のことですごく悩んでいたって。とくにお金のことで、あなたが自分の財産目当てで結婚したんじゃないかと気にしてたって。あなたが癇癪持ちなのも心配してたそうよ」

「なんだってノエルがそんなことを？　エイミーと交わした言葉なんてせいぜい五語がいいところなのに」

「それは妙ね。ホーソーン家の居間は、ノエルと奥さんが一緒の写真だらけなのよ」

ボニーは眉をひそめた。ぼくもそうした。正真正銘、本物のふたりの写真なのか？

ボニーは言葉をつづけた。「去年の十月にセントルイスの動物園で撮られたものとか、三つ子と一緒のピクニックのものとか、つい先月、六月の週末に撮られたカヌー遊びのものもあるわ」

「ここに越してきて以来、エイミーからノエルの名前を聞かされたことなんて、ただの一度もない。たしかです」六月の記憶を探り、自分がある週末にアンディと出かけ、それをエイミーに仲間たちとセントルイスに遊びに行くと告げたことを思いだした。帰宅すると、エイミーは顔を真っ赤にして怒っていて、週末なのにくだらないケーブルテレビの番組を見るか、桟橋で退屈な本を読むしかすることがなかった、としきりに愚痴った。なのに、実際はカヌー遊びをしていた？　ありえない。そういうかにも中西部臭い遊びを――カヌーにつないだ冷却容器のなかに浮かんだビールも、騒々しい音楽も、酔っぱらった男子学生たちも、ゲロだらけのキャンプ場も――なにより嫌悪しているのだから。「写っているのは、たしかに妻なんですか」

本気なのかこいつ、という顔で刑事たちは目配せを交わした。

「ニック、写真の女性は奥さんそっくりだし、三児の母で奥さんの親友でもあるノエル・ホーソーンもそうだと言っているわけだし、それを疑う理由はどこにもないわ」

「そして、ノエルによれば、こう言っちゃなんだが、きみは金目当てに奥さんと結婚した」

「いや、まじめな話、いまどきコンピューターで写真の加工をするなんて、誰にでもできるでしょう」

「ふん、それじゃ、ほんの数分前まではデジー・コリングスが関与してると言ってたくせに、今度はノエル・ホーソーンがあやしいと言いだすわけかい。それじゃまるで、誰彼かまわず罪を着せようとしているみたいだな」

「自分以外の？　そりゃそうだ。いいですか、ぼくは金目当てでエイミーと結婚したんじゃない。エイミーの両親にもっとよく話を聞いてみてください。ふたりならぼくをよく知ってる。ぼくがどういう人間か」なにひとつ知っちゃいない、と考えると、胃が締めつけられた。ボニーはぼくをじっと見つめている。どこか同情するような顔に見える。ギルピンは話を聞いている様子すらない。

「奥さんの生命保険金の額を百二十万ドルに上げているね」ギルピンはわざとらしい憔悴の表情を浮かべて言った。ご丁寧に細長い顔を手で覆ってみせる。

「エイミーがやったんだ！」ぼくは呟きこむように言った。刑事たちはぼくの顔を眺めながら黙っている。「いや、手続きをしたのはぼくだが、言いだしたのはエイミーなんです。どうしてもそうしたいと言って。正直ぼくはどうでもよかった。エイミーが自分の収入がなくなったから、そうしたほうが安心できるとか、そのほうがかしこい選択だとか言って。いや、わからない、ほんとうはなぜそんなことを望んだのか。ぼくが頼んだわけじゃない」

「二カ月前、誰かがあなたのノートパソコンで検索をしてるの」ボニーが話をつづけた。「検索ワードは〝人体　流れ　ミシシッピ川〟。どういうことかしら」

深々と二回息を吸いこみ、そのあいだの九秒間で気を落ち着けた。

「ああ、それはただの本の企画ですよ。本を書こうと考えていて」

「へえ」とボニーが答えた。

「いいですか、たぶんこういうことなんだ。ニュース番組やなんかでは、妻殺しの犯人は悪逆非道な夫と決まってる。だから、みんなそういう色眼鏡でぼくのことを見ているんだ。なんの問題もない、至極まともなことまで曲解されて。こんなの魔女狩りだ」

「クレジットカードの請求書のこともそう説明するつもりかね」

「言ったはずだ、クレジットカードのことは説明のしようがない。ぼくには覚えがないんだから。なんであんなことになっているか調べるのが、あんたたちの仕事だろうが！」

ふたりとも並んで腰かけたまま、黙って話のつづきを待っている。

「妻を探しだすために、いったいあんたたちはなにをやってくれてるんだ。ぼくのほかにはどういう線をあたってる？」家が震えはじめ、空が引き裂かれ、裏窓から川面をかすめて通過していくジェット機の姿が見えた。

「F－10ね」

「いや、小さすぎる」ギルピンが答えた。「たぶん――」

「F－10だってば」

ボニーは両手を組みあわせてぼくのほうに身を乗りだした。「あなたが百パーセント潔白だとたしかめるのがこちらの仕事なの、ニック。あなたもそう望んでるでしょ。だから、ちょっとした引っかかりを解消するのを手伝ってほしいの。でないと、ずっとそこにつまずくことになるから」

「弁護士を呼んだほうがよさそうだ」

刑事たちは、賭けでもしていたように、ふたたび目と目を見交わした。

エイミー・エリオット・ダン
二〇一一年十月二十一日

——日記——

ニックのお母さんが亡くなった。そのせいでニックがともづなを解かれた舟のようになってしまったから、日記もなかなか書けずにいた。優しくて、強いモーリーン。亡くなる数日前まで忙しく動きまわっていて、休んだらという勧めをがんとして受け入れなかった。「限界が来るまで、生きていたいの」と言って。化学療法を受けている患者たちのためにせっせとニットキャップを編んでいたので(自分は一ラウンドが終了した時点で「もうこりごり」と言いだし、またチューブにつながれるぐらいなら延命できなくてもいいと断言した)、きっとこれから思いだすときには、赤やら黄やら緑のカラフルな毛糸玉に囲まれた姿が浮かぶんだろう。指を動かし、編み棒をカチカチと響かせながら、満足しきってうっとりと喉を鳴らす猫みたいな声でおしゃべりをしている姿が。

九月のある朝、目が覚めたモーリーンは起きあがることができず、いつもの彼女ではなくなっていた。たった一夜のうちに、鳥みたいに小さく縮み、皺だらけでごわごわの身体になってしまい、視線をさまよわせるばかりで、なにひとつ、自分自身さえも認識できなくなってしまった。それでホスピスに移された。そこはやわらかな照明の、明るい雰囲気の場所で、ボンネット姿の貴婦人やら作物がたわわに実る丘やらの絵が飾られていて、スナック菓子の自動販売機や喫茶コーナーも設置されていた。治療や延命が目的ではなく、安らかな死を迎えるための施設で、そこに入ってわずか三日後にモーリーンは亡くなった。たぶん本人が望んでいたとおりの、淡々とした最期だった(〝本人が望んでいたとおり〟という言葉を聞いたら、モーリーンは顔をしかめるだろうけど)。

通夜は質素だったけれど、感じがよかった。何百人も弔問客が訪れ、オマハからやってきたモーリーンそっくりのお姉さんが、妹の代理とばかりにコーヒーやベイリーズを注いでまわり、クッキーを配り、楽しい思い出話を披露した。風の強い暖かな朝、モーリーンを埋葬した。マーゴとニックは寄り添って立ち、わたしはそのそばで邪魔者のような気がしていた。その晩、背を向けたニックはわたしに腕をまわさせてくれたけれど、二、三分もすると起きあがって、「風に当たってくる」とつぶやくと、部屋を出ていった。

モーリーンはいつまでたってもニックの世話を焼いていた。週に一度はうちにアイロンをかけにやってきて、それが終わると「ちょっぴり片づけるわね」と言い、帰ったあとで冷蔵庫を見てみると、ニックのために皮を剝かれてスライスされたグレープフルーツが蓋付きの容器に入れられていた。パン箱を開けると、パンは耳がきれいに切り落とされ、半分ぐらいのサイズになっていた。三十四歳にもなってパンの耳に文句を言う男と結婚したなんて。

それでも、お母さんが亡くなって数週間のあいだは、わたしも同じことをしようとした。パンの耳を切りとり、Tシャツにアイロンをかけ、モーリーンに教わったレシピどおりにブルーベリーパイを焼いた。「子ども扱いはやめてくれ、エイミー」耳を落としたパンをじっと見ながらニックは言った。「母さんが喜ぶから、したいようにさせてただけさ。でもきみは世話を焼くのなんかまっぴらだろ」

そんなわけで、また黒い四角に逆戻り。優しくて愛情たっぷりのニックは消えてしまった。ぶっきらぼうで不機嫌なニックが戻ってきた。つらいときこそ連れ合いに頼るのが普通だと思うのに、ニックはまえより遠くへ行ってしまった気がする。最愛のお母さんを亡くしてしまったから。わたしにはなにも求めてくれない。

必要なときだけ、セックスの相手としてわたしを利用する。テーブルやベッドの背に押しつけて無言のままわたしを抱き、やがて何度か短くうめいて達すると、わたしを離し、唯一親しみのこもった仕草で腰のくびれに手をあてがい、ゲームかなにかみたいにこう言う。「きみがセクシーすぎて、ときどき自分を抑えきれなくなるんだ」でも、その声にはなんの感情もこもっていない。

クイズです。昔は最高のセックスをしてくれていた夫が、よそよそしく、冷たくなってしまいました。いまでは自分のしたいときに、したいようにするだけです。あなたなら、どうする？

(a) セックスをおあずけにする――彼は我慢比べに勝てるわけないわ！
(b) 泣きわめき、理由を問いつめて困らせ、さらに彼を遠のかせてしまう。
(c) 長い結婚生活のなかの一時的な谷間だと信じる。暗がりのなかにいる彼を理解し、回復をじっと待つ。

正解――c。でしょ？

結婚が崩壊しかけているのに、どうすればいいかわからないのが苦しい。両親はどっちも心理学者なのだから、ふたりに相談すればいいようなものだけど、それはプライドが許さない。ふたりには夫婦のいざこざは理解できないだろうし。だって、両親はソウルメイトだから。ふたりの結婚は山ばかりで谷がない。一度きりの終わりのない爆発みたいな恍惚のなかにいるようなものだ。結婚が唯一わたしに残されたものなのに、それを台無しにしかけているなんて、打ち明けられるわけがない。きっとまた新作を書いて、その本のなかでわたしのことを戒めるだろう。〝アメージング・エイミーは、誰よりもすばらしく、満ち足りた、問題のない結婚生活を送りました……なぜならエイミーは全力を尽くしたからです〟

心配ばかりしてしまう。四六時中。自分が夫にとっては年を取りすぎなのもわかっている。六年前、わたしがまだ彼の理想そのものだった頃、ニックが四十前の女性をけなすのを何度も聞いた。魅力もないのにやたらと着飾ってバーにやってくる、みじめな女たちだと。飲んで帰ってきたニックに、バーはどうだったと尋ねると、「負け犬だらけだったよ」とよく言っていた。いまのわたしぐらいの年の女性のことをニックはそう呼んでいた。当時はわたしも三十を過ぎたばかりだったから、彼と一緒に意地悪く笑っていた。自分がそうなる日など来ないかのように。いまのわたしは負け犬で、ニックはそんなわたしから逃れられないから、それが癪でたまらないのだ。

最近はまっているのは、子どもセラピー。毎日ノエルの家まで行って、三つ子ちゃんたちに触ってもらう。小さな丸ぽちゃの手で髪を撫でられ、ねばっこい息を首に吹きかけてもらう。女性が子どもに向かって食べちゃうぞ、と言いたくなるのも無理はない――「なんておいしそうな子でしょう！　スプーンで食べちゃいたいわ！」。ただ、お昼寝のよだれをこびりつかせた三つ子ちゃんたちが、目をこすりこすり、よちよち歩きでママのところへ歩いていって、まるでホームベースにタッチするみたいにママの膝や腕にしがみつくのを見ていると、ときどきたまらなくなることがある。

昨日、ノエルの家でとくに寂しい思いをしたせいか、わたしはばかなことをしてしまった。

ニックが帰ってきたとき、わたしはシャワーを浴び終えて寝室にいた。ニックはすぐにわたしを壁に押しつけ、なかに押し入ってきた。ことを終えてわたしを離したとき、青いペンキの壁にはわたしの唇の染みがついていた。息を切らせながらベッドの縁に腰を下ろしたニックは、「悪かったよ。きみが欲しくて」と言った。

わたしを見ようともせずに。

わたしはニックのそばに寄って彼を抱きしめ、いまの行為がごくあたりまえの、すてきな夫婦の儀式なのだという顔をして言った。「考えてたんだけど」

「へえ、なにを？」

「あのね、いまがちょうどいいタイミングなんじゃないかしら。家族になるための。赤ちゃんを作るための」言いながら、どうかしてると自分でも思ったけれど、止められなかった。結婚を崩壊させないために妊娠しようとするばかな女になってしまった。

なんていう屈辱。かつてはばかにしきっていた人間に、自分がなるなんて。

ニックはぱっとわたしから離れた。「いま？　家族を増やすのに、いまほど最悪なタイミングはないだろ。きみは失業中だし――」

「ええ、でもどっちにしても、赤ちゃんができたら、しばらく家にいたいし――」

「母さんが死んだばかりなんだ、エイミー」

「だから、新しい生活を、新しくはじめられるかと思って」

ニックはわたしの両腕をぎゅっとつかみ、この一週間で初めてわたしとまともに目を合わせた。「エイミー、わかってるぜ、やっと母さんが死んでくれたから、ニューヨークに飛んでかえって、子どもを作って、昔の生活を取りもどせる、なんて考えてるんだろ。でもな、ぼくらにはろくに金がない。ここでふたりで暮らしていくのさえ精一杯なんだ。この状況をどうにかしようとして、ぼくが毎日どれだけ重圧を感じているかわかっちゃいないだろ。きみを養うために。きみに加えて子どもまで食わせていくのなんて、到底無理だ。どうせ、自分のときと同じような環境を子どもにも与えてやろうと思ってるんだろうが、ぼくにはできない。ダン家の子どもたちは、私立学校にも行けないし、テニスもバイオリンも習えないし、夏場の別荘も持てない。きみはそんな貧乏生活に嫌気がさすに決まってる。辛抱できるわけがない」

「わたし、そんなに浅はかじゃないわ、ニック――」

「いまが子作りに最高の時期だなんて、本気で思ってるのか？」

夫婦関係についてそこまで突っこんだ話をしたのは初めてで、ニックがすでにそれを後悔しているのがわかった。

「わたしたち、いまはいろいろと大変よね。うまくいかないときもあって、たいていはわたしのせいだわ。ここに来てから、どうしていいかわからなくて……」

「だから、よくあるみたいに、子どもを夫婦のかすがいにしようっていうのか。それでたいていはうまくいくからって？」

「子どもが欲しいのは――」

ニックは瞳を翳《かげ》らせ、またわたしの両腕をつかんだ。

「とにかく……だめだ、エイミー。いまはだめだ。これ以上のストレスには耐えられない。これ以上の厄介事は手に負えない。プレッシャーに押しつぶされそうなんだ。ぺしゃんこに」

そのときばかりは、ニックが真実を話しているのがわかった。

ニック・ダン
六日後

犯罪捜査においては最初の四十八時間が鍵とされている。エイミーが失踪してまもなく一週間が過ぎようとしていた。今夜はエイミーの無事を祈るキャンドルの会が開かれることになっている。場所はトム・ソーヤー公園で、新聞によれば、そこは〝エイミー・エリオット・ダンのお気に入りの場所〟らしい（エイミーがその公園に足を踏み入れたことがあるとは思えない。名前に似つかわしくなく、趣《おもむき》のかけらもない場所だからだ。平凡で、緑は乏しく、動物の糞だらけの砂場があるだけの、およそトウエインとはかけ離れた場所だ）。この二十四時間のあいだに、失踪のニュースは早くも全米に広まっていた。

義理堅いエリオット夫妻に幸いあれ。昨夜、警察に締めあげられた痛手から立ちなおろうとしているところに、メアリーベスが電話をくれた。《エレン・アボット・ライブ》を見たそうで、エレンなど〝視聴率稼ぎの、無節操なあばずれ女〟にすぎないと断言した。それでも、日中はメディア対策に費やされることになった。

メディア（ぼくの元仲間、同志たち！）はストーリーを仕立てつつあり、とくに『アメージング・エイミー』のネタと、エリオット夫妻のおしどり夫婦ぶりに喜んで飛びついた。シリーズの打ち切りや破産寸前の夫妻の財政状態が揶揄《やゆ》されることは少しもなかった。ひたすら涙を誘う同情的な報道ばかりだった。ふたりはメディアのお気に入りだった。

ぼくのほうは、そうはいかなかった。メディアはすでにいくつもの〝気になる事実〟を嗅ぎつけていた。ぼくの不確かなアリバイやら〝偽装された〟犯行現場といった捜査情報だけでなく、ぼくの人となりについても報じられていた。ハイスクール時代、ガールフレンドとの付きあいが二、三カ月以上もったことがないプレイボーイだったこと。父親を老人ホームに入れてろくに会いに行きもしない恩知らずの親不孝者であること。「まずいわよ——あなた、目の敵《かたき》にされてるわ」ニュースが報じられるたびにマーゴは言った。「ほんとに、ほんとにまずいわ、ランス」メディアはぼくのファーストネームまでほじくりだしてきた。小学生の頃からぼくはそれが嫌でたまらず、新学期のはじめに教師から出席をとられるたびに、「ニックです、ぼくはニック！」と訂正していた。それは九月の始業日のたびに毎年繰り返される儀式だった——「ニックです、ぼくはニック！」。休憩時間になると、お調子者の同級生が、ひらひらのシャツを着た気取った騎士のような口調で「やあ、ぼくはランスさ」と言いながらそこらじゅうを練り歩いた。だがそれも、翌年までにはいつも忘れ去られた。でも今回ばかりは違う。ランス・ニコラス・ダン――連続殺人犯や殺し屋にうってつけのおどろおどろしいその三語の名前はどこのニュースでも連呼され、ぼくにはそれを阻止する術がなかった。

ランドとメアリーベス、そしてマーゴとともに一台の車で集会に出かけた。エリオット夫妻がどの程度情報をつかんでいるかはわからなかった。婿に関する芳《かんば》しくない報道についてもあれこれ耳にしているのだろうか。〝偽装された〟犯行現場のことを知っているのはたしかだった。「こちらで人を雇って調べさせようと思うんだ。そうすれば、言われているのとは逆に、あそこでたしかに争いがあったことが明らかになると思う」ランドは確信に満ちて言った。「真実はねじ曲げられやすいものだからね。ちゃんとした専門家を選べばいいのさ」

それ以外の、クレジットカードや生命保険や血痕のことについては知らないようだった。自称〝エイミーの親友〟のノエルが、ぼくのことを恐るべき暴力亭主だの金目当てだのと糾弾していることも。今夜の集会後、ノエルは《エレン・アボット・ライブ》に出る予定だという。視聴者の前で、エレンとノエルはこぞってぼくをこきおろすにちがいない。

誰も彼もがぼくを敵視しているわけでもない。この一週間、店は大繁盛だった。殺人者かもしれないランス・ニコラス・ダンが経営する店でビールを飲み、ポップコーンをかじろうと、何百もの客が店に押し寄せていた。マーゴは新たに四人の若者を雇って店を任せることにした。「一度店に顔を出したけど、もうごめんだわ」とマーゴは言った。「ぎゅう詰めの店内で、物見高いまぬけどもがうちのビールを飲みながらあなたの噂話に花を咲かせてるところなんか、胸くそ悪くて見てられない。でも、お金はあるに越したことはないから、もしも……」

もしも。エイミーがいなくなって六日、誰もが心のなかに〝もしも〟を抱いていた。

公園へと向かう車内には沈黙が落ち、ひっきりなしに窓ガラスを叩くメアリーベスの爪の音だけが響いていた。

「まるでダブルデートみたいだね」とランドが笑って言ったが、その声は甲高くきしむようなヒステリックな響きを帯びていた。優れた心理学者であり、ベストセラー作家でもあり、誰からも好かれるランド・エリオットは、いまや崩壊寸前だった。メアリーベスのほうは自分なりに対処をしていて、頭がぼんやりしてしまわないように適量を守りつつ、緊張をやわらげるためにアルコールの助けを借りている。だがランドのほうは、文字どおり頭もくらくらといった様子で、そのうちびっくり箱みたいに、ばねの先についた頭が肩からぴょんと飛びだしそうにさえ見えた。元からおしゃべりではあるが、それが躁《そう》状態にまで近づいていた。誰彼かまわずやたらに仲良くなろうとし、刑事にも、記者にも、ボランティアたちにも抱きついた。とりわけ〈デイズ・イン〉の捜索本部の〝連絡係〟を務めるドニーという愚鈍そうな若者がお気に入りで、その彼をしきりにからかい、それを本人に伝えては喜んでいた。「いや、からかっただけだよ、ドニー」とランドが言うと、ドニーはうれしそうににかっと笑った。「あいつ、ちやほやされたいなら、よそへ行けばいいのに」ある晩、ぼくはマーゴにそうこぼした。義理の父親がほかの誰かをかわいがるから嫉妬してるんでしょ、というのがマーゴの返事だった。図星だ。

公園へと歩きながら、メアリーベスがランドの背中をさするのを見て、自分も誰かにそうしてもらえたなら、と思った。ほんの一瞬、触れてもらうだけでいい。思わず涙まじりの短いうめき声が漏れた。誰かにいてほしい、でもそれはアンディなのかエイミーなのか。

「ニック？」とマーゴが呼んだ。ぼくの肩に手を置きかけたが、ぼくは肩をすくめてそれを拒んだ。

「ごめん。嫌だな、ごめんよ。なんでか急に……ダン家の人間らしくもないな」

「いいのよ。ふたりとも普通じゃないんだから」とマーゴは言い、視線を逸らした。ぼくの〝問題〟――浮気のことをふたりのあいだではこう呼ぶようになっていた――を知ってからというもの、マーゴは少しよそよそしくなり、遠い目をしてしきりに考えこむようになった。それに腹を立てそうになるのをぼくは懸命にこらえていた。

公園に足を踏み入れると、そこらじゅうにカメラクルーの姿があった。地元局だけでなくネットワーク局のカメラもいる。ぼくたち四人は人だかりを迂回《うかい》しながら歩きだした。ランドは笑みを浮かべ、来賓の政府高官のように会釈をつづけている。すぐさまボニーとギルピンが姿を現し、愛想のいいポインター犬のようにつきしたがいはじめた。だんだんその存在が付属品のようになじみになりつつある。向こうもそれを狙っているのだろう。ボニーは公の場に出る際のお決まりのいでたちをしていた。センスのいい黒のスカートに、グレーの縦縞が入ったブラウス、こしのない髪を左右に分けてバレッタで留めている。蒸し暑い夜で、両腋には笑った顔のような形の汗染みができている。昨日ぼくを締めあげたこと――あれが締めあげでなくてなんだ?――など忘れたように、にやりと笑みを送ってきた。

エリオット夫妻とぼくは、がたついた急ごしらえの演壇の階段を一列になってのぼった。後ろを振り返ると、マーゴがうなずき、深呼吸の身振りをしてみせた。それで息をするのを思いだした。何百もの顔がぼくたちに向けられ、シャッター音とフラッシュが浴びせかけられる。微笑むな、とぼくは自分に言い聞かせた。微笑んじゃいけない。

〝エイミーを見つけよう〟と書かれた何十枚ものTシャツの胸部分から、妻の視線がこちらに注がれている。

マーゴからスピーチをするように言われていたので(「とにかく人間らしさを見せなきゃ」)、マイクの前に立った。腹のあたりまでしか高さのないマイクスタンドとしばし格闘してみたが、結局三センチほどしか上がらなかった。普段ならそういう不備にかっとなるところだが、公衆の面前で怒りを露わにすることなどいまのぼくには許されない。深呼吸をすると、前かがみになって、妹が書いてくれた文章を読みあげはじめた。「ぼくの妻、エイミー・ダンが失踪して、もう一週間になります。ぼくたち家族の苦しみも、エイミーの不在のせいで心に開いた穴の深さも、言葉ではとても言いあらわせません。エイミーはぼくの最愛の人であり、家族の命なのです。面識のない方々のために付け加えると、彼女は愉快で、チャーミングで、心優しい人です。聡明で、温かい女性です。あらゆる面においてぼくを支えてくれるパートナーなのです」

人々のほうへ視線を上げると、まるで魔法のように、アンディの姿が目に入った。嫌悪の表情を浮かべている。あわてて手元のインデックスカードに目を落とした。

「ぼくはエイミーとともに年を重ねていきたいと願っています。そしてそれがかなうと信じています」

〝そこで止まって、深呼吸、笑顔はなし〟。マーゴは実際にそうカードに書きこんでいた。信じています、信じています、信じています……スピーカーから流れるぼくの声がこだまし、川へと漂っていく。

「なにか情報があれば、どうかお知らせください。今夜は、エイミーが早く無事な姿を見せてくれるように祈りながら、キャンドルを灯《とも》したいと思います。愛してるよ、エイミー」

ぼくはアンディから目を逸らしつづけた。公園中にキャンドルの火が灯された。その場はつかのまの静寂に包まれるはずだったが、赤ん坊が泣き声をあげ、そのうえ千鳥足のホームレスがひとり、「なあ、なにやってんだ？　なんのためだ？」と大声で訊きつづけていた。誰かがエイミーの名前を告げても、男はますます騒々しい声で「なんだって？　いったいなんのためだって？」と繰り返すばかりだった。

人ごみのなかからノエル・ホーソーンが進みでてきた。三つ子も一緒で、ひとりは腰に抱えられ、残りのふたりはスカートにしがみついている。子どもと暮らしたことのないぼくの目には、三人とも滑稽なほど小さく見えた。ノエルは聴衆に道を空けさせ、演壇の縁までずんずんと進んでくるとぼくを見上げた。ぼくは睨み返し――中傷なんかしやがって――そのとき初めて、腹の膨らみに気づいた。またもや妊娠中らしい。一瞬唖然として口が開いた。なんてこった、四歳にもならない子どもが四人とは。おおかたその表情も分析や議論の対象になり、怒りと恐怖のワンツーパンチを食らった顔だということにされるにちがいない。

「ちょっと、ニック」ノエルの声が中途半端な高さのマイクに拾われ、聴衆に向かって響きわたった。

マイクをいじくったが、電源を切るスイッチが見あたらない。

「あんたの顔、見てやりたかったのよ」ノエルはそう言うと、わっと泣きだした。茫然とする聴衆を前に、しゃくりあげつづけている。「エイミーはどこよ。彼女になにをしたのよ！　奥さんになにをしたのよ！」

奥さん、奥さん……その声がこだました。三つ子のうちのふたりがおびえて泣き声をあげはじめた。

ノエルは言葉を継げないほどに激高し、号泣しながらマイクスタンドをつかむと、自分の手元に引きずりおろした。奪い返そうかと考えたが、三人の幼児を連れたマタニティドレス姿の女が相手では、手の出しようがない。女房をおとなしくさせてくれないかと人ごみのなかにマイク・ホーソーンの姿を探したが、どこにも見あたらなかった。ノエルは聴衆のほうに向きなおった。

「わたしはエイミーの親友よ！」親友よ、親友よ、親友よ……その叫びは、子どもの泣き声とともに公園中に響きわたった。「警察になにを言っても、まともに取りあってくれないの。だから町の人たちに聞いてもらうことにした。エイミーが愛し、愛されていたこの町の人たちに。この男、ニック・ダンに、訊きたいことがあるわ。奥さんになにをしたのか白状させてやるわ！」

演壇の脇からボニーが飛びだし、ノエルが振り返り、ふたりは睨みあった。ボニーは〝黙りなさい！〟というように喉をかき切る仕草をした。

「奥さんは妊娠してたのよ！」

フラッシュが猛然とたかれ、キャンドルの火がかすんで見えなくなった。隣にいるランドがしぼんでいく風船のような声を漏らした。演壇の下のボニーは頭痛をこらえるように眉間を指で押さえている。ぼくの鼓動にシンクロするようにせわしなくストロボが明滅し、人々の動きがコマ送りのように見える。

人ごみのなかを探すと、こちらを見ているアンディの姿が見つかった。真っ赤になった顔をゆがめ、頰を濡らしている。目が合った瞬間に「クソ野郎！」と口を動かし、人波に姿を消した。

「行きましょ」いつのまにかそばに来ていたマーゴが耳打ちし、ぼくの腕を引っぱった。ぼくは村人たちの松明《たいまつ》におびえきったフランケンシュタインの怪物のように立ちすくみ、フラッシュを浴びせかけられていた。立ち去りぎわ、壇上のぼくらは二手に別れる形になった。マーゴとぼくは車のほうへと急ぎ、茫然と口を開けたままのエリオット夫妻を置き去りにした。記者たちがしつこく質問を投げかけてきた。「ニック、エイミーは妊娠していたんですか。ニック、エイミーの妊娠が不都合だったんですか」ぼくは雹《ひょう》でも降っているように身をかがめ、足早に公園を後にした。妊娠、妊娠、妊娠……その言葉が夏の夜のセミの声に唱和するように響きつづけていた。

エイミー・エリオット・ダン
二〇一二年二月十五日

――日記――

いまわたしはとても奇妙な時期を経験している。そんなふうに、一歩離れたところから現状をとらえるようにしている。この状況をいつか振り返ったら、まったくあの頃はどうかしてたわ、と思えるかもしれない。八十歳ぐらいになったら、褪せたラベンダー色の服を着た聡明で愉快なおばあさんになって、しきりにマティーニを飲みながら、懐かしく思い起こしているかもしれない。格好の話の種になっているかもしれない。わたしはこんなに奇妙で恐ろしい経験をしてきたのよ、と。

どう考えても、夫の様子は尋常ではない。もちろん、お母さんの死を悼《いた》んでいるわけだけれど、それだけじゃない。なにかわたしに向けられたもの、それも悲しみではなくて……ときどき、夫の視線に気づくことがある。目を上げると、その顔は嫌悪にゆがんでいる。朝食のシリアルを食べていたり、夜に髪を梳《と》いていたりしているだけなのに、なにかとんでもないことをしているところに遭遇したみたいな顔でわたしを見つめている。あんまり怒りっぽくて不安定なので、ニックの情緒の変化にはなにか肉体的な要因があるんじゃないか、とまで思ってしまう。人を錯乱させるタイプの小麦アレルギーじゃないかとか、脳のなかでカビの胞子がコロニーになっているのかもとか。

このあいだの夜、一階に下りていくと、ダイニングテーブルの前にニックが座っていて、頭を抱えながらクレジットカードの請求書の束を見つめていた。わたしはシャンデリアの下でぽつねんとしている夫の姿をしばらく眺めていた。そばに行って、腰を下ろして、パートナーらしく一緒に相談したかった。でもできなかった。彼を怒らせるとわかっていたから。わたしに対する嫌悪の根っこにあるものはそれなのかもしれないと思うことがある。自分の弱みを知られているから、わたしのことが憎いんじゃないだろうか。

突きとばされたこともある。乱暴に。二日前、わたしはニックに突きとばされて倒れ、キッチンカウンターに頭をぶつけて、三秒ほどなにも見えなくなった。どう言いあらわせばいいのかわからない。痛みよりショックのほうが大きかった。そのときわたしは、自分がフリーランスの仕事にでもつけば、子どもも作れて、ちゃんとした生活ができるわ、と話していたところだった。

「じゃ、いまのこの暮らしはなんなんだ」

煉獄よ、とわたしは思った。でも黙っていた。

「この暮らしはなんなんだって訊いてるんだ、エイミー。なあ。なんなんだよ。アメージング・エイミーにとっては、こんなの生活じゃないって言うのか」

「わたしが思う生活とは違うわ」そう言うと、彼が大股三歩でそばまで来たので、〝まさかわたしを……〟と思った。そして彼に突きとばされ、倒れた。

ふたりとも息を呑んだ。ニックは片方の拳《こぶし》をもう一方の手で押さえ、泣きだしそうな顔をしていた。後悔のあまり茫然としていた。でもこれだけははっきりさせておこう。あれは自業自得だった。わたしはわざと挑発していた。彼が自分の殻に閉じこもっていく一方なので、いいかげんなにか言うなり行動に出るなりしてほしくなったから。なにか悪いことでもいい、最悪なことでもいいから、とにかくなにかやってよ、ニック。幽霊みたいにわたしを無視しないで。

でも、あんなことをされるとは予想していなかった。

夫に暴力を振るわれたらどうしようと考えたことなど、一度もなかった。妻を殴るような人間とは、これまで接したこともなかったから(もちろん、《ライフタイム・チャンネル》でやっている映画では見ているけれど。暴力は社会経済的階層に関係なく起きることも知っている。それでも……ニックが?)。余計なこと書いちゃった。

でも、自分が夫に殴られる妻になるなんて、滑稽すぎて信じられなくて。これじゃ『アメージング・エイミーと暴力亭主』だ。

彼は平謝りだった（謝る以外に、〝平なんとかする〟ことってあったっけ？　平泳ぎとか？）。カウンセリングを受けることも考えてみると言ってくれた。とても無理だろうとあきらめていたのに。よかった。根はすごくいい人だから、このことも書き終わったら忘れてしまおうと思う。ふたりとも疲れすぎていて、どうかしていただけだと思えばいい。つい忘れがちだけれど、わたしがストレスを感じれば感じるほど、ニックも同じようにそれを感じるのだから。わたしをここに連れてきたという負い目があるし、ふさぎこんだわたしを満足させなければという重圧を感じてもいるだろうし。ニックみたいに、幸せは自分でつかむものだと信じている人には、それは我慢できないことなのだろう。

突きとばされたのは一瞬のことだし、それ自体に恐怖は感じなかった。怖かったのは、頭の痛みを感じながら茫然と床に倒れているわたしを見下ろした彼の表情だった。さらに手を出しそうになるのを懸命にこらえているみたいな顔だった。よっぽどもう一度突きとばしたかったのだろう。それをこらえるのはよっぽど骨だったのだろう。あれ以来、わたしを見るニックの顔には、罪悪感と、その罪悪感に対する嫌悪があふれている。癪でたまらない、というように。

ここからはさらに陰気な話になるけれど。昨日、モールまで行ってきた。町の麻薬取引の半分がそこで行われていて、処方薬と変わらないくらい簡単にドラッグを手に入れることができるそうだ。ノエルから教えてもらった。旦那さんがときどきマリファナを買いに行っているらしい。でもわたしが欲しいのはマリファナじゃなくて銃だった。いざというときのために。ニックとのことが、どうしようもないほど悪化してしまったときのために。モールに着く直前になって初めて、バレンタインデーだということに気づいた。バレンタインデーだというのに、わたしは銃を買いに行き、それから夫に夕食を作ろうとしていた。ニックのお父さんは正しい。わたしはバカ女だ。夫に襲われるのを心配しているのなら、家を出ればいいのに。でも、お母さんの死を悲しむ夫を見捨てるわけにはいかない。それはできない。そんなことをしたら、聖書に背くようなひどい女になってしまう。よっぽど悪いことでも起きないかぎり。夫に襲われると確信でもしないかぎり。

ニックがほんとうにわたしを傷つけるなんて思わない。

ただ、銃があれば安心できるというだけ。

ニック・ダン
六日後

マーゴはぼくを座席に押しこみ、車を出した。ボニーとギルピンとともにパトロールカーのほうへと歩いているノエルの横を通りすぎた。念入りに服を着せられた三つ子が、凧の尻尾のように飛びはねながら後ろをついて歩いていた。タイヤをきしませながら群衆のなかを突っきった。点描画のように並んだ何百もの怒れる顔がぼくに向けられていた。ぼくらは逃げだした。まさに尻尾を巻いて。

「あれじゃ騙し討ちだわ」マーゴがぼそりと言った。

「騙し討ち？」茫然とした頭で、ぼくはオウム返しに訊いた。

「さっきのが偶然だったと思う？　あのむかつく三つ子の母親は、とっくに警察に話をしてたわけでしょ。警察は妊娠のことだけ伏せてたのよ」

「あるいは、攻撃を小出しにしているか」

ボニーとギルピンは妻の妊娠のことをすでに聞いていて、それを切り札にした。ぼくが妻を殺したと信じているのは間違いない。

「ノエルはこの先一週間、ケーブルのニュースに出ずっぱりでしょうね。あなたが人殺しで、自分は親友のエイミーのために正義の裁きが下されるのを望んでいるんだ、とかなんとか言って。あの出たがりの売女。出たがりの、くそいまいましい売女！」

ぼくは窓に顔を押しつけ、座席に沈みこんだ。数台の中継車が後を追ってくる。ぼくたちは黙りこみ、マーゴは呼吸を整えた。川に目をやると、木の枝が一本南へと流れていくのが見えた。

「ねえニック」マーゴが口を開いた。「あのこと――その……あなたは」

「わからないんだ、マーゴ。エイミーはひとことも言わなかった。ほんとに妊娠してたんなら、なんだってノエルには話してぼくには黙ってたんだ？」

「銃を買おうとしたのだって、なんであなたに黙ってたわけ？　さっぱりわからないわ」

＊

自宅にはカメラクルーが押し寄せているはずなので、マーゴの家に避難することにした。戸口を入った瞬間、プリペイドでないほうの携帯電話が鳴った。エリオット夫妻だ。ぼくは息を吸いこみ、かつての自室に飛びこむと、電話に出た。

「聞かせてくれ、ニック」ランドの声が聞こえた。背後ではテレビの音がしている。

「答えてくれ。エイミーの妊娠を知っていたのか？」

ぼくはすぐには答えず、妊娠の可能性がいかに低いかを、どう伝えればいいかと思案した。

「答えないか、この野郎！」

ランドの声を聞いて、かえって平静を取りもどした。ぼくはカーディガンに包《くる》まっているかのような、ものやわらかな声で話しはじめた。「エイミーとぼくは子作りを考えていなかったんです。エイミーは妊娠を望んでいなかったし、将来的にもそのつもりがあったかどうか。そもそも……夫婦の営みもそれほど多くはなかったですし。妊娠していたとしたら……相当な驚きですね」

「ノエルの話では、エイミーは病院で妊娠をたしかめてきたそうだ。警察からはすでにカルテ提出を求める召喚状が出されている。今夜には真相がわかる」

マーゴは居間にいて、母のトランプ用テーブルのところで冷たいコーヒーを飲んでいた。ぼくに気づいたことを知らせるためにこちらに身体を向けたが、顔は上げようとしない。

「なんで嘘ばっかりつくの、ニック。ランドたちは敵じゃないのよ。せめて、子どもを欲しがっていなかったのはあなたのほうだって教えてあげたらどう。どうしてエイミーを悪者にするの」

ぼくはまた怒りを呑みこんだ。胃がかっと熱くなる。「くたくたなんだ、マーゴ。ほんとに。いまじゃなきゃだめかい」

「先延ばしにして、いいことがあるわけ？」

「ぼくは子どもが欲しかった。作ろうとしたけど、だめだった。不妊治療もやりかけたんだ。でもエイミーが、やっぱり子どもはいらないと言いだした」

「欲しがってないのは自分のほうだって言ってたじゃない」

「かっこつけようとしてたんだ」

「あらすてき、また嘘ってわけ。知らなかったわよ、あなたがそんな……ねえニック、あなたの言ってること、めちゃくちゃよ。店のことでお祝いをしたとき、わたしもいたじゃない。てっきりあなたたちに子どもができたんだって、母さんが誤解しちゃって、エイミーが泣いたでしょ」

「いや、エイミーの行動を残らず説明するなんて無理さ、マーゴ。なんでか知らないが、一年前にエイミーはああやって泣いた。それでいいだろ？」

じっと座っているマーゴの横顔にはオレンジの街灯の光が当たり、ロックスターの後光のように見える。「今回のこと、あなたにとってすごい試練になるわよ、ニック」ぼくのほうを見ないまま、マーゴは小さく言った。「あなたって、いつだってほんとのことを言わなかった。面倒な言い争いを避けるために、小さな嘘ばっかりついて。いつも楽なほうばかり選んでた。野球チームをやめちゃったのに、母さんにはまだ練習に行ってるって話したり。教会に行ったことにして映画に行ったり。嘘をつかずにいられないのよ」

「野球とは話が別さ、マーゴ」

「それはそうよね。でも、いまもやっぱり子どもみたいに作り話を重ねてる。いまもやっぱり、みんなに完璧だと思われたがってる。自分が悪者になるのに耐えられないのよ。だから子どもを望んでいなかったのはエイミーだって、ランドたちに言ったんでしょ。浮気のことだってわたしに隠してたし。自分名義のカードの請求だって知らないって言うし、ビーチなんて大嫌いなくせにそこにいたって言うし、結婚生活は順調だったって言い張ってる。もうなにを信じたらいいかわからない」

「冗談だろ」

「エイミーが失踪してから、あなた嘘ばっかりついてる。それが心配なの。いったいどうなってるの」

　重い沈黙が落ちた。

「マーゴ、本気で言ってるのか。もしそうなら、ぼくらはなにか失くしたことになる」

「小さい頃、母さんとやった遊び、覚えてるでしょ。〝それでも愛してくれる？〟ってやつ。マーゴのこと叩いても、ぼくを愛してくれる？　銀行強盗をやっても、ぼくを愛してくれる？　誰かを殺しても、ぼくのこと愛してくれる？」

ぼくは黙っていた。息があがってくる。

「それでも愛してるわ」

「マーゴ、わざわざ口に出す必要があるのかい」

マーゴは無言だった。

「ぼくはエイミーを殺してない」

さらに無言。

「信じてくれるかい？」

「愛してるわ」

マーゴはぼくの肩に手を置くと、寝室に向かい、ドアを閉じた。明かりが灯るのを待っていたが、部屋は暗いままだった。

二秒後、携帯電話が鳴った。今度はプリペイドのほうだ。処分してしまわなければならないのに、アンディからの電話にはなにがあっても出ないといけないので、まだ捨てられずにいる。一日に一度よ、ニック。一日に一度は話したいの。

気づくと奥歯を嚙みしめていた。

やがて深呼吸をした。

町の外れに西部開拓時代の砦の遺跡があり、そこに公園が設けられているが、訪れる人間はほとんどいない。かろうじて残っているのは二階建ての木製の物見台ぐらいで、そのまわりに錆びついたぶらんことシーソーが設置されている。一度、アンディとここに来て、物見台の陰に隠れていちゃついたことがあった。

尾行されないように、母の古い車で町を三周した。午後十時もまわっていないのに出かけるなんて正気の沙汰ではないが、会う会わないに関して、ぼくはもうどうこう言える立場になかった。「会いたいのニック、今夜、いますぐに。じゃないと、わたしおかしくなっちゃう」砦に車をとめたとき、その場所の寂しさと、それが意味するものに気づいた。

アンディはまだ、こんな人けのない薄暗い場所でぼくと会うことを望んでいる。身重の妻を殺したとされているぼくと。ちくちくと足を刺す草むらを歩いていくと、木製の物見台の小窓のなかにアンディの輪郭だけが見えた。

彼女は命取りになるぞ、ニック。ぼくは足を速めた。

一時間後、ぼくはパパラッチに囲まれた自宅で身体を丸め、ひたすら待っていた。ランドによれば、エイミーの妊娠の真偽は真夜中までに判明するとのことだった。電話が鳴り、飛びつくように受話器を取ったが、相手はいまいましいコンフォート・ヒルだった。父がまた脱走したので、警察にも連絡を入れたという。いつものごとく、ぼくのせいであるかのような口ぶりだった。「今度こういうことがあれば、こちらではもうお父さまをお預かりできません」ぞくりと身震いがした。父と暮らすことになどなろうものなら――みじめったらしい不機嫌な男がふたり、世界最悪の相棒コメディができあがるにちがいない。結末は、どちらかが相手を殺して自殺。ジャジャーン！　そして録音笑いが入る。

受話器を下ろしながら、裏窓の向こうの川に目をやったとき――落ち着くんだ、ニック――ボートハウスのそばにうずくまる人影が目に入った。仲間とはぐれた記者だろうと思ったが、握りしめられた拳と、すぼめられた肩の感じには見覚えがあった。コンフォート・ヒルからここまでは、リバー・ロードをまっすぐ三十分歩けば着く。ぼくのことは忘れたくせに、なぜかぼくらの家は覚えていたらしい。

外の暗がりへと出ると、父が片足を桟橋から投げだし、じっと川を覗きこんでいるのが見えた。このあいだより小汚くはないが、つんと汗のにおいがする。

「父さん？　こんなところでなにしてるんだい。みんな心配してるよ」

父はダークブラウンの瞳で鋭くぼくを見つめた。それは老人にありがちな、どんよりと濁った目ではなかった。濁っていてくれたほうが気まずくはなかったのに。

「彼女が来いと言ったんだ」父は声を張りあげた。「ここに来いと言ったんだ。ここはおれのうちだ、来たいときに来るさ」

「ここまで歩いてきたのかい？」

「いつでも来てやるさ。おまえはおれが憎いんだろうが、彼女は好いてくれとる」

思わず笑いそうになった。父までがエイミーとの絆をでっちあげようとしている。

家の前庭にいる二、三人のカメラマンがシャッターを切りはじめた。しかたなく父を家のなかに連れて入った。その絶好のワンショットにどんな記事が添えられるか、たやすく想像がつく――〝ビル・ダンはいかなる父親であったのか、いかなる人間を育てたのか〟。これはまずい、父がいつものごとく〝クソ女〟をけなしだしたりしようものなら……ぼくはコンフォート・ヒルに電話をかけ、相手をうまく言いくるめて、迎えを寄こさせた。カメラを意識しながら励ますように父に声をかけ、優しげな態度で到着したセダンまで送っていった。

父さん。去っていく父を見ながら、ぼくは笑みを浮かべた。誇らしげな息子に見えるように。記者たちは妻を殺したのかと訊いてきた。家のなかに戻りかけたとき、パトロールカーが到着した。

やってきたのはボニーで、パパラッチを追い払うと、結果を報告した。指先でそっと撫でるような優しい声でそれを告げた。

エイミーは妊娠していた。

妻は身重の身体で失踪した。ボニーはぼくの反応をじっと眺めていた。それも報告書に記載するつもりなのだろう。ぼくは自分に言い聞かせた――うまくやれ、しくじるな、こういう知らせを受けたときの夫らしく振る舞うんだ。そして頭を抱えると、「なんてことだ」と低くつぶやいた。脳裏には、腹に手を当て、頭に傷を負い、キッチンの床に倒れている妻の姿が浮かんでいた。

エイミー・エリオット・ダン
二〇一二年六月二十六日

――日記――

生きている、ってこれほど実感できたのは初めて。今日は青空の広がるうららかな一日で、陽気のせいで鳥たちは浮かれ騒ぎ、家の裏手では川が滔々と流れ、わたしは生きている実感を噛みしめている。怖くもあり、まごついてもいるけれど、でも生きている。

今朝目覚めると、ニックはいなかった。わたしはベッドに腰かけたまま、朝日に照らされた天井が数十センチずつ金色に染まっていくのを眺めていた。窓辺でルリツグミがさえずるのを聞いていると、急に吐き気がした。喉が心臓みたいに収縮を繰り返していた。こらえようとしたけれど、思わずバスルームに走って、吐いてしまった。胆汁と生温かい液体のなかに小さなエンドウ豆が浮かんでいた。便器に覆いかぶさり、吐き気で涙目になり、息を切らせながら、わたしは女ならではの計算をはじめた。ピルは服んでいるけれど、一、二日忘れることもある。でも、だからって？　もう三十八歳だし、かれこれ二十年もピルを服んでいる。たまたま妊娠するなんてありえない。

妊娠検査薬は、薬局の鍵のかかったガラスケースのなかに置かれていた。口ひげの生えた煩わしそうな顔の女性に頼んでケースを開けてもらい、急き立てられるように目当てのものを選びだした。女性はわたしをじろりと見ると、「幸運を」と言った。

どちらが出れば幸運なんだろう。プラスの印、それともマイナスの印？　家に帰り、説明書に三回目を通してから、指示どおりの角度でスティックを持って、指示どおりの秒数を計った。そしてシンクの端にそれを置いて、爆弾かなにかみたいに急いで離れた。三分待つあいだ、ラジオをつけたら、思ったとおりトム・ペティの曲が流れてきたので――ラジオをつけてトム・ペティ以外の曲が流れることってあるわけ？――〈アメリカン・ガール〉を最後まで歌いきってから、まるでこっそり忍び寄らなければいけないもののように、そろそろとスティックに近づいた。どうしようもなく胸を高鳴らせながらたしかめると、妊娠していた。

すぐに外の芝生に飛びだして、通りを走り、ノエルの家のドアを叩いた。出てきたノエルの前でわっと泣きだして、スティックを見せながら「妊娠したの！」と叫んだ。

それから、自分以外の人間に知られてしまったことが怖くなった。

家に戻ってから、ふたつの考えが頭をよぎった。

ひとつめ――来週は結婚記念日。宝探しのヒントをラブレターにして、ゴールにはきれいなアンティークの木製のゆりかごを用意しておこう。ふたりはひとつなのだと彼に気づいてもらおう。家族なのだと。

ふたつめ――銃が手に入っていればよかったのに。

このごろ、夫の帰りが怖いことがある。二、三週間ほどまえ、ニックはいい天気だからいかだに乗りに行こうと言いだした。それを聞いたとき、思わず階段の親柱にしがみついてしまった。いかだを揺らすニックの姿が脳裏に浮かんでしまったから。最初はただのおふざけで、パニックになるわたしを笑っているけれど、そのうちなにかを決意したみたいに顔つきが険しくなって、小枝や砂だらけの茶色く濁った水のなかにわたしを突き落とし、片腕で力いっぱい押さえつけて沈め、わたしが抵抗しなくなるのを待つ……

考えずにはいられない。結婚したときのわたしは若くて裕福で美人だったけれど、いまではお金も仕事もないし、四捨五入すれば四十歳。いまはもう〝きれい〟とはいえなくて、〝年のわりにはきれい〟なだけ。わたしの値打ちは下がってしまった。それが現実なのだ。ニックがわたしを見るときの顔でわかる。でもそれは、まともな賭けにたまたま負けた男の顔じゃない。騙されたと思っている男の顔に見える。じきに、罠にはめられた男の顔になるのかも。赤ちゃんができるまえなら離婚もできた。でもこうなってはそれも無理だろう。善人のニックには。家族が重視されるこの町で、みんなから妻子を見捨てた男と呼ばれるなんて、耐えられないに決まってる。きっと我慢してわたしとの暮らしをつづけるのだろう。我慢しながら、恨み、憤慨するのだろう。

中絶をする気はない。おなかの赤ちゃんは今日で六週間、レンズ豆ぐらいの大きさだけれど、目も肺も耳もできかかっている。二、三時間前、キッチンに入ったときに、モーリーンがニックの好物のスープを作るようにとくれた乾燥豆入りの蓋付き容器を見つけた。レンズ豆をひと粒取りだして、カウンターの上に置いてみた。わたしの小指よりも小さかった。冷たいカウンターの上に置いておくのがしのびなくて、つまみあげると、てのひらにのせて、指先でつついてみた。そばに置いておきたくて、いまはTシャツのポケットに入れてある。

中絶はしないし、ニックと離婚するつもりも、いまはまだない。昔、夏のある日、ニックが海に飛びこんで、海底に両手をついて、脚を危なっかしく水面から突きだした格好で、わたしのためにいちばんきれいな貝殻を見つけてきてくれたときのことを、まだ覚えているから。太陽がまぶしくて目を閉じると、瞼の裏で雨粒みたいにいろんな色がちかちかしたことも、ニックが塩辛い唇でわたしにキスしたことも、そのときこう思ったことも――わたしってなんてラッキーなんだろう、彼がわたしの夫で、子どもたちの父親になるんだわ。みんなで幸せになるんだわ。
でも、それは間違いかも、大きな間違いかもしれない。ニックがわたしを見るとき
のあの顔を思うと。彼はあの海にいた優しい青年で、わたしの夢の男性で、子どもの
父親なのに。しきりに計算しているような、昆虫じみた冷徹な目で見られているのに
気づくたびに、思ってしまう。彼に殺されるかもしれない、と。
だからもしもわたしが死んで、誰かこの日記を見つけたら……
なんて、笑えないけれど。

ニック・ダン
七日後

時間だ。中部標準時の午前八時ジャスト、つまりニューヨークでは午前九時ジャストに、ぼくは受話器を取りあげた。妻の妊娠は確定した。つまり、ぼくは第一の――唯一の――容疑者に確定したということだ。今日はこれから弁護士を雇うことになっている。その相手というのが、誰よりも避けたいにもかかわらず、どうしても必要な人物だった。

タナー・ボルト。気は進まないが、やむを得ない。テレビで法律問題専門チャンネルやら、犯罪特集番組やらをつけるたびに、決まってスプレーで小麦色に染められたタナー・ボルトの顔が登場する。そして見るからにあやしげな依頼人を猛然と弁護してみせる。三十四歳のとき、タナーはコーディー・オルセンというシカゴのレストラン店主の弁護で一躍名をあげた。コーディーは身重の妻を絞殺し、遺体をゴミの埋め立て地に捨てた罪に問われていた。警察犬によってコーディーのメルセデスのトランクから遺体の臭跡が探知され、ノートパソコンからは、妻が失踪した日の朝に何者かが最寄りの埋め立て地までのルートをプリントアウトした形跡が発見されていた。明らかにクロのはずだった。ところが警察だの、シカゴのウェストサイドのギャングふたりだの、遺恨のあるナイトクラブの用心棒だのが片っ端から槍玉にあげられた結果、当のコーディー・オルセンは裁判終了とともにのうのうと法廷から立ち去り、カクテルを大盤振る舞いすることになった。

以来十年、タナー・ボルトは〝亭主の切り札〟として名を馳せてきた。有名事件ばかりを選び、妻殺しの嫌疑のかかった夫の弁護を引き受けている。その半数以上に勝訴しているのはなかなかのものだと言える。なにしろ、たいていの事件の被告が、浮気亭主だったり、ナルシストだったり、病的な嘘つきだったりと、とんでもなく好感度の低い連中だからだ。別名〝クズ野郎の守護者〟とも呼ばれている。

面会の約束は午後二時だ。

「はい、メアリーベス・エリオットです。メッセージを残してくだされば、すぐにかけなおします……」エイミーそっくりの声が聞こえてきた。だがエイミーからのかけなおしはない。

タナーとの面会のため、ぼくはニューヨーク行きの飛行機に乗ろうと車を走らせていた。町を離れる許可をボニーに求めたところ、ボニーはどこか愉快そうに言った──「警察は許可をとれとは言わないのよ。あれはテレビだけの話」。

「どうも、メアリーベス、またニックです。どうしても話がしたくて。ひとこと言わせてください……その、妊娠のことはほんとうに知らなくて、ぼくにも青天の霹靂《へきれき》で……それと、弁護士を雇うことにしたので、それも知らせようと思って。たしかランドもそう勧めてくれたので。そういうわけで……どうも留守電は苦手だな。電話待っています」

タナー・ボルトは、かつてぼくも働いていたミッドタウンにオフィスを構えていた。エレベーターは二十五階分を一気に上昇したが、動きがあまりにスムーズなため、耳の詰まりを感じるまでのぼっていることに気づかなかった。二十六階で、ぱりっとしたビジネススーツ姿の愛想のないブロンド女が乗りこんできた。焦《じ》れたようにかかとを鳴らしながらエレベーターのドアが閉じるのを待ってから、「どうして〝閉ボタン〟を押さないの？」とぶっきらぼうに訊いてきた。エイミーに〝ニックの愛されスマイル〟と呼ばれていた、女の機嫌をとるときに使うとっておきの笑顔を向けると、相手はぼくが誰か気づいた。「あら」と言うと、嫌なにおいでも嗅いだみたいな顔をした。そしてタナーのオフィスのある階で降りるぼくを見て、納得の表情を浮かべた。

タナーはナンバーワンであり、ぼくに必要なのはまさしくナンバーワンだ。それでも、関わり合いになることに抵抗を感じずにはいられなかった。あやしい人間ばかり弁護する、いけ好かない目立ちたがり屋。会うまえから毛嫌いするあまり、どうせオフィスも《マイアミ・バイス》のセットみたいなのだろうと想像していた。だが〈ボルト&ボルト〉はその真逆だった。法律事務所らしい風格に満ちていた。汚れひとつないガラス扉の奥では、高級なスーツに身を包んだ人間たちがせわしなくオフィスを行き来していた。

トロピカルフルーツを思わせる色のネクタイを締めた気取った若者が出てきて、ガラスと鏡だらけのまばゆい待合スペースに案内してくれ、もったいぶって水を勧めてくれた（が、断った）。それからぴかぴかのデスクに戻り、ぴかぴかの受話器を取りあげた。ぼくはソファーに腰かけ、街並みに目をやった。クレーンが機械じかけの鳥のように首を上下させている。やがてポケットからエイミーの最後のヒントを取りだして開いた。結婚五周年は木婚式だ。宝探しの賞品は、なにか木でできた、赤ん坊のためのものなのだろうか。彫刻の入ったオーク材のゆりかごだとか、木製のがらがらだとか？　赤ん坊とぼくらのためのなにか。ダン一家がやりなおし、再出発するためのなにか。

ぼんやりヒントを眺めていると、マーゴからの電話が入った。

「だいじょうぶ?」マーゴは開口いちばんに言った。

妹はぼくが妻を殺したのかもしれないと思っている。

「まあね。この状況のわりには」

「ニック。ごめん。謝りたくて電話したの。今朝目が覚めて、ほんとにどうかしてたって気づいた。ひどいこと言ったわ。動転してたの。ちょっとのあいだだけおかしくなってたのよ。ほんとに、心から謝るわ」

ぼくは黙っていた。

「わかってくれない、ニック。疲れとストレスのせいで……ごめんね……ほんとに」

「いいさ」と嘘をついた。

「でも、正直よかったと思う。誤解も解けたし――」

「エイミーの妊娠が確認されたんだ」

胃がむかついた。またもや、なにか決定的なことを忘れているような気がする。なにかを見過ごしていて、そのツケを払わされることになりそうな予感がする。

「そう」マーゴはそう言うと、数秒間をおいた。「実際のところ――」

「いや、そのことは話せない」

「わかった」

「じつは、いまニューヨークにいるんだ。タナー・ボルトに面会の予約を入れた」

マーゴはふうっと息を吐きだした。

「よかった。よくそんなにすぐアポがとれたわね」

「それだけぼくの状況がやばいってことだろ」電話をかけたとき、名前を言ってものの三秒待っただけで、即座にタナーにつないでもらえた。居間での事情聴取の模様と妊娠の話をしたところ、タナーは次の便に乗れと言った。

「正直、かなりびびってるよ」とぼくは言い足した。

「賢明な選択だと思う。ほんとに」

また沈黙が落ちた。

「タナー・ボルトなんて、本名じゃないよな」場を和ませようと、そう言った。

「ラトナー・トルブのアナグラムだとか聞いたけど」

「ほんとに？」

「なんてね」

思わず笑った。そんな場合じゃないが、でもすっきりした。そのとき、フロアの奥からアナグラムの主がこちらに近づいてきた。黒のピンストライプのスーツ、ライムグリーンのネクタイ、サメのような笑み。時間を惜しむように、片手を差しだしながら歩いてくる。

「ニック・ダンだね、わたしはタナー・ボルト。来てくれ、さっそくはじめよう」

タナー・ボルトのオフィスは、男性専用の高級ゴルフコースのクラブルームを模したようなしつらえだった。すわり心地のよい革張りの椅子、法律書でぎっしりの書棚、そしてエアコンの効いた室内で炎をあげるガス暖炉。男同士、腰を落ち着けて、葉巻でもやりながら、女房の悪口やらいかがわしい冗談やらを言いあう場所。

タナーはあえて自分のデスクの前にはすわらなかった。チェスでもやるように二人用のテーブルにぼくをいざなった。パートナー同士の話し合いだからな、と口に出さずに示しているのだ。作戦本部のテーブルで一緒に戦略を練ろう、と。

「依頼料は十万ドルいただくよ、ミスター・ダン。もちろん大金だ。だからここで、わたしができることと、きみに頼みたいことをはっきりさせておきたいんだ。いいね？」

タナーは愛想のいい笑顔を浮かべたまま、瞬きもせずにこちらを見つめ、ぼくがうなずくまで待っていた。依頼人のぼくが呼びつけられるのも、金を払ったうえに、やるべきことを指図されるのも、相手がタナー・ボルトだからしかたがない。

「わたしは勝つよ、ミスター・ダン。勝ち目のない裁判にも勝つ。きみがおそらく受けることになる裁判も――脅すようなことは言いたくないが――厳しいものになる。金の問題に、ぎくしゃくした夫婦仲、妊娠した妻。メディアも大衆もきみを敵視している」

タナーは右手にはめた印章付きの指輪をねじりながら、こちらが話を聞いているという態度を示すまで待っていた。四十歳になると人生が顔に出る、とよく言われる。四十を超えたタナーの顔はよく手入れされ、ほとんど皺も見あたらず、嫌味のない自尊心に満ちている。目の前にいるのは、自信をみなぎらせ、業界ナンバーワンの腕を誇り、人生を楽しんでいる男だった。

「今後、事情聴取にはかならずわたしが同席する。前回のことは非常に残念だよ。だが法的な話より先に、まずは世論をどうにかする必要がある。どうも、情報がだだ漏れのようだから。クレジットカードの件しかり、生命保険しかり、偽装が疑われる犯行現場しかり、拭きとられた血痕しかり。非常にまずい状況だね。悪循環に陥っている。警察はきみを疑い、情報を漏らす。世論は憤慨し、逮捕を要求する。だから必要なのは、第一に、なんとか別の容疑者を探しだすこと。第二に、エイミーの両親の信頼を失わないようにすること。これはきわめて重要な点だよ。第三に、きみのイメージを改善すること。裁判になれば陪審員団の心証がものを言うから。近頃は、裁判地を変えても意味がない。ケーブルテレビは二十四時間やってるし、インターネットもあるから、どこで裁判を受けても同じことだ。とにかく、いまのこの状況をなんとかすることが必要なんだ」

「ええ、ぜひともそうしたいです」

「エイミーの両親との関係はどうかな。きみを支持する声明を発表してもらうことはできるかい」

「エイミーが妊娠していたことがわかってから、話せていなくて」

「妊娠している、だね」タナーが眉をひそめた。「している。妊娠している。なにがあっても、けっして奥さんのことを過去形で話さないことだ」

「くそ」ぼくは思わず片手で顔を覆った。自分が過去形を使ったことに気づいてもいなかった。

「わたしの前では気にしなくていいさ」タナーは鷹揚に手を振って言った。「だが、ほかの人間の前では注意してくれ。十分に。今後、なにか言うときは、よくよく考えてからにすることだね。それで、エイミーの両親とは話せていないというわけだね。それはまずいな。もちろん、連絡はしてみたんだろうね」

「いくつかメッセージを残しはしました」

タナーは黄色い法律用箋になにか書きつけた。「オーケー、いささか厄介なことになっているようだね。だが、なんとかふたりと会う必要がある。人前はまずい、そこらのアホに携帯のカメラで撮られかねないから。ショーナ・ケリーのときのような失敗は繰り返せない。なんなら、妹さんに偵察に行ってもらうとか。そうだ、そうしよう、そのほうがいい」

「オーケー」

「ひとつリストを作ってほしいんだ、ニック。これまでにきみがエイミーにしてあげたことのリストを。ロマンティックなことの。とくにこの一年の。病気の彼女にチキンスープを作ってあげたとか、出張先からラブレターを送ったとか。宝石みたいな、大袈裟なものじゃなくていい。旅行中に見つけて買ったものならいいが。ロマンス映画に出てくるような、ほのぼのしたものがいいんだ」

「ロマンス映画派ってわけじゃないんですが」

タナーは唇をすぼめ、ふうっと息を吐きだした。「とにかくなにか思いつくんだ、いいね、ニック。きみはいいやつそうじゃないか。この一年、なにか優しいことをしているはずだよ」

　この二年のあいだに、それらしいことをした記憶はまったくない。ニューヨークで過ごした数年の新婚生活のあいだは、とにかく妻を喜ばせよう、屈託のなかった日々に戻ろうと必死だった。昔のエイミーは、ヘアスプレーを買ったことを報告するためだけに、ドラッグストアの駐車場を突っきってぼくの腕のなかに飛びこんできた。いつも無邪気にぼくに頰を寄せ、明るいブルーの目を瞠り、金色の睫毛をこすりつけ、熱い息をぼくの鼻先に吹きかけた。妻が変わりはじめた二年のあいだ、ぼくは懸命に努力した。怒りもせず、言い返しもせず、絶えず服従し、降伏し、コメディに出てくるような夫を演じつづけた――「そうだね、きみ、もちろんさ、スイートハート」。どうすれば妻を喜ばせられるかと、恐慌をきたしたウサギのように必死に考えていたが、そんなエネルギーもやがて尽きてしまった。なにをやろうと、なにを試そうと、返ってくるのはしかめっ面ばかりだった。あるいは〝わかってないのね〟という悲しげなため息か。

ミズーリに引っ越す頃には、うんざりしきっていた。猫背で小走りしっぱなしの卑屈なおべっか使いになりはてた自分が恥ずかしかった。だからロマンティックな男だったとはいえない。優しくもなかった。

「それと、エイミーに危害を加える可能性のある人間とか、恨みを持つ人間のリストも欲しい」

「これは言っておくべきでしょうね。エイミーは今年はじめに銃を買おうとしていました」

「警察は知ってるのかい」

「ええ」

「きみは知ってたのかい」

「銃を買おうとしていた相手から聞かされて初めて」

タナーはきっかり二秒思案した。「なら、警察はきみから身を守るために銃を買おうとしたと思ってるわけだな。エイミーは孤独で、おびえていた。きみのことを信じたかったが、嫌な予感がしてたまらなかった。だから、最悪の場合を考えて、銃を手に入れようとした」

「ワーオ、さすがだな」

「親父が警官でね。だが、銃の線をあたってみるのは悪くない——きみ以外に恐れていた人間を探しだすんだ。とくに深刻なものでなくていい。犬の鳴き声のことで近所の誰かと始終揉めていたとか。言い寄ってくる男につれなくしたとか。なんでもいいから教えてほしい。トミー・オハラのことは知ってるかな」

「ああ！　情報提供用の回線に何度か電話してきてる」

「そいつは二〇〇五年に、エイミーをデートレイプしたかどで告訴されている」

ぼくはあんぐりと口を開けたまま言葉を失った。

「ふたりはたまにデートしていたそうだ。わたしの調べでは、そいつの家で食事をしていて、ことがエスカレートして、エイミーがレイプされたということらしい」

「二〇〇五年のいつです？」

「五月」

エイミーと新年のパーティーで出会い、七番街で再会するまでの音信不通の八カ月のあいだのことだ。

　タナーはネクタイを締めなおし、ダイヤモンドのはまった結婚指輪をひねりながらぼくの顔を眺めていた。「聞いてなかったのかい」

「なにひとつ聞かされてません。誰からも。エイミーからだってひとことも」

「意外だろうが、そういうことを汚点だと思う女性はまだ多いんだ。恥だと」

「信じられない――」

「依頼人との打ち合わせでは、かならずなにか新たな情報を伝えられるようにしているんだ。どれだけ事件に真剣に取り組むつもりかわかってほしくてね。どれだけわたしが必要な存在なのかも」

「こいつが容疑者になると？」

「ああ、もちろん」タナーはやけに軽い調子で言った。「過去にきみの奥さんに暴力を振るったわけだから」

「服役はしたんですか？」

「エイミーが訴えを取りさげたんだ。証言したくなかったんだろう。きみの依頼を受けることになったら、この男のことを詳しく調べさせよう。とりあえずいまは、奥さんと関わりのあった人間を思いだしてみてほしい。できればカーセッジの人間がいい。そのほうが信憑性《しんぴょうせい》があるから。さて――」タナーが脚を組むと、下顎の歯がむきだしになった。杭柵のように完璧な歯並びの上顎に比べると、見苦しいほど不揃いで染みだらけだ。タナーはその傷んだ下の歯で一瞬だけ上唇を噛んだ。「さて、ここからが難題なんだがね、ニック。きみにはなんでも包み隠さず話してもらう必要がある。そうでないと失敗する。ということで、夫婦生活について、最悪なことも含め、すべて話してほしい。最悪なことを知っていれば、それに対処できるから。だがもしわたしが知らないことが出てきたら、われわれは終わりだ。つまり、きみは終わりだ。わたしは即刻プライベートジェットで帰る」

ぼくは大きく息を吸った。そしてタナーの目をまともに見た。「エイミーを裏切りました。浮気をしていたんです」

「わかった。相手は複数かい、それともひとりだけ？」

「いや、複数じゃない。浮気はこれが初めてなので」

「つまり、ひとりの女性とだけ？」タナーはそう尋ねると視線を外し、ヨットが描かれた水彩画に目をやると、指輪をまわしはじめた。きっとあとで妻に電話をして、「一度でいい、一度でいいから、クソ野郎じゃない依頼人にあたりたいよ」などと話すにちがいない。

「ええ、その子ひとりだけで、彼女はとても――」

「〝子〟はだめだ、〝子〟なんて言っちゃいけない。女性だ。とても特別な、ひとりの女性。そう言おうとしていたんだね？」

　そのとおり。

「じつは〝特別〟でもまだまずい――まあいい。いつからなんだ？」

「一年と少し」

「エイミーが失踪してから、その彼女とは話したかい」

「ええ、プリペイド携帯で。それと一度会いました。いや二度。でも――」

「会ったのか！」

「誰にも見られてはいない。それはたしかです。妹だけにしか」

　タナーは深く息を吸うと、ふたたびヨットの絵に目をやった。「それで、彼女はどんな――名前は？」

「アンディ」

「事件が起きてから、どんな様子だい」

「問題なかったんです――妊娠が暴露されるまでは。いまは少し……動揺してるかな。かなり動揺してる。かなり……その、しつこいと言うのは言葉が悪いですが」

「はっきり言うんだ、ニック。しつこいなら、しつこいと――」

「しつこい。まとわりついてくる。とにかく安心させてほしがってる。じつにいい子なんですが、若いし、つらいんだと思う」

タナーはミニバーに向かい、クラマト・トマトジュースを一本取りだした。冷蔵庫のなかにはクラマトがぎっしり詰めこまれている。タナーは蓋を開けると、三口で飲みほし、布ナプキンで口を拭って言った。「今後一切、アンディとは連絡をとらないようにする必要がある」ぼくは口を開きかけたが、タナーはてのひらでそれを制止した。「すぐにだ」

「そんなにあっさり手を切るわけにはいかない。そんないきなり」

「議論の余地はない。なあ、ニック、口に出して言わなきゃならないかい。身重の奥さんが失踪中ってときに、情事はまずい。間違いなく刑務所送りになる。問題は、相手を怒らせないように手を切ることだ。恨まれて、関係を暴露されないように、いい思い出だけを残して別れる。しかたないことだと納得させて、きみの安全を願うように仕向けるんだ。別れ話は得意かい？」

答えようとしたが、タナーは先をつづけた。

「どう切りだすか、まえもって練習しておこう、反対尋問の予行演習みたいに。いいね？　それじゃ、もしわたしが必要なら、ミズーリまでひとっ飛びして、あちらに腰を据えて、本格的に作戦を開始しようと思う。弁護士として雇うというなら、明日にでも行こう。どうする？」

「お願いします」

夕食時までにカーセッジに戻った。妙な話だが、タナーにアンディを排除しろと言われ、手を切るしかないことがはっきりしたとたん、ぼくはそれを受け入れていた。別れを辛くも感じなかった。帰りの二時間のフライトのあいだに、〝アンディを愛してる〟状態から〝アンディを愛してない〟状態へとあっさり移行していた。ドアでも通りぬけるように。ふたりの関係はにわかにセピア色の過去へと変わった。愉快な笑いと、セックスのあとの冷たいビールが好きだという以外に、なにひとつ通じるところのない若い娘のために結婚を崩壊させるなんて、どうかしていたのだ。

「そりゃ、終わらせたいでしょうよ。面倒になったんでしょ」とマーゴなら言いそうだ。

でも、それ以上の理由がある。心のなかはエイミーに占められていた。いなくなったいま、誰よりもありありとその存在を感じていた。エイミーと恋に落ちたのは、一緒にいると完璧なニックでいられたからだ。エイミーを愛することで、ぼくは超人になれ、生を実感できた。どんなに気楽にしているときでも、彼女は手強かった。絶えず、絶えず、絶えず頭脳を働かせていて、こちらはついていくのに必死だった。何気ないメールを書くのに一時間を費やし、エイミーの気を引けそうなネタをしきりに探した。湖畔詩人に、決闘の流儀に、フランス革命まで。幅広く奥深い知性の持ち主なので、一緒にいると自分の頭も磨かれた。察しがよく、活発で、生き生きとした、刺激的ですらある人間になれた。エイミーにとって、愛はドラッグや酒やポルノと似たようなものだった。安定などありえない。同じ満足を得るには、毎回、まえよりいっそう強烈な刺激を必要とした。

エイミーはぼくが特別な人間だと、彼女と同じレベルでプレーできる人間だと思わせてくれた。そのことこそがぼくらの絆であり、破綻の原因でもあった。卓越した人間であれという要求に、ぼくは応えきれなくなった。気楽さや平凡さを求めるようになり、そんな自分が嫌で、いま思えば、その鬱憤の矛先をエイミーに向けたのだった。エイミーを冷淡でとげとげしい女にしたのはぼくだ。真実でない姿を見せておいて、あとからまるきり別物の正体をさらしたのだから。もっと悪いことに、ぼくは悲劇を招いたのは完全にエイミーのほうだと自分に言い聞かせた。独善的な憎悪の塊。エイミーのことをそう呼んできたが、それはここ数年のぼくの姿そのものだった。

＊

帰りの便のなかで第四のヒントを熟読してきたので、文面は暗記できてしまった。そうやって自分を苦しめたかった。今年のヒントの雰囲気ががらりと変わっているのも不思議ではない。妻は妊娠していて、ふたりでやりなおし、まばゆいばかりの活気に満ちた幸せを取りもどしたいと願っていたのだから。少女のように夢中になって、甘い言葉が書かれたメモを町のあちこちに隠す姿が目に浮かぶ。そしてゴールにたどりついたぼくに子どもを授かったことを告げるつもりだった。木。プレゼントは古風なゆりかごだろう。妻のことだから、アンティークのゆりかごのはずだ。ただ、ヒントそのものは、妊娠中の母親らしい内容だとはいえなかった。

想像してみて、わたしはすごく悪い女の子
お仕置きされなきゃいけないの。お仕置きって、あのことよ
そこは五周年のプレゼントにぴったりの場所
ややこしくってごめんなさい！
天気のいいお昼に、ここですてきなひとときを過ごしたわね
それからカクテルを飲みに行って、浮かれ騒いだっけ
だから、甘いため息をついて、走っていって
ドアを開けたら、とっておきのサプライズが待ってるわ

家に帰りつく直前になってようやく気づいた。〝そこは五周年のプレゼントにぴったりの場所〟——プレゼントは木でできたなにかのはずだ。〝お仕置き〟のことを、

〝薪小屋に入れる〟とも言う。マーゴの家の裏に古いおんぼろの薪小屋があり、芝刈り機の部品やら錆びついた工具やらをしまってある。スプラッター映画なら、いかにもそのなかでキャンプ客がじわじわと殺されていそうな代物だが、きっとそこのことを指しているにちがいない。マーゴはまずそこへは入らない。いまの家に引っ越してきてからずっと、燃やしてしまおうかと冗談交じりに言っているくらいだ。放置しているものだから、ますます草ぼうぼうで、蜘蛛の巣だらけになっている。死体を埋めるのにもってこいだな、とふたりでよく冗談を言っている。

まさか。

顔をこわばらせ、冷たい手で車を駆って町を突っきった。私道にはマーゴの車が見えたが、居間の窓明かりの横をこっそりと抜け、急な斜面を下った。もうマーゴからも誰からも見られることはない。ひとりきりだ。

裏庭の突きあたりの並木のそばに小屋はあった。

ドアを開けた。

嘘だ嘘だ嘘だ。

（下巻につづく）

――本書のプロフィール――

本書は、二〇一二年六月に、アメリカで刊行された小説「GONE GIRL」を、日本で初訳したものです。

小学館文庫

ゴーン・ガール 上

著者 ギリアン・フリン
訳者 中谷友紀子《なかたにゆきこ》

二〇一三年六月十一日 初版第一刷発行
二〇一四年十一月十一日 第三刷発行

発行人 稲垣伸寿
発行所 株式会社 小学館
〒一〇一-八〇〇一
東京都千代田区一ツ橋二-三-一
電話 編集〇三-三二三〇-五一二二
販売〇三-五二八一-三五五五
印刷所――――中央精版印刷株式会社

この文庫の詳しい内容はインターネットで24時間ご覧になれます。
小学館公式ホームページ http://www.shogakukan.co.jp

ISBN978-4-09-408792-5